몽상가
夢想家

김대산 퓨전 무협 소설

FUSION ORIENTAL STORY

몽상가 2

김대산 퓨전 무협 소설

초판 1쇄 찍은 날 § 2010년 6월 10일
초판 1쇄 펴낸 날 § 2010년 6월 17일

지은이 § 김대산
펴낸이 § 서경석

편집장 § 문혜영
편집책임 § 박우진
편집 § 서지현

펴낸곳 § 도서출판 청어람
등록번호 § 제1081-1-89호
등록일자 § 1999. 5. 31
어람번호 § 제2-1941호

주소 § 경기도 부천시 원미구 심곡2동 163-2 서경B/D 3F (우) 420-822
전화 § 032-656-4452 팩스 § 032-656-4453
http://www.chungeoram.com
E-mail § chungeoram@chungeoram.com

ⓒ 김대산, 2010

ISBN 978-89-251-2203-8 04810
ISBN 978-89-251-2201-4(세트)

몽상가

夢想家

김대산 퓨전 무협 소설

FUSION ORIENTAL STORY

2

신세계(新世界)

청람

目次

第十章

견제

몽상가

1

　전지훈련을 위한 장소 조사를 위해 손강호가 남해안의 N 시
로 출장을 갔다. 그러나 단장부터 시작해 사무실의 모두는 걱
정이 태산이었다. 전지훈련지가 해외가 아니라 국내라는 것이
알려지면 쏟아질 외부의 시선과 평도 문제지만, 당장에 선수
들의 반발이 가장 큰 우려스러웠다.

　프로야구단들이 왜 매년 비싼 돈 들여가며 굳이 외국으로
나가겠는가. 괜히 폼이나 잡으러 나가는 건 아닌 것이다. 제대
로 된 훈련을 하기 위해서다. 돈 아낀다고 추운 데서 훈련을
하다 보면 자칫 선수들이 부상이나 당하기 딱 좋기 때문이다.

　그리고 전지훈련을 얼마나 충실히 했느냐에 따라 사실상 시
즌성적이 결정된다고 하는 말이 있을 정도이니 그 중요성에

대해서는 다시 말할 필요가 없을 터이다. 그러나 구단의 연간 경영 계획에 그렇게 명시되어 있으니 그대로 실행하는 것 외에 다른 도리가 있을 수는 없었다.

게다가 D 불스는 아직까지 감독과 코치진의 빈자리도 메우지 못하고 있는 형편이었다. 사실은 메울 계획도, 의지도 없었다. 누구도 총대를 메지 않는 분위기였다. 구단주조차도 사실상 손을 떼버린 형국인데, 누가 앞장을 설 수 있으랴.

2

D 불스 구단을 경영해 보고자 했던 것이 사실은 아버지에 대한 집착과 또한 그것을 핑계로 그녀 내부에 존재해 왔던 또 다른 집착들이 분출한 것이었을 뿐임을 한영주는 잘 알고 있었다. 또한 그녀 주위의 모든 사람들이 그녀의 그런 시도를 다만 무모한 고집과 억지로 받아들이고 있다는 점을, 그리고 그녀의 그러한 시도가 사실상 불가능하다는 점도 잘 알고 있었다, 처음부터.

오빠들, 혹은 다른 누군가가 그러한 집착들을 해소만 시켜준다면 그녀는 언제라도 그런 무모한 고집을 거두어들일 생각이 있었다. 아니, 누군가가 해소시켜 주지 않는다고 하더라도 시간이 좀 더 지나면, 그래서 견디기 어려운 그리움과 허탈감과 또 다른 감정의 응어리들이 저절로 어느 정도 누그러지면, 그때는 또 스스로의 무모함을 접고 언제 그랬느냐는 듯이 집짓 머쓱해하며 슬쩍 물러날 작정이었다.

김철민의 그 몇 마디가, 별로 특별하지도 않은 말이 그처럼 간단히 그녀의 단단하던 집착들을 누그러뜨려 버릴 줄은 나중에 두고 생각해 봐도 참으로 이해하기 어려운 일이었다. 물론 김철민의 그 몇 마디 말은, 그녀가 이미 언제라도 스스로 물러날 준비를 하고 있는 상황에서 마침 그럴듯한 핑계, 내지는 맘에 드는 계기로 작용했을 뿐일 것이다.

어쨌든 간에 김철민과 그녀는 처음의 '사건'을 비롯해서 사뭇 묘한 인연으로만 관계가 이어진 느낌이었다. 물론 이제 더 이상은 관계가 이어질 일이야 없겠지만.

한영주는 불현듯이 이준혁과 약혼할 생각을 했다. 그것은 그녀 자신에게도 갑작스러운 심경의 변화였다. 이준혁과는 아직 만난 지 얼마 되지도 않았을뿐더러, 서로 약간의 호감을 가지고 있다고는 해도 그것이 딱히 남녀 간의 호감이라고, 더욱이 서로를 인생의 반려자로 낙점할 정도의 호감이라고는 결코 하지 못할 종류의 것이었다. 두 사람 모두에게 말이다.

그러나 한번 그런 쪽으로 생각이 흐르자 그것은 이내 그렇게 해야만 되겠다고 굳어져 버리는 것이었다. 그것으로 돌아가신 아버지의 마지막 걱정을 풀어드리는 의미가 되리라 자위도 되었지만, 어쩌면 야구단에 대한 일들이 홀연히 정리가 되고 나자 그녀의 집착이 돌연 약혼이란 또 다른 대상으로 덜컥 옮겨가 버린 것인지도 몰랐다.

3

앞자리에 앉은 한영주를 보며 이준혁은 가볍게 고개를 갸웃
거렸다. 지금까지의 그저 담담하기만 하던 둘의 사이를 이제
부터 남녀 간의 관계로 바꾸고, 나아가 적극적으로 속도를 내
보자는 맹랑한 발언을 갑자기, 그것도 저 혼자 일방적으로 하
고는 그녀는 지금 천연덕스럽게 커피를 홀짝이고 있었다.

사실 두 사람의 혼인에 대해서는 대성그룹 한석호 선대 회
장의 유고 이전에 이미 양가에서 사실상의 합의를 보고 두 사
람에게 모든 것을 일임해 놓은 것이나 마찬가지였기에 이제
둘의 생각만 합치된다면 그 이후의 일은 일사천리로 급물살을
탈 것이고, 재계 주변에서는 벌써부터 두 사람의 결합을 당연
시하는 섣부른 얘기들이 나오고 있는 중이기도 했다.

그러나 이준혁으로서는 아직까지 딱히 실감이 되지 않는 일
이었다. 한영주에 대해서도 여전히 여자보다는 한참 아래의
여동생을 보는 것처럼 그저 약간의 귀여움 정도를 느끼고 있
을 뿐이었다.

"어디 분위기 괜찮은 데 가서 술이나 한잔할까?"

별말없이 커피만 홀짝이고 있는 한영주에게서 금세 무료해
하는 느낌이 읽혀졌기에 하는 말이었으나, 실은 이준혁이 그
녀를 만난 이후에 처음으로 하는 주도적인 제안이었다.

"술이요? 네, 좋아요!"

마치 기다리기라도 했다는 듯이 반기는 한영주의 모습에서 이준혁은 다시 고개를 갸웃했다. 하얀 치열이 아낌없이 드러나도록 활짝 웃으며 거리낌없이 응하는 한영주의 모습이 그가 지금까지는 미처 보지 못했던 듯이 사뭇 새로운 느낌으로 다가왔다.

"그런데 오빠, 제가 그동안 야구단 일로 제법 바빴다는 건 아세요?"

와인 몇 잔을 비우는 내내 이런저런 얘기를 좋알대더니 한영주는 어느새 또 화제를 야구 쪽으로 옮겨가고 있었다. 처음에 그녀가 D 불스의 구단주라는 엉뚱한 얘기를 듣고 이준혁은 그만 피식 실소를 하고 말았다. 그러나 이어 나오는 야구단과 관련된 일련의 에피소드들은 실제로 그가 잘 알지 못하는 분야였지만 그런 대로 들을 만은 하였다.

그런데 어느 순간부터 이준혁은 한영주의 얘기 중간 중간에 한 사람의 이름이 몇 번이나 나오고 있다는 사실에 주목하게 되었다. 김철민이라는 이름이었다. 한영주가 마치 무용담처럼 얘기하는 에피소드 대부분에 그 이름이 반복되고 있었다. 그 이름이 가지고 있는 장점에 관한 언급도 있었고, 단점에다 흉을 보기도 했다. 그런데 그것이 장점이든 단점이든 흉이든 그 이름에 대해 그 정도로 많은 얘기를 할 수 있다는 것은 곧 단순히 객관적이거나 사무적인 관점은 아니라고 해야 할 것이다.

처음에 이준혁은 한영주가 장차 남편이 될지도 모를 자신에게, 아니, 이제는 그녀 스스로 말한 바가 있으니 남편이 될 가능성이 상당히 커졌다고 해야 할 자신에게 속사정이야 어쨌든 간에 다른 남자의 얘기를 그런 식으로 한다는 점에 대해서 점차로 신경이 쓰이는 것이었다. 아주 약간쯤 말이다.

그런데 이준혁이 좀 더 나중에는 그 자신이 지금 그 정도의 일에 대해, 그런 시시한 것에 대해 신경을 쓰고 있다는 자체에 대해서 더욱 신경이 쓰였다. 물론 그는 빙그레 웃는 것으로 그러한 '신경'을 가볍게 털어버렸다.

"그래, 구단주 노릇은 그만둘 건가?"

"글쎄요."

"왜, 아직 미련이 남았나?"

"손은 벌써 뗀 상태예요. 하지만… 아빠가 나한테 남겨주신 특별한 유산이라는 생각을 하면… 그런 점에서는 아직 미련이 좀 남긴 해요."

"하하하!"

"왜 웃으세요?"

"사업을 운영하려면 어떤 경우이든 진퇴가 분명해야 하는 것이고, 특히나 물러날 때는 추호의 미련도 가져서는 안 되는 법이야."

"흥! 말했잖아요, 아빠의 특별한 유산이라고. 이건 단순히 사업을 운영하는 것하고는 다르다고요."

별안간 톡 쏘고 나오는 한영주의 기색에서 단순한 토라짐이

나 애교 이상의 반발이 섞인 것을 보고 이준혁은 짐짓 숙여 드는 체를 했다.

"음! 그래, 내가 너무 일반적인 얘기를 한 것 같군. 기분이 상했다면 내가 사과하는 걸로 하지."

그러자 한영주는 금방 흔쾌한 표정으로 고개를 끄덕였다.

"그래요. 사과받은 걸로 할게요."

그리고 이어서,

"좀 취하는데요? 오늘은 이만 일어나야 할 것 같아요."

하고는 자리에서 일어섰다. 일방적이고 무례하기까지 한 태도였으나, 이준혁은 문득 그런 한영주에게서 다시금 어떤 새로운 면모를 보는 듯한 느낌을 받았다. 마치 지금까지 밋밋하기만 하던 그녀에게서 그간 숨겨져 있던 독특한 매력들을 비로소 하나둘씩 발견하고 있는 느낌이랄까?

4

"좀 웃기지 않아?"

한영주와 만났던 것에 대해 편하게 늘어놓는 그의 얘기를 묵묵히 듣고 있던 중에·조승태의 입매에 슬며시 힘이 들어가는 것을 보며 이준혁은 피식 웃고 말았다. 그리고 농담 한마디를 더한다는 듯이 덧붙였다.

"김철민이라는 그 친구 말이야, 꽤나 흥미로울 것 같지 않아?"

이준혁에게 조승태는 사적으로는 의동생이자 공적으로는 수행비서 역할을 하고 있는 인물이다. 이준혁이 조승태를 믿는 마음은 제법 돈독하였다.

　사실 처음에 그의 외조부가 조승태를 곁에다 두어보라고 권했을 때만 해도 이준혁은 영 마음에 차지를 않았다. 기껏 고졸의 학력인데다 또 조승태의 이력은 그렇게 건전한 것이 못 되었다. 이런저런 핑계를 달아 사양하려는 이준혁에게 그의 외조부는 기왕에 꺼낸 얘기이니 한 달간 만이라도 데리고 있어본 다음에 그래도 마음에 차지 않는다면 그때는 다시 말하지 않겠다고 하였다.

　그런데 이준혁이 어쩔 수 없이 조승태를 임시 수행원으로 삼아 한달여 정도를 함께 지내다 보니 의외로 괜찮은 구석이 있었다.

　우선은 머리가 참으로 비상했다. 물론 공부머리 같은 건 아니고, 눈치라든지 임기응변의 상황 판단력 같은 것들이다. 게다가 조승태는 절대적인 충성을 보였다. 물론 처음엔 이준혁이 그런 게 영 어색하고 불편하였지만, 시간이 조금 지나서 편해지고 나서부터는 사뭇 든든한 느낌마저 드는 것이었다. 어쨌든 그 뒤로 삼 년 가까이 이준혁은 일상의 대부분을 조승태와 함께하고 있는 중이었다.

5

조승태는 이준혁에 대해 나름의 진심을 가지고 있었다. 다른 사람들이 생각하기에는 다분히 과하고 주제넘다고 할 일일지 모르겠으나, 그 스스로는 사뭇 철저한 생각을 가지고 있는 편이었다. 비록 작은 일이라고 하더라도 나중에 말썽이 될 소지가 있다면, 그래서 이준혁에게 어떤 흠이 생길 조금의 우려라도 있다면 미리 확인하여 정리를 하고 넘어가는 것이 좋다는 주의였다.

이준혁은 완벽한 남자요, 신사였다. 그리고 조승태 자신이 그에게 진심을 가지고 있는 한 당연히 그래야만 했다. 또한 당연히 사소하고도 격이 떨어지는 '작은 일'까지 이준혁이 직접 처리하게 해서는 안 되는 것이다. 이준혁은 양지에만 있어야 한다. 껄끄러운 잡역은 어디까지나 조승태 자신의 몫이다. 기꺼이. 음지에서. 그것이 바로 그의 임무요, 의무였다.

그런 역할을 하라고 그에게 은혜를 베푼 그분이 지금의 이 자리로 그를 보낸 것이다. 사실은 이제 그런 이유가 아니더라도 그 스스로가 이준혁이란 인물을 진정으로 좋아하게 되었으니 또한 당연히 그가 해야만 하는 일이었다.

조승태는 두어 군데다 다리를 놓아 김철민이라는 자에 대해서 알아보았다. 그가 주로 관심을 둔 부분은 김철민과 한영주의 관계에 대해서였다. 그리고 그 결과, 그 두 사람에게 D 불스의 일로 얽힌 외에는 별다른 잡음이라고 할 것은 없었다. 당연히 그래야만 하는 일이었다.

그러나 그런데도 뭔지 모르게 걸리는 느낌이 남았다. 조승태 스스로는 동물적 감각 같은 것이라고 믿는 그런 느낌이었다. 그렇다면? 일단 싹수를 잘라놓고 보아야 한다는 게 그의 방식이었다. 어떻게? 간단하였다. 적당히 눌러두면 될 일이었다. 그렇다고 심하게 하겠다는 건 아니다. 과했다가는 자칫 동티가 날 수도 있으니 그저 가볍게 '너 따위가 감히 바라볼 수 있는 상대가 아니시다'는, 아주 당연한 사실을 가볍게, 그러나 확실히 확인만 시켜주면 될 일이다.

느낌만을 가지고서 그렇게 할 것까지야 있느냐고? 아니다. 그렇게 하는 이유는 부족하지 않다. 어쨌든 이준혁의 신경을 쓰이게 만들었고, 그럼으로 해서 그도 신경을 쓰게 만들었다는 것만으로도.

6

"김철민 씨?"

퇴근길에 지하철역으로 향하던 철민을 뒤에서 누군가 불러세웠다.

"예, 제가 김철민입니만……?"

"잠깐 시간 좀 내주시겠습니까?"

철민이 그제야 상대를 제대로 살폈다. 말쑥한 차림에 제법 덩치가 있는 사내였다.

"무슨 일입니까?"

"김철민 씨를 뵙고자 하는 분이 계십니다."

"저를요? 누가요?"

"하하하! 가보시면 압니다."

그때 검은색 세단 한 대가 바로 길옆에 와서 서더니 차 안에서 비슷한 차림의 덩치 둘이 빠르게 내려 다짜고짜 철민의 양팔을 잡았다.

"이봐! 당신들 지금 무슨 짓을 하는 거야?"

철민이 놀라 버티며 다급히 소리치자 좀 전의 사내가 코앞에다 얼굴을 들이대며,

"이봐, 맞고 개처럼 끌려갈래, 아니면 손님으로 정중히 대우받으며 곱게 갈래?"

하고 나직이 위협했다. 지나던 행인 몇이 난데없는 소란에 눈길을 주다가 이내 눈길을 돌렸다. 덩치들이 매섭게 노려보며 인상을 그린 탓이다.

그런 광경에 철민은 소리쳐서 주변의 도움을 요청하려던 생각을 퍼뜩 버리고 말았다. 방법이 없었다. 소리친다고 해서, 누군가 신고를 해서 경찰이 출동한다고 해도 뒷북을 칠 뿐이리라는 계산이 빠르게 선 때문이다. 그리고 덩치들이 하는 짓들로 봐서 거친 인간들이긴 하지만, 그에게 딱히 안 좋은 감정이 있지는 않은 것 같다는 추측이 서기도 했다.

결국 철민은 버티던 힘을 풀고 순순히 덩치들이 끄는 대로 몸을 맡겼다. 그를 가운데다 두고 양옆으로 덩치들이 하나씩

앉았다. 그리고 그에게 말을 걸었던 사내는 앞자리 조수석으로 올랐다.

부우웅!

급한 엔진 소리를 내며 차가 출발했다. 멀리서 힐끔거리고 있던 몇몇의 행인들은 그제야 그 한바탕의 작은 사건에 대한 소회들을 수다스럽게 얘기하였다. 그러나 그들은 이내 바쁜 듯이, 혹은 태연히, 또 혹은 그저 무덤덤하게 각자의 갈 길을 갔다. 그리고 거리는 아무 일도 없었다는 듯이 다시 원래의 모습으로 돌아갔다.

7

철민이 정중히 대우받으며(?) 이끌려 간 곳은 시내 중심부에 위치한 어느 빌딩의 대형 헬스클럽이었다. 한 층을 통째로 쓰고 있는 대규모의 헬스클럽인데, 그 한쪽에는 독립적으로 체육관이 꾸며져 있었다. 매트가 깔린 넓은 바닥, 천장에 매달린 샌드백들, 그리고 안쪽으로는 링이 하나 설치되어 있었다.

지금 링 주위에는 사람들이 우르르 모여 있고, 그 위에서는 두 사람이 급박하고도 격한 동작들로 움직이고 있는 중이었다. 그들의 동작 하나하나에 사람들의 환호성과 탄식이 겹쳐 흘렀다.

입식격투기 시합이었다. 그런데 도대체 무엇을 하라는 것인지 철민은 도통 영문을 알 수가 없었다. 그러나 체육관의 한쪽

20 몽상가

구석으로 그를 안내한 '말쑥한 사내'와 두 명의 덩치가 그에게 바짝 밀착해 선 채로 아무런 설명도 없이 링으로만 눈길을 주고 있기에 그 또한 하릴없이 링 위에서 벌어지고 있는 광경을 구경하고 있을 수밖에 없었다.

짧은 트렁크만 입고 링 위에서 격렬히 움직이고 있는 두 사내 중 한 사내가 금방 돋보였다.

"두 사람 중에 하얀색 팬티 입은 양반을 잘 봐두쇼."

'말쑥한 사내'가 체육관에 들어온 뒤 처음으로 말을 했는데, 마침 그가 말하는 '하얀색 팬티 입은 양반'이 안 그래도 지금 철민이 주목하고 있는 바로 그 '돋보이는' 사내였다. 뚜렷하면서도 귀공자풍이 나는 오관이 정말로 조각처럼 잘생긴 얼굴이었다. 게다가 상대의 우람한 체격에 비해 운동하는 사람의 몸이 아니다 싶을 정도로 몸매 또한 조각과도 같이 미끈하게 빠졌다. 그러나 그런 중에도 촘촘하게 잔 근육이 두드러져서 탄탄하고도 강인한 인상을 주고 있었다.

'하얀색 팬티 입은 양반'의 몸놀림은 시원시원했다. 빠르게 아래위로 연결되는 킥은 적당히 화려한 중에 절도가 있어서 보기에 좋았다. 좌우 연타로 구사하는 펀치는 부드러운 중에도 강한 힘이 깃들어 있었다. 그럼으로써 그는 시합 내내 상대와 격투를 벌인다기보다는 그 혼자서 몸을 풀고 있는 듯한 느낌이었다.

여유있는 강자의 느낌.

그냥 그렇게 보였고, 그냥 그런 느낌이 들었다. 철민이 잠시 자신이 처한 상황도 잊고서 생각없이 링 위의 광경을 보고 있는 중에, 그의 양옆에 선 덩치들 역시도 시합에 아주 몰입이 되어버린 모양이었다. 물론 그들의 몰입은 '하얀색 팬티 입은 양반'에 대한 몰입이었다.

"캬! 저 스피드, 저 파워! 진짜 예술이다, 예술!"

"으아! 저 근육 좀 봐라! 우리 같은 사람은 한 번 딱 보면 아는데, 저거 헬스해서 억지로 부풀린 거 아니고, 운동해서 만든 진짜 근육이거든?"

덩치들이 연신 감탄을 내뱉는 중에 '말쑥한 사내'가 문득 철민에게 말을 붙였다.

"저 양반이 사실은 말이오, 이런 연습경기 말고 진짜 격투기 경기를 지금까지 여덟 번 뛰었는데, 그 여덟 번을 다 이겼다니까. 그것도 모조리 KO로만! 삼류들하고 붙은 것도 아니고, 국내에서 잘나가는 A급 선수들하고 붙다가 나중에는 상대가 없어서 돈 주고 일본의 A급들까지 불러다가 깨끗이 깨버렸다니까. 그때 격투기 판에서 아주 난리가 났다는 거 아니오. 우리나라에 백 년에 한 번 나올까 말까 한 천재 파이터가 나타났다고 말이야. 그런데 저 양반 집안이 워낙 그래 놔서 말이오, 오히려 소문날까 봐 숨기고 다닌다니까. 그래, 요즘에는 시합도 못 뛰고 답답하니까 가끔씩 저렇게 몸이나 풀고 있는 거지."

마치 자신의 얘기라도 되는 양 제멋대로 온말 반말 섞어가며 분주히 주워섬기더니 '말쑥한 사내'는 문득 철민에게 물었다.

"재경그룹이라고 아쇼? 우리나라에서 손가락 안에 드는 큰 그룹인데?"

"예? 아… 예!"

의아해하는 철민에게 '말쑥한 사내'가 의기양양한 기색으로 말을 이었다.

"이준혁이라고, 저 양반이 바로 거기 작은대빵이라는 거 아니오? 흠! 그러니까 뭣이냐, 후계자라는 얘기지."

철민의 머릿속이 순간 복잡해졌다. 재경그룹의 '작은대빵'과 그가 이곳까지 오게 된 이유와의 상관관계를 추정해 보느라.

"김철민 과장님?"

누군가 부르는 소리에 철민은 흠칫 생각에서 깨어났다. 그레이 톤의 양복을 입은, 약간은 마른 듯한 몸매에 각진 턱과 날카로워 보이는 눈매를 지닌 사내 하나가 가볍게 웃는 얼굴로 다가왔는데, '말쑥한 사내'와 덩치들은 한쪽으로 물러나 있었다.

"누구신지……?"

"조승태라고 합니다."

철민으로서는 처음 보는 얼굴에 들어본 적이 없는 이름이었다. 그러나 조승태라는 이 사내야말로 그가 이곳까지 오게 된 이유를 말해줄 인물이리라는 직감이 드는 것이었다.

"왜 제가 이런 식으로 여기까지 와야 했는지에 대해 충분히 납득할 수 있도록 말씀을 해주시겠습니까?"

그래도 말이 통할 만한 사람으로 보였기에 철민은 비로소 정색으로 상대방에게 따졌다.

"이거 많이 놀라고 불편하셨던 모양이군요. 결례를 범한 것에 대해 우선 사과부터 드립니다."

조승태는 정중했으나 다분히 뻔뻔했다. 이어 그가 슬쩍 링 쪽을 가리키면서 빙그레 웃는 얼굴로 물었다.

"이준혁 씨 모르십니까?"

"오늘 여기 와서 알게 됐습니다."

"그래요? 그럼 저분과 김 과장께서 모시고 있는 한영주 구단주가 조만간에 결혼할 사이라는 것도 모르겠군요?"

철민이 자신도 모르게 흠칫 놀라고 말았다. 그야말로 금시초문이었고, 생각지도 못했던 말이다.

조승태는 철민의 표정에서 그가 정말로 아무것도 모르고 있었다는 것을 알 수 있었다. 더하여 철민이 다만 모르던 사실을 알게 되어 놀라는 것일 뿐, 그 외에 달리 어떤 감정을 보이지는 않는다고 판단했다. 당연히 그래야 할 일이었다.

"듣기에 한 구단주께서 김 과장님을 많이 총애하신다고……."

순간 철민은 설핏 미간을 좁히고 말았다. 어쨌든 구단에 관한 내용이 구단과 무관한, 나아가 그룹과도 무관한 외부 인사에 의해 이처럼 가볍게 언급된다는 자체가 불쾌한데다, 더욱이 '총애'란 표현은 몹시 거슬렸다.

그러는 사이에 링 위에서는 시합이 끝난 모양이었다. 이준혁이 링에서 내려오고 있었다. 조승태로서는 적당히 일을 마무리해야 할 때였다. 그의 말이 빨라졌다.

"두 분은 이제 곧 약혼을 할 겁니다. 그런데 두 분의 신분이 신분이니만큼 세간의 큰 관심을 받게 될 것이고, 그러다 보면 이런저런 괜한 구설수에 오르지 말란 법은 또 없을 겁니다. 그러니 이런 때일수록 그런 일이 아예 생기지 않도록 미리 조심하는 게 좋겠지요?"

"무슨 말씀이신지⋯⋯?"

"아! 그냥⋯ 저나 김 과장님이나 그 두 분을 좀 더 잘 모셔야 한다는 그런 얘기지요. 어쨌든 오늘 갑작스럽게 모시려다 보니 의도치 않게도 다소간 결례가 있었던 모양인데, 그 점에 대해서는 다시 한 번 사과를 드리겠습니다. 불쾌하셨더라도 좋은 뜻으로 알고 양해해 주시기 바라며, 다음에 기회가 되면 언제 또 뵙기로 하죠. 그럼 이만⋯⋯."

그리고 조승태는 고개만 까딱해 보이고는 돌아서서 링 쪽으로 걸어가 버렸다.

철민은 기분이 참 더러웠다. 조승태의 말은 시종 깍듯했다. 그러나 상대에 대한 배려는 조금도 없는 각박한 말솜씨였다. 배려는커녕 줄곧 자기위주에서만 얘기를 했으며, 은연중 상대에 대한 차가운 무시가 깔려 있었다.

한편으로 철민이 판단하기에, 조승태의 그러한 차가움은 단순한 말솜씨의 문제만은 아닌 것 같았다. 뭐랄까? 보통의 사람

들과는 상식과 사고의 베이스가 다르다고 할까? 그리하여 조
승태는 좀 부류가 다른 듯하다는 생각이 들기도 하는 것이었
다.

그러나 철민이 가장 마음에 안 드는 것은 바로 그 자신에 대
해서였다. 그는 자신의 기분이 더럽다는 것에 대해 상대에게
감히 한마디도 하지를 못했다. 시종 상대가 조성하는 '더러
운' 분위기에 짓눌려만 있었던 것이다.

8

'말쑥한 사내'는 굳이 차를 태워주겠다고 했다. 철민이 괜
찮다고 하는데도 말이다. 그러나 철민이 이곳에 올 때야 저들
이 조성하는 공포 모드에 생각하고 말고 할 여지도 없이 끌려
오고 말았지만, 이제는 어찌 된 사정인지를 알고 난 다음이 아
닌가? 그러니 굳이 원하지 않는, 그리고 결코 유쾌하지 않은
상황을 다시 감수할 생각은 조금도 없었다.

"아니오! 호의는 고맙지만 그냥 나 혼자 가겠소!"

그러나 철민이 단호하게 거절하자 '말쑥한 사내'는 당장에
본색을 드러내 험한 분위기를 연출했다.

"거, 귀찮게 자꾸 같은 말 하도록 만드네. 내가 태워다 주겠
다면 당신은 그냥 타고 가면 되는 거야. 알겠어?"

어깨를 툭툭 치며 하는 옥박지름에 철민은 감히 더 이상 거
절할 수가 없었다.

9

그날 내내 철민은 오만가지 생각을 다 해보았다.

한영주와 이준혁이 약혼을 하든 결혼을 하든 그런 것이야 처음부터 그와는 '노는 물'이 다른 사람들의 일이니 '그래? 그렇구나!' 하고 말면 그만일 일이었다.

다만 일이 벌어지는 모양새가 좀 난감하였다. 그들 '노는 물'이 다른 두 사람이 '노는' 일과 철민 자신이 무슨 상관이 있다는 말인가? 도대체 무슨 상관이 있다고 애꿎게도 그 조폭 같은 놈들에게 그런 험악한 꼴까지 당해야 한다는 말인가?

'설마? 저쪽에서 지금 날 견제하는 거야?'

퍼뜩 떠오르는 의문에 철민이 이내 어이없어 고개를 가로젓고 말았다. 그러나 다시금 문득 걸리는 것이 하나 있기는 했다. 그녀와의 그 기묘한 첫 만남. 비록 서로를 모르는 상태에서 우발적으로 일어난 '사건'이고, 그리고 결론적으로는 아무 일도 없었지만 어쨌든 하룻밤을 같이, 그것도 한 침대에서 같이 보내지 않았던가? 그러나 철민은 다시 고개를 가로저었다.

'그 일을 이준혁 쪽에서 어떻게 안단 말인가? 그게 무슨 영광스러운 일이라고, 설마 한영주가 제 입으로 발설했을 리도 만무하고…….'

솔직히 말하자면, 철민은 한때는 양손에 떡을 쥔 게 아닐까 하는 달콤한 상상을 즐기기도 했다. 이미 확보된 그룹의 S급

인재로서의 안정성이라는 떡과 비록 상대적인 불확실성과 위험 요소가 있긴 하지만 그런 만큼 더욱 매력적일 수밖에 없는 새롭게 다가온 기회의 떡 말이다.

새롭게 다가온 기회의 떡? 물론 한영주라는 떡이다. 그러나 물론 그녀와는 애초부터 '노는 물'이 다른 그가 그녀의 남자가 될 수 있으리라는 환타지는 꿈도 꾸지 않았다. 다만 기왕에 사뭇 묘하다고 할 만한 인연으로 만났으니 좀 더 묘한 쪽으로 욕심을 부려본다면, 장차 그녀가 맡게 될 거라고 하는 호텔이나 백화점 쪽 계열에서 임원 자리 정도 하나쯤은 꿈꿔볼 수도 있지 않겠느냐 하는 정도의 의미에서의 떡이다. 만약에 정말로 그렇게만 된다면, 어쩌면 대성그룹의 S급 인재로서의 떡보다도 더 빠르고 더 확실한 떡이 아니겠는가 말이다.

그러나 이제 그 '양손의 떡' 중 하나는 한순간에 '물 건너간 떡'이 되고 말았으니, 다만 그 '물 건너간 떡'이 생각지도 못한 부메랑으로 되돌아와 그의 뒤통수를 까는 일이 만에 하나라도 생기지 말기를 바랄 뿐이었다. 그럴 일은 정말로 없겠지만.

第十一章
추락

몽상가

1

엊그제 새해가 되었나 했더니 시간은 어느새 1월 중순으로 종종걸음을 치고 있었다.

구단 사무실은 차라리 평온한 분위기였다. 뻔한 결말을 정해놓은 사람들의 포기에서 나오는 평온이랄까? 철민은 자신 또한 점차로 그런 분위기에 익숙해지고 있다고 느꼈다.

'한 달, 딱 한 달만 더 기다려 보자!'

철민이 작정하고 있는 바는 그랬다.

2

한영주는 혼란스러운 심정이었다. 이준혁과의 약혼 날짜는 한 달 뒤로 다소간 급하게 잡혔다. 두 사람이 의사를 표시하자마자 양가에서 곧바로 서두른 때문이었다. 그런데 야구단에서 손을 떼기로 하고 난 뒤부터 모든 것이 명쾌해진 듯싶었는데, 막상 약혼 날짜가 잡히고 나자 갑자기 머릿속이 혼란스러워지기 시작했다, 딱히 그럴 만한 이유가 있는 것도 아닌데.

한영주가 그동안의 방황과 방종에 대해 스스로를 정리하자는 생각에서 한동안 술을 자제하고 있었는데, 오늘은 문득 술 생각이 다시 났다. 술꾼들 표현대로 '술이 고픈' 정도는 아니고, 다만 약간의 술기운을 빌려 정말 아무 생각 없이 그저 수다라도 떨고 싶은 그런 심정이었다. 물론 수다를 떤다고 해서 다른 사람이 그녀의 속을 어찌 다 알아주랴. 그냥 뭐랄까, 딱히 미진하고 억울할 것도 없는데, 그래도 누구에겐가 무언가를 그저 하소연하고 싶다고나 할까? 그런데 막상,

'누구랑?

하는 문제에 도달해 놓고 나니 참으로 웃기게도 막상 '이 사람이다!' 싶은 사람이 없었다. 스물다섯 해를 살아오는 동안 만났을 숱한 사람들 중에 기껏 '아무 생각 없는 수다'를 털어놓을 만한 정도의 사람이 없었다. 잘나고 대단하다는 인간들은 제법 많은데 막상 그녀의 그런 소소한 심정을 털어놓을 그저 그런 상대는 없었다. 그저 그런 상대? 별로 중요하달 정도의 비중은 없지만, 그런 만큼 크게 신경 써주지 않아도 되는 편한 상대일까?

그런데 씁쓸하게 웃는 중에 문득 떠오르는 사람이 하나 있

었다. 막상 떠올려 놓고 보니 그녀 스스로에게도 참으로 의외
다 싶은 사람이었다.

　'왜? 왜 하필이면 그일까?'

　그 의문에 대해서 한영주는 마땅한 답을 구하기가 어려웠
다. 다만 그라면 그녀의 심정을 이해하든 못하든 잠자코 들어
는 줄 사람이라는 느낌일 뿐이었다. 그는 오빠들 중에서도, 이
준혁도 아닌 바로 김철민이었다.

　정말로 그를 만날 생각까지는 아니었다. 야구단에서 손을
떼어버린 지금에 와서 그를 만날 이유도 명분도 없었다. 그냥
그녀가 방금 문득 떠올린 김철민이라는 사람의 이미지, 그 부
담없고 편한 이미지를 추억할 수 있는 분위기 정도면 족했다.
그런 분위기 속에서 그녀 혼자서 수다를 떨고, 혼잣말로 하소
연하며, 그녀 자신을 위로해 주고 싶었다. 이제 한 달 뒤부터
다시는 이런 기분에 젖을 일이 없을 테니 마지막으로 딱 한 번
만 말이다.

　그녀는 마침내 생각해 냈다. '그 부담없고 편한 이미지를 추
억할 수 있는' 분위기를. 바로 포장마차였다. 바로 그곳의 포
장마차.

3

　그가 그곳에 있었다. 정말 뜻밖에도. 그냥 반가웠다. 다른
아무 생각도 나지 않을 정도로.

"아! 김철민 씨!"

그 호칭의 낯섦에 대해서는 그녀도 그도 움찔 놀라고 말았다. 그리고 그 어색한 느낌은 서로에게 고스란히 전해졌다.

"여긴 어쩐 일로……?"

"아… 그냥 근처에서 누구 좀 만나고 가는 길에……."

둘러댄다고 하는 말이 더욱 어색하기만 하였다. 한영주가 쭈뼛거리며 자리에 앉을 때까지의 시간은 그녀 자신에게도, 그리고 철민에게도 참으로 길게 느껴졌다. 긴 침묵을 깨듯이 철민이 조심스럽게 물었다.

"약혼하신다고요?"

"그걸… 어떻게?"

"예! 그냥 우연히 재경그룹 쪽 사람들을 만났다가……."

"그쪽에서 뭐라고 하던가요?"

"아닙니다. 그냥 뭐… 물론 두 분이야 그런 사소한 일에는 조금도 신경 쓰지 않겠지만, 주변에서야 아무래도 조심스러운 일이다 보니……."

"조심스럽다니요?"

"그러니까… 두 분이 다 유명 인사이시니 괜히 쓸데없이 말 만들기 좋아하는 사람들의 입방아에 오르기도 그만큼 쉽다는… 뭐 그런……."

철민이 괜한 말을 꺼냈다 싶어 사뭇 당혹스러운 중에 말이 꼬이고 마는데, 한영주가 문득 정색하며 그의 말을 잘랐다.

"그만하세요! 이제 보니 김 과장님도 은근히 주제넘은 데가 있군요?"

그녀의 화가 담긴 질책에 철민이 그만 움찔하여 자신도 모르게,

"죄송합니다!"

하고 말을 뱉고 말았다. 동시에 그는 과연 자신이 그런 말까지 해야 할 정도로 그녀에게 잘못을 했는가 하고 스스로 따져보고 있었다. 반사적인 대응이었다. 상사의 질책에 대해 하급자로서의 몸에 배인 대응.

그런데 철민의 그 한마디에 대해서는 한영주 또한 까닭 모를 반감 같은 것이 불쑥 치솟는 것을 느껴야 했다.

'죄송하다고?'

그녀는 문득 가슴이 답답해져 왔다. 괜히 우울해지고 왠지 모를 화가 치밀기도 했다.

"뭐가요? 뭐가 죄송한데요?"

그렇게 묻긴 했으나 대답을 듣고자 한 것은 아니었는데, 그 물음에 철민이 다시금 주춤거리는 것을 보고 그녀는 이윽고 견딜 수 없어서 벌떡 자리를 박차 일어서고 말았다. 그리고 뒤도 돌아보지 않고 매몰차게 포장마차를 나섰다.

4

"어이, 형씨! 오랜만이요?"

퇴근길. 철민이 사무실을 나와 지하철역을 향해 걷고 있는

데 누군가 그의 옆으로 다가서며 천연덕스럽게 팔짱을 끼며 말을 걸었다. 일전의 '말쑥한 사내'였다. 철민은 놈의 말에 대답하는 대신 주변부터 훑었다. 그리고 지난번과는 달리 오늘은 놈 혼자라는 사실을 확인하면서 철민은 문득 쓴웃음을 떠올리고 말았다. 이 순간에 왜 그것부터 확인했는지에 대해, 그리고 그런 것을 확인해서 뭘 어떻게 하겠다는 것인지에 대해. 그런 따위에 대한 순간적인 자조였을까?

놈이 와락 인상을 그리더니 거칠게 철민을 잡아끌었다. 아마도 철민의 쓴웃음 때문이었으리라.

"얘기할 게 좀 있으니까 잠깐만 따라오시지."

철민은 놈이 끄는 대로 순순히 따라갔다. 이상하게도 일전에 당할 때만큼 급박하다거나 두렵다는 마음이 들지는 않았다. 이미 한번 당해본 짓이라 익숙해진 걸까? 놈이 철민을 끌고 간 곳은 바로 인근의 상가 지하주차장이었다.

짝!

다짜고짜 놈의 손이 날아왔고, 뺨에 작렬하는 충격으로 철민은 두 눈에서 불이 번쩍 일어나는 것 같았다. 놈은 완연한 '어깨'의 본색을 드러내고 있었다.

"어떻게 된 게 가방 끈 좀 길다는 새끼들은 좋게 말로 하면 도통 말귀를 못 알아들어요. 그래, 꼭 몸으로 알아듣게끔 해줘야 되겠냐?"

철민은 한순간 머릿속이 하얗게 비는 느낌이었다. 극도의 당황과 극한의 공포 같은 것이랄까? 그러나 철민의 머릿속에서는 금방 이상한 상태가 왔다. 당황과 공포를 밀어내고 사뭇 어울리지 않는 추리와 생각들이 생겨나고 있었다.

우선은 놈이 다짜고짜 폭력을 행사하는 것이 바로 어젯밤 한영주와 그가 포장마차에서 만난 일 때문일 것이란 점과 그것이 곧 '저쪽'에서 자신, 혹은 한영주의 동선을 지켜보고 있다는 것을 의미하리라는 추리였다.

그리고 뒤따르는 또 하나의 생각은 철민이 스스로 생각해도 참으로 이상한 것이었다. 이상하다 못해 차라리 우습기까지 했다. 방금의 고통이 제법 익숙하다는 생각이었다. 그런 덕분인지 제법 견딜 만하다 싶기도 했다.

철민이 반항을 하는 것은 아니었지만, 아무 말도 묻지 않고 있다는 것이 놈의 화를 다시금 돋운 모양이었다.

퍽! 퍽! 퍼퍽!

놈의 주먹이 잇달아 날아왔다.

"헉!"

"윽!"

하는 비명들이 새어 나왔지만, 철민은 그것들이 마치 그의 의지와는 아무 상관이 없는 듯한 착각을 느끼고 있는 중이었다. 와중에도 그는,

'제법 싸움을 해본 자다!'

라는 '판단'을 언뜻 했다. 상대의 펀치가 턱을 치고 아래로 내려가 복부를 치는 연결 펀치였다는 근거에서였다. 그리고 지금 그가 처한 상황과는 너무도 어울리지 않는 그 황당한 '판

단'에 대해 철민은 이제 우습다고 느끼는 대신에 턱과 명치 어림에서 화들짝 피어오르는 고통과 함께, 그제야 화드득 온몸으로 퍼지는 긴장을 느꼈다. 그러나 고통은 여전히 제법 익숙하였고, 또한 제법 견딜 만하였다. 그리고 긴장은 두려움과는 사뭇 다른, 차라리 흥분에 가까운 묘한 떨림을 동반하고 있었다.

호흡의 걸림에서 철민은 코피가 터졌음을 알았다. 그리고 비릿한 맛에서 입술이 터졌다는 것도. 그러한 인지 때문이었을까? 순간 온몸의 피가 빠르게 도는 것 같았다. 묘한 흥분이 고조되면서 뒤늦게 깨달아지는 것도 있었다. 희한한 일이었다. 생각해 보니 그는 눈을 안 감았었다. 얼굴로 주먹이 날아오는 그 순간에도 말이다. 물론 눈을 안 감았다고 해서 주먹을 피했다는 건 아니다. 맞을 주먹은 고스란히 다 맞았다.

"이 새끼 좀 보소? 네가 지금 내 앞에서 맷집 자랑하냐?"

문득 주먹질을 멈춘 놈이 인상을 확 구기더니 이내 또 실실거리며 웃는 표정이 되었다.

"보소, 형씨! 혹시 앞으로도 나 같은 사람한테 맞을 일이 생길 때는 괜한 맷집 자랑하지 마소! 성질 더러운 놈 만나면 정말로 뒈지는 경우가 생길 수도 있으니까 말이오. 어쨌든 오늘은 형씨한테 마지막으로 한 번 더 경고하는 차원이니까, 이 정도 하는 것으로 합시다. 내 말이 뭔 말인지 잘 생각해 보소. 그래야 수명대로 사는 데 지장이 없을 거요. 알겠소? 자! 그럼 우리 다음에 다시 만나는 일 없도록 합시다?"

놈은 등 뒤로 손을 흔들어 보이며 주차장을 걸어나갔다. 그런데 그 순간이었다. 얼굴을 훑은 손바닥에 진득하니 묻어 나온 피 때문이었을까? 철민이 그 직전까지는 차라리 무덤덤하더니 문득 화가 났다. 억울하다는 생각이 들었다. 그리고 그런 감정들이 갑자기 증폭되기 시작했다. 미칠 듯이 화가 났고, 미칠 듯이 억울해지는 것이었다.

"야!"

철민이 외친 소리로 인해 지하주차장 전체가 '웅!' 하니 울렸다. 놈이 의아하고 또 놀란 얼굴로 몸을 돌렸을 때는 전력으로 달려간 철민의 몸이 그를 들이받고 있는 순간이었다. 어깨로 복부 어림을 정통으로 들이받은 데다 다시 놈의 양쪽 오금을 잡아채 버렸으니, 놈의 몸이 잠깐 허공으로 떴다가는 속절없이 바닥에다 엉덩방아를 찧으며 나가떨어지고 말았다. 철민이 그런 놈의 몸통 위로 올라가 가슴을 깔고 앉으며, 또 양 무릎으로는 놈의 양팔을 찍어 누른 채로 양 주먹을 마구 내리꽂았다.

퍽! 퍽! 퍼퍽!

'마구' 라고 할 것도 없었다. 기껏 네다섯 번의 '내리꽂음' 에 불과했으니까. 도저히 억제할 수 없는 화요, 억울함이요, 충동이었는데, 밑에 깔린 놈이 주먹세례에 반응을 하지 않는다는 사실을 감지하는 순간에 그의 주먹은 자동적이다시피 멈추었다.

짝!

호되게 후려치는 뺨 한 대에 놈은 겨우 정신을 차렸다. 곧바로 크게 흔들리는 놈의 눈동자에는 두려움이 가득했다. 그런 놈의 모습에서는 좀 전까지 잔뜩 폼을 잡으며 제멋대로 군림하던 '어깨' 의 모습은 조금도 찾아 볼 수가 없었다.

'이거 뭐 이래?'

오히려 철민 스스로가 황당스럽고 당황스러운 마음이었다. 볼썽사납게 널브러진 놈을 위에서 내려다보며 철민이 목소리를 깔았다.

"너 이 새끼! 앞으로 한 번만 더 내 앞에서 어깨 힘주면 그때는 아주 죽을 줄 알아! 알았어?"

"예… 예!"

놈의 기어들어 가는 목소리가 마음에 안 들어 철민이 짐짓 인상을 확 그리며 다짐을 시켰다.

"알았냐고, 새꺄?"

"예!"

놈의 대답이 분명해졌다.

5

"요즘 자주 오십니다?"

포장마차 주인장이 반가운 체를 하더니 철민의 얼굴을 보고는 이내,

"그런데 얼굴은 어쩌다가……?"

하고 걱정의 말을 했다. 철민이 오는 길에 지하철역 화장실에서 대충 씻긴 했지만, 시퍼렇게 멍들고 부풀어 오른 얼굴은 '어디에서 된통 두들겨 맞았소!' 하고 광고를 하는 격이었다. 그런 얼굴을 하고도 포장마차를 찾았으니, 철민이 주인장에게 인사를 받을 만하긴 했다. 술도 습관이라고 하더니 어느새 그렇게 되어버린 걸까?

'뭐지, 이 말도 안 되는 상황은?'

소주 한 병을 급하게 비우고 나서야 철민은 애써 눌러두었던 의문 하나를 이윽고 떠올렸다. 오늘 그는 자신의 내부 어느 깊숙한 곳에 숨겨져 있던 뜻밖의 폭력성을 발견했다. 폭력성? 혹은 잠자고 있던 야성인가? 여하튼 지금까지의 자신과는 전혀 어울리지 않는, 꿈에도 생각지 못했던 면모였다.

'꿈에도 생각지 못했다고?'

문득 생각해 보니 그건 또 아닌 것 같았다.

'혹시 꿈 덕분인가?'

퍼뜩 떠오르는 생각에 철민은 자신도 모르게 숨쉬기에 들어갔다.

홉… 지! 홉… 지! 홉… 지!

그러나 몇 번 하지도 못하고 숨이 차올랐다. 계속할 짓은 결코 못 되었다.

'제기랄!'

억울하단 생각이 절로 들었다. 사십팔흡지(四十八吸止)니 구십육흡지호지(九十六吸止呼止)니 해가며 얼마나 피눈물 나게 했던 숨쉬기인가? 얼마나 많이 죽어가며 했던 숨쉬기인가? 그런데 아무리 꿈과 현실이 다르다지만 기껏 대여섯 번도 못 쉬고 한계에 이르고 말다니? 그 숱한 피눈물과 죽음의 대가가 그야말로 도루아미타불이 아닌가?

"제기랄! 흐흐흐!"

저 혼자서 숨 막혀하고, 투덜거리고, 실실 웃기까지 하는 철민을 보며 젊은 놈이 기껏 소주 한 병에 별짓을 다 한다 싶었던지, 옆 테이블의 손님들이 곱지 않은 눈길을 힐끔거렸다. 주인장도 이쪽을 보고 있었던지 언뜻 철민과 눈이 마주치자 빙긋이 웃으며 고개를 돌렸다. 그에 철민이 그만 객쩍어지고 말았으나, 이내 스멀거리며 목구멍을 비집고 올라오는 실소를 참지 못하고 말았다.

"푸흐흐흐."

6

금요일! 언제부터인가 토요일 대신에 주말의 분위기를 꿰찬 '신 주말'이다. 철민은 이전엔 토, 일요일에도 출근하는 것이 차라리 자연스러웠는데, 구단으로 자리를 옮기고 나서는 한 번도 빼먹지 않고 꼬박꼬박 쉬고 있었으니, 그에게도 금요일의 분위기는 주말다웠다. 막상은 오피스텔에 종일 처박혀 텔

레비전이나 보고 있는 지겨운 주말에 불과했지만.

멍이 시퍼렇게 든 철민의 얼굴은 사무실에서 잠깐의 화제가 되었다. 어디에 부딪쳤다고 했지만, 누가 보더라도 부딪쳐서 생기기는 어려운 형상의 멍이었다. 손강호의 출장으로 안 그래도 외톨이가 되어 있는 터에 얼굴에 시퍼런 훈장까지 달았으니 종일 말 한마디 거는 사람이 없었다. 퇴근 무렵이 되어서야 오 단장이 그를 불렀다. 강영석 부장과 함께였다.

구단 내부 조직의 개편 문제였다. 물론 단장에게는 언제라도 구단의 내부 조직을 개편할 권한이 있지만, 너무 갑작스러운 데다 강 부장과도 사전 협의가 없었던 것 같고, 더욱이 오 단장의 사뭇 어두운 얼굴은 이번의 조직 개편이 그의 의지가 아님을 언뜻 짐작하도록 했다. 그렇다면 그의 윗선, 어쩌면 비서실의 입김이라도 있었던 걸까?

운영본부를 신설하고, 운영팀은 현장지원팀으로 개편한다. 운영본부장은 강영석 부장이 맡고, 현장지원팀장은 김철민 과장이 맡는다. 인력의 신규 확충은 없고, 기존 운영팀의 인력을 재배치한다.

조직 개편의 내용은 그랬다. 그럼으로써 철민은 이번 조직 개편에 모종의 내막이 있음을 확신할 수 있었다. 바로 그가 맡게 된 현장지원팀이란 것이 선수들과 밀착하여 함께 움직이는 완전현장형 프런트를 표방하면서, 아예 사무실에서 자리를 없애 버린다는 점에서였다. 더욱이 시즌 중의 업무 상황에 따라 그때그때 인력 조정을 하겠다는 전제를 붙이기는 했지만, 우선 전지훈련 중에는 철민과 손강호 두 사람만으로 팀을 꾸려 나가라는 것이었다. 아울러 곧 있을 선수단의 전지훈련부터 현장 근무를 시작하라고 했다.

'신발끈!'

상황은 명료해 보였다. 토사구팽? 혹은 용도 폐기 처분? 윗선에서는 한영주가 벌였던 잠깐의 유희가 그룹의 치부로 작용할 수 있다는 판단을 한 모양이고, 이제 그 치부에 가장 가까이에 있었던 그를 폐기 처분함으로써 치부의 흔적을 도려내려는 것인가?

1부장은 핸드폰을 받지 않았다. 잠시도 핸드폰을 놓지 않는 인물이니, 일부러 받지 않는 것이 분명했다. 혁신본부의 사무실로 전화를 했더니 조금 전에 퇴근을 했다고 한다.

'개자식!'

철민이 이런 판국에까지 몰린 마당에 이것저것 가릴 여유는 없었다. 한영주의 핸드폰 번호를 눌렀다. 그러나 그녀 또한 전화를 받지 않았다. 처음에는 신호가 가더니 이내 전원이 꺼져 있다는 메시지가 나왔다.

'닝기리!'

이쯤 되면 아예 노골적인 '팽' 이었다. 절망이었다. 추락이었다. 더 이상 나쁠 수 없는 최악으로의 추락.

철민은 포장마차에 있었다. 어떻게 사무실을 나왔고, 무슨
정신에 여기까지 왔는지 감이 없었다. 그냥 멍한 상태에서 왔
으리라. 철민의 테이블에는 세 번째 소주병이 올라왔지만 안
주는 없었다. 그냥 술만 시키고 안주 주문할 생각조차도 미처
못하고 있는 것이다.

주인장이 조심스럽게 와서,

"안주 좀 드릴까?"

하고 말을 건넸다. 이미 몇 번이나 물어보았던 말이던지 철
민이 제대로 듣지 못하고 여전히 혼자 생각에만 빠져 있자 끌
끌 혀를 찬 주인장이 조리대로 가더니 알아서 어묵 몇 개를 국
물과 함께 담아서 가져왔다.

"좀 천천히 마셔요. 오뎅 국물이라도 좀 떠먹어가면서."

어묵 그릇을 테이블 위에 놓아주며 주인이 안쓰럽게 말했으
나, 철민은 그런 줄조차 알지 못하는 눈치였다.

부르르! 부르르!

핸드폰이 몇 차례나 몸서리를 쳤지만, 철민은 알지 못했다.
그는 빠르게 취해가고 있었다.

8

한영주는 이준혁과 함께 청담동에 나와 있었다. 맞춰놓은 드레스와 예복을 입어보고 사진 촬영도 하기 위해서인데, 이준혁에게 바쁜 일이 있었던 탓에 저녁에야 시간을 맞추게 되었다.

드레스 룸에서 드레스를 입고 화장을 하던 중에 한영주는 문득 거울에 비친 자신의 모습이 마치 쇼 윈도우의 마네킹 같다는 생각을 했다. 순간 불쑥 기묘한 반감이 생겨났다. 그때,

부르르!

하고 핸드폰이 울렸다. 액정에는 김철민의 이름이 떠 있었다. 순간 갑작스러운 당황스러움에 한영주는 핸드폰의 배터리를 빼버리고 말았다. 그리고는 제풀에 다시 당황하고 말았다.

'왜?

지금까지는 그녀가 일방적으로 해왔는데 김철민이 처음으로 걸어온 전화여서? 혹은 바로 룸 바깥에 이준혁이 기다리고 있다는 게 의식되어서? 한영주는 이내 마음이 우울해졌다. 김철민에게는 일단 이준혁과의 스케줄이 끝나고 난 다음에 다시 전화를 걸어보리라고 마음먹었다.

"예쁜데?"

이준혁의 멋없지만 점잖은 칭찬에 한영주는 예쁘게 미소 지어주었다. 그러나 우울해진 마음은 쉽게 전환되지를 않았다. 이준혁이 예복을 갖춰 입을 때까지 기다리고, 다시 여러 장의 기념사진을 촬영하는 중에도 마음은 점점 더 우울해져만 갔

다. 그러던 중에 한영주는 자신이 우울해진 원인이 김철민의 전화를 받지 않은 것으로부터 비롯되었다는 당연한 사실을 마치 전혀 모르고 있다가 문득 깨닫게 된 것처럼 갑자기 조급해지고 말았다. 그리고 급기야는 화장실로 가서 전화를 걸었다.

그러나 김철민은 전화를 받지 않았다. 신호는 가는데도 계속 받지를 않았다. 한영주는 문득 그가 지금 혹시 어떤 비정상적이거나 부정적인 상황에 처해 있지는 않을까 하는 짐작을 떠올리게 되었다. 물론 아무런 근거도 없이 그냥 불쑥 떠오른 짐작이었다. 그러나 그 짐작은 이내 우려로 변했기에 한영주는 다시 야구단으로 전화를 했다. 마침 강영석 부장이 전화를 받았고, 그로부터 오늘 단행된 구단 조직 개편에 관한 자초지종을 들을 수 있었다.

"누구의 지시였나요? 제계는 사전에 한마디 협의도 없이 이렇게 해도 되는 건가요?"

그녀의 목소리가 뾰족하게 올라가자 강 부장은 연신 죄송하다고 하였다. 그러나 애꿎은 강 부장이 죄송해할 사안은 아니었다. 비서실의 개입이 있었을 것이라는 짐작을 퍼뜩 해볼 수 있었고, 그전에 아무런 언급도 없이 돌연히 구단에 대해서 손을 떼버린 것은 바로 그녀가 아니던가?

"미안해요."

한영주가 단지 그 말 외에는 이유도 설명하지 않고 급히 가봐야겠다고만 했지만, 이준혁은 잠깐 가볍게 이마를 찌푸린 것 외에는 넉넉한 모습으로 고개를 끄덕여 주었다.

운전기사에게는 먼저 집으로 가도 좋다고 하고 한영주는 택시를 잡아탔다. 일단 철민을 만나야겠다는 생각이었다. 만나서 무엇을 어떻게 하리라는 구체적인 생각은 없었지만, 어쨌든 뭔가를 해야만 할 것 같았다. 최소한 미안하다는 말이라도. 철민이 지금 어디에 있을지는 알 것 같았다. 아니, 그냥 그곳에 있을 것 같다는 느낌이었다.

第十二章

격정(激情)

몽상가

1

철민은 과연 그곳에 있었다, 그 포장마차에.

한영주가 조용히 철민의 맞은편을 차지하고 앉자, 주인장이 빙글거리는 얼굴로 소주잔과 수저를 가져다주었다. 철민은 그녀가 온 줄도 모르고 고개를 숙이고 있다가 멍한 얼굴로 홀짝 술잔을 비우고는 다시 고개를 숙였다. 테이블 위에는 벌써 대여섯 개의 빈 소주병이 널려 있었다.

"어디서 이런 거예요?"

한영주가 먼저 입을 열었다. 철민의 얼굴에 선명히 나 있는 검푸른 자국들을 뒤늦게 보고나서였다. 철민이 힘겹게 고개를 들었다. 그리고 벌겋게 충혈된 두 눈으로 잠시 그녀를 보고 있더니 다짜고짜 호통을 쳤다.

"야! 내가 개구린 줄 알아?"

한영주가 놀라고 어이없어 토끼눈으로 보고만 있는데 철민이 다시 따지고 들었다.

"너희들이 장난으로 던지는 돌에 맞아 대가리가 터지고 창자가 터져도 아무 말도 못하는 개구리인 줄 아느냐고!"

한영주가 참지 못하고 쏘아붙였다.

"무슨 얘기를 하는 거예요, 지금?"

"그 자식들이 말이야!"

"그 자식들이라니, 누구를 말하는 거예요?"

"뭐? 그 자식들이 누구냐고? 흐흐흐! 대단한 자식들이지. 나 같은 놈과는 아주 차원이 다른 자식들이거든? 그 자식들이 그러더라? 너한테 무슨 흠집 같은 것 생기지 않도록 잘 모시라고. 흐흐흐! 그리고 어제께 와서는 다시 마지막 경고를 하더라? 좋게 말로 하니까 도통 말귀를 못 알아듣는다고 하면서 말이지. 흐흐흐… 하하하하!"

"그게 도대체 무슨……? 아, 혹시……?"

철민이 다시 술잔을 입에 털어 넣고, 그 술의 일부가 미처 삼켜지지 못하고 입 밖으로 흘러내리는 걸 보면서 한영주는 소스라치며 스스로에게 되물었다.

"설마 이준혁 그 사람이?"

2

철민은 이미 만취 상태였다. 도무지 대화가 되지 않았다. 끝없이 얘기를 늘어놓았지만, 그 혼자만의 얘기였다. 그리고 횡설수설이었다.

그런 철민을 앞에 두고 한영주 역시 혼자만의 생각에 잠겨 있었다. 그러하다고 멍하니 시간을 죽이고 있는 건 아니었다. 이상한 일이었다. 철민의 횡설수설을 들으면서 이상하게도 그동안의 혼란과 우울이 점차로 가시는 듯한 느낌이었다. 그리고 그녀는 이윽고 한 가지 뚜렷한 생각에 도달할 수 있었다. 자신이 지금 가장 우선적으로, 그리고 가장 중점적으로 해야 할 일이 무엇인지에 대해.

한영주에게 그 '무엇' 은 바로 야구단이었다. 야구단이 살고 죽고 하는 것의 문제는 아니었다. 그녀가 진짜로 해야 할 일은 야구단을 살리고자 하는 노력을 계속해야만 한다는 것이었다. 그 결과가 어떻게 나오든 결과가 나올 때까지의 과정에서는 최선을 다해야만 한다는 것이었다. 그것이야말로 지금 그녀 자신에게 가장 절실한 문제이자 명제였다. 그것이야말로 그녀 스스로의 의지에 충실해 볼 수 있는 최초의 기회이자, 어쩌면 최후의 기회일지도 몰랐다. 그리하여 지금 당장 시도하지 않으면 그녀는 앞으로 그 어떤 기회도 다시 가져볼 수 없게 될 것임에 분명했다.

이때까지 그녀의 시도가 다만 아버지의 갑작스러운 부재가 주는 허탈감과 외로움을 견디기 위한 억지스러운 고집일 뿐이라고 생각했는데, 그 이유뿐은 아니었다는 걸 한영주는 문득

깨달았다. 그것은 그녀가 스물여섯 해, 결코 짧지 않은 지금까
지의 인생에서 쌓아온 방황과 방종, 혹은 한계의 늪에서 탈피
하기 위한 힘겨운 몸부림이었던 것이다.

그리고 한영주는 뭔가를 해야만 한다는 절박감을 느꼈다.
지금 당장. 바로 이 자리에서. 눈앞의 이 남자에게. 그녀에게
주어진 최초이자 최후의 기회를 놓치지 않기 위해. 이 남자와
비슷한 상태가 되면 그 얘기를 할 수 있을까? 자신이 얼마나
절박한 심정인지를 호소해 볼 수 있을까? 한영주는 급하게 술
을 들이켜기 시작했다.

3

"이봐요! 한 번만 더 날 좀 도와줘요!"

"뭐? 도와달라고? 흐흐흐! 사람을 이 지경으로 만들어놓고
뭘 또 도와달라는 거야?"

"난 다시 한 번 해보기로 했어요. 내가 왜 해야만 하는지…
그 이유를 이제야 확실히 알게 되었거든요."

"에이, 씨! 뭐라는 거야? 제길! 그래, 그런 거지! 니가 뭐라고
하는지 그걸 내가 알아야 할 이유는 또 없는 거지! 그런데 내가
궁금한 건 말이야… 너처럼 대단한 여자가 왜 나처럼 별 볼일
도 없는 놈한테… 도대체 뭘 도와달라고 하는 거지?"

"호호호! 그런가요? 별 볼일도 없는… 놈이었나요? 그래요.
뭐… 그럴 거예요. 당신 말대로 당신은… 별 볼일 없는 놈이

맞을 거예요."

"닝기리!"

"그렇지만… 그렇지만 말이에요. 당신밖에는 도와줄 수가 없는 문제라는 게… 진짜 문제라는 거지요."

"흐흐흐! 그게 무슨… 개 뼈다귀 같은 소리야? 왜? 왜… 나밖에는 도와줄 수가 없다는 건데?"

한영주는 억지로 취기를 가다듬었다. 생각은 분명한데 말이 잘 정리가 되지를 않았다. 목소리마저 자꾸만 잠겨들고 있었다. 너무 급하게 취해가고 있었다.

"퍼즐이에요, 퍼즐! 퍼즐 알아요? 훗! 몰라도 돼요. 그게 중요한 건 아니니까. 하여간에 말이에요, 그게 제법 복잡한 퍼즐인데… 우습게도 말이에요, 호호호! 하필이면 당신이… 당신이 퍼즐을 푸는 첫 번째 열쇠거든요. 왜냐고요? 그건… 왜 그렇게 된 건지는 사실 나도 잘 몰라요. 그냥 보니까… 그냥 그렇게 되어 있네요. 호호호!"

횡설수설이었다. 그리고 그녀도, 그도 점점 더 상대의 말에 귀 기울이지 않고 있었다. 상대의 말을 듣기보다는 자기 자신의 취기와 기분에 충실해 가고 있었다. 철민이 다시 한잔을 털어 넣고 나서 문득 목청을 높였다.

"그래, 좋다! 까짓 거… 도와주지! 별 볼일 없는 놈 주제에… 구단주님께서 까라는데… 깔 수밖에 더 있겠어? 신발끈! 뭘 도와달라는 건지는 모르겠지만… 어쨌든 죽으라는 것만 아니면… 다 도와드려야지! 암! 그렇고말고!"

그리고 철민이,

탕!

테이블을 치면서,

"안 그래요, 사장님?"

하고 혀 꼬부라진 소리로 외쳐 묻자 마침 테이블 위에 어지럽게 나뒹굴고 있는 빈 소주병을 치우러 왔던 주인장이 피시시 웃으며,

"예, 예! 그럼은요. 당연히 그렇지요!"

하고 장단을 맞추고는 다시,

"그런데 이제 그만하셔야 될 것 같은데… 두 분 다 많이 취하셨네요. 그리고 열두 시 넘은 지가 한참이라 이제 저희도 정리를 해야 할 시간이라서……."

한영주가 흐릿한 눈으로 돌아보니 포장마차에 남은 손님은 그들뿐이었다. 그러나 철민은 쉽사리 일어날 기세가 아니었다.

"사장님, 우리 인간적으로 딱… 딱 한 병만 더 마시고 일어나도 되지요?"

주인장이 슬쩍 한영주를 보고는 쓴웃음을 지을 수밖에 없었다. 그녀가 배시시 웃더니 손가락 하나를 펴 보였기 때문이다. 그러나 두 사람이 아무리 만취했다고 하더라도 한영주의 미모와 차림새, 분위기, 그리고 일전에 수행원까지 데리고 다니는 것을 본 적이 있는지라 주인장은 짐짓 흔쾌하게 고개를 주억거리고는 냉장고에서 소주 한 병을 꺼내고, 또 서비스라며 뜨끈한 어묵 국물까지 한 그릇 퍼 가지고 왔다.

독점하듯이 소주병을 놓지 않은 채 연신 자작으로 반병쯤이나 비워내던 철민이 어느 순간 고개를 떨어뜨렸다. 뭐라고 입속으로 웅얼거리면서.

한영주는 힘겹게 핸드폰 폴더를 열었다. 지금 하지 않으면 내일 아침에는 하지 못할 것 같은 통화가 하나 있었다. 지금의 이 기분이 가시고 모든 것이 상식과 정상으로 돌아가고 난 다음에는 결코 하지 못할 것 같은. 그 한 통의 통화를 지금 하지 않으면 그녀는 영원히 깊고 어두운 우울과 불안의 늪에서 빠져나오지 못할 것만 같았다. 지금 당장 그녀의 작정을 분명히 해놓아야만 했다. 어떤 당연한 상식으로도, 어떤 정상적인 조건으로도, 그리고 어떤 합리적인 설득으로도 다시 돌이킬 수 없도록.

"미안해요!"

한영주의 첫마디에 대해 전화 저쪽의 이준혁에게서는 당장의 답이 없었다. 대신 철민이 그 소리를 들었던지 여전히 고개를 떨어뜨린 채로 나직이 웅얼거렸다.

"괜찮아. 아무… 문제 없어."

그것을 무시하고 한영주는 다시 그녀의 절박함을 털어놓았다.

"이대로는 안 되겠어요. 대충 그렇게 따라서… 흘러가도 괜찮겠다고 생각했는데… 아무리 생각해 봐도 이건… 도저히 아니다… 도저히 그래서는 안 되겠다 싶어요. 우선은… 매듭부터 지어야겠어요. 저… 야구단 일… 다시 할래요. 일 년만 더, 제게 주어진 시간 동안만큼이라도… 할 수 있는 무엇이라도…

해봐야만 하겠어요. 우리 약혼은 그 후에… 그 후에 다시 생각해 봐요. 미안해요… 오빠."

힘겹게 그녀의 말이 다 끝나고, 다시 잠시의 침묵 끝에야 이준혁의 목소리가 들려왔다.

―네게 그럴 만한 사정이 생겼다면 어쩔 수 없겠지. 그래, 우리 약혼은 잠시 미루는 것으로 하자. 그러나… 너무 오래 미루어지지는 않았으면 한다.

이준혁의 목소리는 차분함을 잃지 않고 있었다. 너그럽기까지 했다.

"미안해요. 그리고… 고마워요."

한영주는 그렇게 전화를 끊었다. 남은 반병의 술을 한잔씩 비워 내 이윽고 빈 병을 만들고는 고개를 떨어뜨리고 있는 철민을 깨웠다.

"이제 그만 가요!"

자리에서 일어나려던 철민의 몸이 크게 한번 휘청거렸다. 그러나 곧바로 중심을 잡고는 비틀거리는 걸음으로 계산대로 향했다.

"사장님, 카드 되죠?"

철민이 큰 소리로 물었고, 주인장은 짐짓 굽실거리며 기분을 맞추었다.

"옙! 물론입죠!"

지갑을 꺼내려던 철민이 문득 고개를 갸웃하더니 뒤를 돌아보며 소리쳤다.

"야! 오늘은 니가 내라! 너 돈 많잖아!"

4

"야! 가라!"
"아, 씨! 뭐라는 거야?"
"아, 씨? 이게 정말?"
간지러웠다. 둘 사이에 언젠가 한 번쯤 왔다 갔다 했던 것같이 머릿속이 꼬물거리는 대화였다. 그 때문이었을까?
"호호호!"
"호호호!"
둘은 문득 마주보며 키득거렸다. 그리고는 이내 다시 날을 세웠다.
"야! 집이 어디야?"
"서울!"
"장난질할 정신이 되는 거 보니까 집에는 찾아가겠다. 자! 여기 만 원! 이거 택시비 해서 집에 가라."
"흥이다!"
"야! 가라는데 왜 자꾸 따라와?"
"아, 씨! 나보고 자꾸 어쩌라고?"
"아, 신발끈! 참말로 미치겠네!"
둘의 날 선 공방은 엘리베이터 안에서도 이어졌다. 꼬물거리며.

"야! 너 정말 사람 귀찮게 할 거야?"

"흥이다! 착각하지 마셔! 나도 여기에 볼일이 있는 사람이라고. 그래서 엘리베이터 좀 타겠다는데, 왜? 이 엘리베이터 아저씨가 전세 냈어?"

그리고 두 사람은 문득 다시 키득거렸다.

"호호호!"

"호호호"

심각했다가 우스웠다가, 진지했다가 장난이었다가, 모든 게 아주 뒤죽박죽이었다. 한 가지 분명한 건 둘 다 취했다는 거다. 취해도 너무 취했다는 거다.

"왝!"

"우왝!"

키로 문을 열고 들어서자마자 두 사람이 가장 먼저 한 일은 서로 밀치듯이 화장실로 들어서서 사이좋게 변기를 부여잡는 것이었다. 내가 한 번 반납하고, 네가 한 번 반납하고, 같이도 한 번 반납하고. 화장실 천장이 빙글빙글 돌았다. 변기도 빙글빙글 돌고, 이윽고는 화장실 전체가 빙글빙글 돌았다.

'아! 취했다. 취했다. 취해도 너무 취했다.'

방 천장이 빙글빙글 돌았다. 침대도 빙글빙글 돌았다. 그녀도 빙글빙글 돌았다. 눈에 보이는 모든 것이 빙글빙글 돌고, 머릿속의 생각들마저도 빙글빙글 돌았다. 분노도 돌고, 원망도 돌고, 절망도 돌고, 경멸도 돌고, 허탈도 돌고, 자조도 돌고…….

'아아! 어지럽다. 어지러워.'

간지럽고, 따뜻하고, 목마르고, 물컹거리고, 안타깝고, 형언할 수 없는 온갖 촉감이, 느낌들이 마구 휘감겨 들었다. 철민은 헤엄치고 있었다, 그 끈끈한 휘감김 속을.

'아아! 분출하려 하고 있다.'

철민의 몸 한구석에서 하나의 분출이 준비되고 있었다. 도저히 억제할 수 없도록 강력하고 거세고 거칠기 이를 데 없는 분출이.

"아아!"

"아아아!"

두 마디의 격정이 뒤엉켜 빙글빙글 돌았다. 그리고 그는, 그녀는 끝이 없는 낭떠러지로 한없이 한없이 추락해 갔다.

5

출근하지 않는 토요일 아침은 느긋해야 마땅한 것인데, 그러나 오늘 철민은 영 불편하였다. 불편하다 못해 절망적이기까지 하였다. 그렇듯이 그는 절망적으로 우울했지만 그녀는 명랑했다. 적어도 그런 것처럼 보였다. 그는 그녀가 제발 빨리 좀 사라져 주었으면 하고 바랐지만, 한영주는 엉뚱한 소리만 해댔다.

"배 안 고파요?"

먹고 싶은 게 있으면 배달을 시켜주겠다고 했더니 토요일

아침에 배달되는 게 뭐가 있겠냐며 그녀는 굳이 밖으로 나가
자고 했다. 시켜 먹는 것과 식당에 직접 가서 먹는 음식은 천
지 차이라면서.

"그 차림으로?"

엉망으로 구겨져 버린 그녀의 셔츠와 스커트는 세탁소에다
긴급으로 맡겼기에 그녀는 그의 '추리닝'을 입고 있었다. 바
지는 발목을 걷어 올리고, 상의는 손목을 걷어 올린 채로.

"뭐 어때요?"

그녀는 전혀 관계 없단다. 하긴 그녀 같은 여자가 언제 남의
눈치 같은 거 본 적이 있었으랴. 어쨌든 그녀를 보내기 위해서
라도 철민은 오피스텔 근처 해장국 집으로 그녀를 데리고 갔다.

"안 먹어요?"

콩나물 해장국에 숟가락을 푹 집어넣으면서 그녀가 물었다.
그러나 그는 속이 더부룩하고 입이 깔깔한데다 머릿속에서는
여전히 번개가 치는 듯 하얗게 섬광들이 번뜩이고 있었으니,
배고픈 생각이 조금이라도 있을 턱이 없었다.

그러나 그녀는 전혀 그렇지 않은 모양이었다. 타고난 주당
체질인가? 반쯤이나 후딱 그릇을 비운 한영주가 숟가락을 내
려놓기에 억지로 몇 숟가락 뜨고 있던 철민도 숟가락을 내려
놓았다.

"혹시 해서 말해두는 건데, 괜히 심각하게 생각할 필요는 조
금도 없어요. 그냥 단순하게 생각해요. 저도 그쪽도 이 나이에

처음은 아닐 거잖아요?"

'그래? 나는 처음이었는데, 너한테는 흔한 일이었니?'

불쑥 반발이 튀어 올랐지만 철민이 차마 밖으로 꺼내지는 못했다.

"그렇지만 도와주겠다고 했던 약속만은 지키세요. 그렇죠? 분명히 도와준다고 했죠?"

기억이 가물거렸지만 철민은 별 고민 없이 고개를 끄덕여 주었다. 그가 그런 말을 정말로 했든 안 했든 도와주기로 했다면 뭘 도와주기로 했든 지금 이 상황에서 그런 것이 다 무슨 상관이랴.

"아빠를 제외하고는, 당신은 내가 첫 번째로 인정한 내 편이에요. 그런 점에서라도 나를 도와주어야만 해요."

비록 억지성이었지만, 다시 한 번 다짐을 두는 그녀의 말에서 철민은 잠깐 마음이 당기는 느낌을 받기도 했다. 약간의 보호본능 같은 것이랄까? 그러나 아주 잠깐 스치듯이 지나가 버린 짧은 감상이었다.

"참, 그리고 제 약혼은 미루기로 했어요."

그녀가 별 대수롭지 않다는 듯이 불쑥 뱉었기에 철민은 잠시 혼란스러워해야만 했다. 그와는 아무 상관이 없다는 듯이 그 역시도 별 대수롭지 않다는 듯이 있으면 되나? 아니면 짐짓 놀라워하면서 위로의 말이라도 한마디 해줘야 하는 건가? 그 이전에 그는 지금 정말로 놀라고 있는 건가? 혹은 안타까워하고 있는 건가? 또 혹은 차라리 안도하고 있는 건가?

다행히도 철민은 오래 고민하지 않아도 되었다. 그녀가 곧바로 사뭇 업무적인 분위기로 변했기에.

"한번 야구단에 집중해 볼 생각이에요. 하지만 저로서는 의욕만 있지 당장에 뭘 어떻게 해야 할지, 무엇부터 해야 할지 아는 게 없으니 김 과장님 쪽에서 아이디어를 한번 내보세요. 그쪽에서 잘하는 거 있잖아요. 무슨 개선이니 개혁이니 하는 것들 말이에요."

그리고 그녀는 한쪽 눈을 찡긋하며,

"여기 카드 되겠죠?"

하고는 활짝 웃었다.

6

활짝 웃는 얼굴로 다시 한 번 뒤를 돌아보고 그녀는 식당을 나갔다. 철민은 알았다. 그렇게 그녀가 아주 가버릴 것을. 세탁소에 긴급으로 맡긴 그녀의 옷이 아직까지는 세탁이 끝나 있지 않으리라는 것을. 세탁이 끝났더라도 아마도 그녀는 그런 걸 어떻게 찾는지 잘 모를 수도 있다는 것을. 그렇지만, 그래도 철민은 여전히 자리에서 일어서지 않았다.

식당의 유리문 바깥에서 그녀의 모습이 완전히 보이지 않게 되었을 때에야 철민은 문득 허탈감을 느꼈다. 그녀와 자신 사이에 도대체 무슨 일이 있었던 건지, 무슨 말들이 오갔던 건지. 갑자기 온갖 생각이 마치 늦가을 바람에 이리저리 휩쓸려 다니는 황폐한 낙엽들처럼 그의 머릿속을 나뒹굴고 휩쓸려 다녔다.

단편적으로 생각나는 말들이 있기는 하다. '당신' 이라는 호칭. 그 어색하고도 이상하기까지 한 호칭은 이제 와 생각하니 왠지 슬픈 느낌이었다. 그리고 도와달라던 말. 그는 도와주겠다고 했다.

그러나 뭘 도와줄 것인가? 그도 그녀도 부질없는 짓일 뿐이지 않는가? 한영주가 구단주가 된 것이 오빠인 그룹 회장이 그녀에 대해 느꼈던 일시의 연민 따위에 불과했고, 그래서 처음부터 결과를 이미 정해놓고 잠시 동생을 달래주려던 것이었고, 그런 오누이 간의 '정 놀음' 에 그를 포함한 여러 사람들이 알고도 혹은 모르고서 속절없이 놀아난 것인데, 이제 와서 그런 '놀음' 을 다시 재현하기라도 하자는 말인가? 광대가 되어 다시 그 '놀음판' 에서 속절없이 놀아나 달란 말인가? 그럴 마음은 조금도 없었다. 아무리 한영주가 대단하고 그녀의 오빠인 그룹 회장은 더 대단하다고 하더라도 말이다.

7

거울에 비치는 모습을 보면서 철민은 자신의 얼굴이 조금씩 변해가는 것 같았다. 퀭해 보이는 눈동자, 거무죽죽한 눈두덩, 홀쭉한 두 뺨, 하룻밤 새에도 거뭇거뭇하니 올라오는 수염 자국, 확연해진 새치들.

사실은 겉모습은 별로 변한 게 없는데, 그 스스로에게 그렇게 보이는 것일지도 몰랐다. 스트레스 때문이리라. 여태껏 한 번도 받아본 적이 없는, 그야말로 스트레스의 폭주 때문이리라. 속절없이 떨어져 내리고 있다는 두려움, 또 혹은 패배주의이리라. 이렇게 인생의 패배자로 전락해 버리고 말지도 모른다는 위기감과 그럼에도 막상 그가 당장에 뚜렷이 취해볼 수 있는 방법이 없다는 절망감. 그런 중에 다시 마지막 바닥까지 추락해서는 안 된다는, 이대로 가다가는 목표한 바에서의 패배자가 아니라 인생 전체에서의 패배자가 될 수도 있다는, 그렇게 되기 전에 안간힘이라도 써봐야 한다는 절박함도 있으리라.

그러나 의욕을 가져보기조차 어려웠다. 어떻게 하든 버티고 서려 해보지만, 도무지 두 다리에 힘이 들어가지 않았다. 이대로 주저앉고만 싶었다.

8

혁신본부에서 재무 분야를 총괄할 새로운 담당자를 구단 사무실로 파견하겠다는 업무 연락이 왔다. 재무 분야라면 철민이 이미 총괄하고 있는 일이고, 그 혼자로도 업무에 전혀 과부하가 걸리지도 않았다. 곧 업무상으로 철민을 '팽' 시키겠다는 시도로 볼 수밖에 없을 것이다.

그러나 혁신본부의 그 업무 연락은 다음날 바로 취소되었다. 오 단장이 사뭇 힘이 들어간 목소리로 전한 바에 의하면, 뜻밖에도 구단주의 단호한 거부가 있었다고 했다. 그럼으로써 그 작은 사건은 사무실을 잠시 들뜨게 만들었다. 완전히 손을 뗀 줄로만 알았던 구단주의 복귀였다. 그것도 예전보다 훨씬 더 강력한 의지와 적극성을 지니고서.

며칠 뒤 혁신본부에서는 다시 업무 연락을 보내왔다. 인원을 파견하지는 않겠지만, 구단의 경영 계획에 이미 확정되어 있는 예산 비목이라고 하더라도 실제 집행을 위해서는 그 금액의 많고 적음에 무관하게 반드시 혁신본부의 합의를 거쳐야 한다는 내용이었다.

오 단장, 혹은 강 부장 쪽에서 재빨리 릴레이를 했던지 한영주가 전화로 다시 거부할지의 여부를 철민에게 물어왔다. 그러나 그런 것이야 비록 조금 지나치다고는 해도 어쨌든 혁신본부가 지닌 본연의 임무라고 할 수 있었으므로 철민은 그녀를 말렸다.

9

혁신본부의 이종성 과장은 그룹 입사 기수로 따져 철민의 이 년 선배였다. 철민과 마찬가지로 그 또한 줄곧 S급 인저 군에 속하며 과장 직급까지 탄탄대로를 달려온, 그야말로 엘리트였다. 당연히 얼마 전까지만 하더라도 철민에게는 반드시 넘어서야 할 경쟁자였다. 그러나 이제 두 사람의 처지는 확연히 달라졌다. 이종성 과장은 아직까지 단 한 번의 작은 실수나 오점도 남긴 바 없는 그야말로 퍼펙트 S급의 길을 계속 질주해

가고 있는 반면에, 철민은 한순간에 경쟁 구도에서 탈락해 바닥을 향해 곤두박질치는 처지가 되고 만 것이다.

이종성 과장은 야구단의 각 예산 비목별 실 집행을 위한 혁신본부의 합의담당자로 지정이 되었고, 그것을 빌미로 일주일에 한 번 꼴로는 구단 사무실로 외근을 나왔다. 그러면서 그는 재무 분야의 계획과 실적을 점검하고 통제하는 데만 그치지 않고, 구단의 주요 업무 전반에 걸쳐 사실상의 개입을 했다. 사실 어느 조직이든 간에 예산 문제를 아주 배제하고서 논할 수 있는 업무가 얼마나 되랴. 그럼으로써 이종성 과장은 다만 예산부분을 꼼꼼하고도 까다롭게 틀어쥐는 것만으로도 구단의 중요 업무들에 대해 실질적인 개입을 할 수 있었다.

그런 과정에서 철민에 대한 이종성 과장의 태도는 그야말로 쿨했다. 업무가 어정쩡하게 중복됨에도 철민에 대해서는 일절 '터치'를 하지 않았다. 그것이 방치인지 배려인지를 굳이 따질 필요는 없을 일이다. 이종성 과장의 그러한 태도에 대해 철민이, 그가 다만 자신의 일에 철저히 충실한 것이며, 만약 입장이 바뀌었다면 철민 자신 또한 마찬가지의 태도를 취했을 것이라고 생각했으므로.

철민의 입장에서는 차라리 배짱이 편한 것도 있었다. 지금까지 그가 맡아오던 악역을 대신해서 맡아줄 사람이 생긴 느낌이랄까? 물론 그러한 배짱이 결국은 패배자의 포기에서 비롯된 것일 테지만.

처음 한동안은 참는 데까지 졸음을 참다가 어쩔 수 없이 잠자리에 들었지, 결코 자청하여 그 두려운 세계로 갈 수는 없었던 그다. 그런데 시간이 지날수록 그 두려움은 아주 조금씩이라도 덜해지고 있는 것 같았다. 그런 중에는 꿈속의 세계가 괴롭긴 하나 다만 정도의 차이가 있을 뿐 깨어 있다고 해도 괴로운 것은 마찬가지라는, 어쩌면 매번 죽음의 공포와 치열하게 맞부딪쳐야만 하는 것이지만 그것 외에는 이런저런 복잡한 고민 없이 그냥 살아남기 위해서 '죽자고 견디고 개기면' 되는 꿈의 세계 쪽이, 깨고 난 다음에는 '꿈이니까! 꿈인데 어쩌겠어?' 하고 치부해 버릴 수라도 있는 그쪽이 차라리 나을 수도 있겠다는 생각을 가끔 해 보는 덕분도 얼마간은 있는 것이었다.

물론 그렇다고 해서 꿈의 세계가 '견딜 만' 해졌다는 건 결코 아니었다. 비록 매번마다 숨 막혀 죽고 칼에 찔려 죽는, 그 치 떨리는 고통과 진저리쳐지는 공포에서 조금은 비켜났지만, 그래도 그곳은 여전히 터지고, 깨지고, 부러지고, 치열한 살기와 터질 듯한 호흡과 난무하는 피로 가득한 세계였다. 그리하여 철민은 여전히 잠에서 깨어날 때마다 온몸이 땀으로 흠뻑 젖어 있어야만 했고,

"아아! 죽겠다!"

하는 소리를 절로 뱉을 수밖에 없었다.

그런데, 그런데 말이다. 그런 중에도 묘한 변화가 있긴 있었

다. 언제부터인가 모르게 시작된, 전혀 상상조차 하지 못했던 그 변화란 불가사의하게도 안도와 평화였다.

그것은 정말로 아이러니가 아닐 수 없었다. 철민이 언젠가 러너스 하이(Runner' s High)란 말을 들은 바 있었다. 대강 기억하기로 그것은 마라톤에서 '고통이 극한으로 쌓이는 순간에 문득 찾아오는 희열' 정도의 뜻인 것 같다. 혹은 견디기 힘들 만큼의 스트레스를 받을 때 사람의 뇌 속에서 자연적으로 일종의 마취 물질 같은 것이 생겨나 괴로움을 덜어주고 오히려 기분을 좋게 해준다는 뜻이었던가?

지금 그의 경우도 그런 유사한 것이 아닐까? 현실에서의 스트레스와 꿈에서의 스트레스, 완전히 다른 두 가지 유형의 스트레스가 그의 뇌 속에 동시에 존재하면서 마침내 더 이상 견딜 수 없는, 그야말로 피크로 치닫게 되자 그 절정의 순간에 기묘하게도 오히려 안도와 평화라는 전혀 엉뚱한 마취 물질을 만들어내고 만, 뭐 그런 비슷한 것 말이다.

그렇거나 말거나, 맞거나 틀리거나, 어쨌거나 그런 '아이러니' 덕분에 철민은 스스로를 좀 추슬러야겠다는 생각을 해보게 되었다. 억지로라도.

第十三章
신세계(新世界)

몽상가

1

　자유다. 그러나 당황스럽고 막연하기만 하였다. 막상 투장(鬪
場)이라는 제약된 공간을 떨치고 나와 보니 다만 '꿈' 일 뿐인 이
이상한 세상은 참으로 거대하게만 보였다, 얼마나 넓은지 짐작
조차 할 수 없을 정도로.

　'이제부터 무엇을 어떻게 해야 하나?

　당장에 밥 먹고 잠자는 일부터가 걱정이었다. 사흘째 길을
따라 줄곧 걷기만 했더니 그야말로 뱃가죽이 등에 달라붙은
듯이 배가 고팠고, 그런 중에도 저절로 두 눈이 감길 만큼 잠이
쏟아졌다. 분명히 현실이 아닌 곳에서의 생리적인 현상들이
그토록 생생하다는 것은 참으로 이상한 일이었다. 그러나 이
상하거나 말거나 어쨌든 지금 철민에게 가장 중요하고도 절실

한 것은 바로 그 '생생한 생리적인 현상들'이었다. 그 '생생함' 앞에서 이곳이 꿈속인지 현실인지 따위는 조금도 중요하지 않았다. 죽지 않으려면 살아내야 하는 것이다. 지금, 바로, 이곳에서.

그랬다. 현실이라는 단어의 의미가 '현재 당면하고 있는 사실'을 뜻하는 것이라면, 지금 이곳에서의 모든 것은 분명히 현실이었다. 또한 삶이라는 단어의 의미가 '사는 일'을 뜻하는 것이라면, 그는 분명히 지금 이곳에서 삶을 이어가고 있는 것이었다. 이곳이 그의 '본래의 세계'가 아닌 또 다른 세계 '신세계(新世界)'라고 하더라도 분명한 현실이요, 삶이었다.

도무지 익숙해지지 않는 곳, 새롭고 낯선 것투성이인 이곳은 까마귀늙은이가 얘기했던 바로 '강호(江湖)'라는 신세계였다

2

어제부터 철민을 추격하는 자들이 있었다. 추격자들을 직접 본 것은 아니었지만, 그것은 일종의 느낌 같은 것이었다. 누군가 자신을 노리고 뒤를 쫓고 있다는 느낌. 필시 투장(鬪場)에서 보낸 추격자들이리라. 철민이 안 그래도 굶주림과 수면 부족에 시달리는 중이었는데, 추격자들의 존재를 알아챈 다음에는 그야말로 죽을힘을 다해 도망을 쳤다. 그러나 어디가 어디인지 분간조차 못하고서 무작정 방향을 잡고 있는데다, 그의 걸

음은 그렇게 빠르지 못했고, 더욱이 추격자들을 떼어놓기 위해서 무엇을 어떻게 해야 하는지에 대해 아는 것이 아무것도 없었으니, 하릴없이 꼬리에다 추격자들을 달고 다니는 수밖에 없었다. 다만 무슨 이유에서인지 추격자들은 그의 뒤를 쫓기만 할 뿐, 당장에 공격을 가해오거나 하지는 않았다.

3

"후후!"

해거름 무렵, 이름 모를 어느 소읍(小邑)에 들어서서 어느 작은 객잔 앞에 섰을 때, 철민은 저도 모르게 자조의 실소를 뱉고 말았다. 몸은 당장에 무너지고 말 듯이 지쳤고, 무엇보다도 배가 고파서 죽을 지경이었다. 추격자들에게 잡히는 것이 문제가 아니라, 당장에 무엇이라도 삼키지 않으면 정말로 죽고 말 것 같은 절박한 허기였다. 그런데 막상 음식 파는 객잔 앞에서서 선뜻 안으로 들어가지 못하고 있는 것은 그가 지금 지니고 있는 돈이, 아니, 여기 말로 '은자'가 한 푼도 없다는 이유 때문이었다. 웃기지 않는가? 은자 한 푼과도 비견(比肩)하지 못하는 목숨이라니? 또한 웃기지 않는가? 그가 투왕이 되면서 받았던 상금만 해도 은자 백 냥이나 되는데 말이다. 물론 철민은 알지 못했다. 은자 열 냥이면 이곳에서는 네 명 가족의 한 달 치 생활비에 해당되니 그 넉 냥을 '돈'으로 쳐서 대략 '백만 원'으로만 잡아도 그의 상금이 자그마치 '천만 원'에 해당

된다는 사실을. 다만 제법 큰 액수이리라는 감만 잡았을 뿐이다. 어쨌든 간에 철민은 상금은커녕 한 푼의 은자조차도 손에 쥐지 못하고서 무일푼으로 도망을 쳤던 것이다.

철민은 성큼 주루 안으로 들어섰다. '이판사판, 도합 여섯 판'의 심정이었다. 추격자들에게 잡히든 무전취식으로 잡혀 들어가든 일단은 아사(餓死)를 면하고 보는 게 급선무라는 심정이었다.

"어서 옵쇼!"

반갑게 소리치며 맞이하더니, 점원의 표정은 이내 굳어졌다. 눈치가 빠르지 않을 수 없는 직종이니 철민의 행색을 한 번 보는 것만으로도 그 궁색함을 읽고도 남음이 있었던 것이리라. 그러나 '살고 봐야겠다'는 절박함과 맹렬한 의지가 담긴 철민의 눈빛 때문이었을까, 혹은 철민이 저도 모르게 꽉 움켜잡고 있는 방망이에 위압당한 때문이었을까? 점원은 감히 대놓고 철민을 홀대하지는 못하였다.

"뭘로… 드릴까요?"

구석진 자리로 철민을 안내한 점원이 눈치를 살피며 물었다. 그런데 메뉴판 같은 게 보이지도 않고, 그런 게 있다 치더라도 딱히 아는 메뉴가 있을 것 같지도 않고, 그렇다고 무턱대고 '먹을 것'을 달라고 하기도 그렇고, '여섯 판' 중이기는 해도 철민이 언뜻 당황스러워지고 마는데, 마침 옆자리 손님의 탁자를 보니 간단하게 국수와 고기 볶음 종류의 음식들이 차려져 있었다.

"저것과 똑같이 주시오!"

철민이 얼른 손가락으로 가리키며 주문을 하고 나서야 설핏 옆자리의 손님을 살폈다. 커다란 두상, 대두(大頭)였다. 두상만 큰 것은 아니었다. 넓은 어깨와 두꺼운 몸통은 앉은 모습만으로도 대단한 덩치였다. 그런데 지금 '대두'의 미간이 슬쩍 찌푸려져 있었고, 그것만으로도 그 굵직굵직한 오관은 '상당히' 험악한 인상을 연출하는 데가 있었다. 그러나 '대두'는 이내 찌푸리고 있던 인상을 바로 폈다. 그러자 대두의 굵직굵직한 오관은 언제 그랬느냐는 듯이 '상당히' 호감 가는 인상을 연출했다. 그가 설핏 희미하게 웃음을 지었다. 마치 그것이야말로 그의 '원래의' 인상이라는 듯이.

그런데 '그런 식'의 주문이 강호에서는 상대에게 시비를 거는 것으로 받아들여진다는 것을 철민은 나중에야 알게 되었다.

4

철민의 옆자리 손님인 '대두'의 눈길이 이따금씩 철민 쪽을 힐끔거렸다. 호기심이 생긴 것일까? 그 눈길이 자주 철민의 방망이로 가는 것을 보면 어쩌면 그 이상하게(?) 생긴 무기에 관심이 있는 듯도 하였다. 그러고 보니 '대두' 역시도 옆구리에 한 자루의 대도(大刀)를 차고 있었으니, 그 또한 강호의 밥을 먹고사는 사람일 터였다. 그러나 철민은 '대두' 에게 조금도 신경을 쓰지 못하고 있었다. 그의 두 눈은 조금의 흔들림도 없이 주방 쪽으로만 박혀 있었다. 와중에도 그의 목젖은 '떡' 을 삼키느라 연신 꿈틀거렸다.

꿀떡! 꿀떡!

음식이 나오자마자 철민은 허겁지겁 입 안으로 밀어 넣었다. 뜨거운 것을 따질 처지가 아니었고, 맵고 짠 것을 따질 처지는 더욱이 아니었다. 따지는 것은 일단 밀어 넣고 난 다음의 문제였다.

'대두' 는 그야말로 걸신이 들린 듯한 철민의 모습을 놀랍다는 듯이, 혹은 짐짓 흥미롭다는 듯이 한동안이나 지켜보고 있더니 철민이 이윽고 아사 직전의 허기를 면하고 겨우 정신을 차릴 무렵쯤이 되자 슬쩍 말을 건네왔다.

"이보시오, 형씨!"

그제야 누군가 자신의 먹는 모습을 지켜보고 있었다는 것을 깨닫고서 철민이 당황스러운 중에도 다시금 설핏 조심스러운 기색이 되며 반문했다.

"예?"

'대두' 가 싱긋 웃으며 물었다.

"혹시 그 술은 안 마실 거요?"

철민은 그제야 자신의 탁자에 술병이 하나 놓여 있다는 것을 알았다. 원래 그가 마시고자 주문한 것은 아니었지만, '대

두'의 탁자에 차려져 것과 똑같이 달라고 주문을 하는 바람에
따라온 것이었다. 철민이 선뜻 대답을 못하고 있자 '대두'는
자신의 술병을 들어서 가볍게 흔들어 보이며 다시 말했다.

"술을 고스란히 남긴다고 해도 기왕에 주문한 것에 대해서
는 계산에서 빼주지 않소. 그러니 그 술 혹시 마시지 않을 양
이면……."

'대두'가 슬그머니 말끝을 흐렸지만, 철민은 그가 무슨 말
을 하려는 건지 충분히 짐작할 만했다. 요컨대 안 마시려거든
자기에게나 좀 주라는 것이리라. 철민이 솔직히 술 생각은 없
었다. 그러나 막상 주기에는 왠지 아까웠다. 어차피 무전취식
을 하는 입장이긴 하지만, 그래도 지금 당장에는 '그의 것'이
니 술을 생판 모르는 남에게, 그것도 공짜로 주기에는 지금껏
그가 겪어왔던 굶주림과 잠시 뒤면 당해야 할 사나운 꼴이 너
무나 억울하였다.

그런데 철민이 언뜻 보니 '대두'의 탁자에 놓인 국수가 그
대로였다. '대두'가 시키긴 시켰는데 막상은 술과 고기볶음만
으로도 충분했던 것 같다. 철민의 눈치를 읽었던지 '대두'가
조금은 조심스럽게 말했다.

"혹시 아직 양이 안 찼다면 이 국수라도……? 면이 불어버
려서 좀 그렇기는 하지만……."

철민이 얼른 고개를 가로저었다. 반사적이다시피 한 그 반
응에 '대두'의 얼굴에 웃음빛이 짙어졌다. '대두'가,

"그럼……."

하고 국수그릇을 집었다. 그리고는 앉은 채로 길게 팔을 뻗어서 철민의 탁자 쪽으로 넘겨주려더니, 문득 무슨 생각인지 탁자에 남아 있던 고기볶음 접시까지 같이 들고 일어서서는 아예 철민의 탁자로 건너와 철민의 맞은편 자리를 차지하고 앉는 것이었다. 그리고는 태연하게, 짐짓 호걸스러운 체 걸쭉한 목소리로 말을 건넸다.

"나는 철위강(哲威强)이라고 하오. 이렇게 만나게 된 것도 인연이니 우리 통성명이나 합시다."

철민이 갑작스러운 상황 자체만으로도 충분히 당혹스러운 판에, 난데없이 이름을 말하라니 더욱이 당황스러웠다.

"저는… 김… 아니, 철… 철민이라고 합니다."

철민이 얼떨결에 성을 빼고 이름만을 말하였는데, '대두' 철위강은 돌연 몹시도 반갑다는 얼굴이 되며 와락 철민의 손을 움켜잡았다.

"형씨도 철 씨(哲氏)란 말이오? 허허, 이런 반가울 데가 다 있나? 내 성이 희성(稀姓) 중에서도 희성인지라 강호 유랑 십 년 동안 같은 종씨(宗氏)를 만난 적이 없었는데 오늘에야 드디어 만나는구려! 어허! 이거 참, 반갑소이다, 반가워!"

철민이 잡힌 손을 빼내려 슬쩍 힘을 주어보았지만, 이건 마치 거대한 자물통에 잠긴 듯이 꼼짝도 하지 않았다. 철민은 이내 힘쓰기를 포기하고 장단을 맞추는 수밖에 없었다.

"예… 예! 반갑습니다."

5

  철위강은 소위 주당쯤으로 보였다. 철민이 서너 번의 젓가
락질과 한 번 후르륵 마시는 것으로 국수 한 그릇을 국물까지
깨끗하게 비워내는 사이, 철위강은 술 한 병을 거의 다 비워내
고 있었다.
  "캬! 좋다!"
  술 한잔을 후딱 비워내고 흡족해 내는 추임새에 철민이 저
도 모르게 쩝 하고 입맛을 다시고 말았다. 그걸 보았던지 약간
은 불그레해진 얼굴의 철위강이,
  "한잔하려우?"
  하고 빈 잔을 들어 보였다. 그러더니 철민이 뭐라고 대답을
하기도 전에,
  "자! 내 잔 한잔 받으시오!"
  하고는 불쑥 잔을 내미는 것이었다. 철민이 얼떨결에 잔을
받자 철위강이 술병을 들어 술을 따르다가는 금세,
  "이런!"
  하고는 혀를 찼다. 술잔의 밑바닥을 겨우 적시고는 술병이
비어버린 것이다.
  "저기… 저는 괜찮으니……."
  하고 철민이 적당히 사양을 하려는데, 철위강이 강하게 고
개를 가로저어 철민의 말문을 막고는,
  "어허! 아니올시다! 권하지 않았으면 모르되, 일단 술잔을

권했으면 채우는 게 바른 주도(酒道)일 터!"

하더니 대뜸,

"어이! 점소이!"

하고 소리를 쳤다. 그런데 그 소리가 묵직하면서도 제법 우렁찬 데가 있어서 객잔 전체를 쩌렁하니 울리는 터라 점원이 급한 걸음으로 달려왔다.

"예, 손님! 부르셨습니까?"

"여기 술 한 병 더… 아니, 아니야! 잠깐만 기다려 봐!"

철위강이 주문을 하다가 점원을 기다리게 하고 문득 철민을 향해 말했다.

"형씨, 우리 두 사람이 오늘 우연하게 처음으로 만난 사이에 불과할 뿐인데도 이상하게도 아주 남 같은 생각이 들지 않으니 도무지 무슨 까닭인지 모르겠소. 혹시 형씨도 그렇지는 않소?"

철민으로서는 그야말로 '도무지 무슨 까닭인지 모를' 말이 아닐 수 없었다. 그러나 비록 잠깐 동안이었지만 철위강의 말투 자체가 워낙 거침이 없었고, 더하여 어떤 악의적인 의도를 가지고 있다기보다는 오히려 호방한 성격에 가깝다는 느낌을 받고 있었기에, 철민으로서는 쉽게 그의 흥을 깨기가 어려웠다. 하여 철민이,

"예, 그거야 뭐, 저도……."

하고 적당히 대답을 늘이는데, 철위강이 성질 급하게 받아서는 호기롭게 웃으며 말했다.

"하하하하! 그렇소? 과연 형씨도 나와 같은 생각이었소? 좋소, 좋아! 그렇다면 우리는 오늘 그래도 독주 한 병쯤은 화끈하게 나눠 마시는 것으로써 우리의 이 특별한 인연을 기념해야만 하지 않겠소?"

"예? 아, 그건… 좀……."

철민이 이미 저지른 무전취식의 '젯값'에 대해서만도 아무런 대책이 없는 터에 철위강의 그런 제안은 정말로 곤란하지 않을 수가 없어서 반사적으로 손까지 내저어 가며 사양했다. 그런데 철위강은 마치 철민의 말 못할 사정을 알기라도 하는 것처럼 한껏 더 호기를 부렸다.

"좋소! 오늘은 내가 한턱 쓰겠소!"

철위강이 그렇게까지 나오는 데야 철민이 굳이 말리기까지 할 것은 또 아니었다. 굳이 기분을 내겠다니 짐짓,

'정히 그러시다면… 저로서는 그저 감사할 따름입니다!'

하는 정도의 표정이나 지어주면 될 일이었다.

6

철위강은 은근히 놀라고 있는 중이었다. 그와 철민은 술잔 하나를 주고받는 중이었다. 철민이 주는 대로 넙죽넙죽 잘도 받아 마셨기에 그렇게 되었다. 갈홍주(蝎紅酒)였다. 이름처럼 주당들에게도 인정깨나 받는 독주였다. 그 갈홍주가 벌써 세 병이었다. 그런데도 철민은 아직까지 끄떡없는 모습이었다.

"호오? 보기보다 술이 꽤 센데 그래?"

철위강의 말에는 언제부터인지 반말이 섞이고 있었다. 그렇다고 철민이 딱히 거슬려 하는 것은 아니었다. 처음에는 나이를 가늠하지 못하겠더니 조금 지나면서 보니 적어도 네댓 살은 위쪽으로 보이는 것이었다. 게다가 격의없이 늘어놓는 이런저런 말들에서는 제법 세상의 풍진을 겪은 듯한 노련함까지 엿볼 수가 있었다.

"에이, 이놈의 술병이 왜 이래? 어디 구멍이라도 났나?"

어느새 비어버린 술병을 익살스럽게 흔드는 철위강의 얼굴에 자못 흥이 비치고 있었다. 그가 문득 호탕하게 웃음을 터뜨리며 말했다.

"하하하하! 본래 철 씨 중에서는 술 못하는 사람이 없다고 하였는데, 오늘 보니 과연 조금도 틀린 말이 아니었군! 좋다, 좋아! 정말 오래간만에 마음에 차는 술친구를 만났으니 오늘 같은 날 코가 비뚤어지도록 마시지 않으면 한 자루 무딘 칼끝에 목숨을 걸고 풍진 강호를 헤매 도는 처지의 이 철위강이 언제 또 이런 날이 있으리라고 장담할 수 있으리요!"

그리고 철위강은 다시 술을 주문했다.

"어이, 점소이! 여기 갈홍주 두 병 더!"

주거니 받거니 하는 중에 철위강도 철민도 이윽고는 얼큰히 취기가 올랐다.

"올해 몇이오?"

하는 철위강의 물음이 조금도 갑작스럽지 않은 것도 바로 그런 때문이리라. 철민이 별 생각 없이

"스물아홉입니다."

하고 대답하였는데, 순간 문득,

'이 나이가 맞나?'

하는 생각을 떠올리지 않을 수 없었다. 모든 것이 다른 이곳에서 나이 또한 다른 기준으로 적용되지 않을까 하는 작은 혼란 때문이었다. 그러나 철민은 이내 그 작은 혼란을 다스릴 수 있었다.

'세상이 다르다고 해도 나는 나다! 어디에서든, 어떤 세상에서든 나는 나일 뿐이다!'

철민이 잠깐 동안의 생각에 빠져 있는 것을 가만히 지켜보면서 철위강은 빙그레 웃는 얼굴이었다. 그리고 철민과 시선이 마주쳤을 때, 웃음을 지우지 않으면서 그가 말했다.

"나는 올해 마흔하나일세!"

역시 취기 때문일까? 철민은 별로 놀랍지도 않았다. 놀랍기보다는 뭐랄까? 안도랄까? 그런 비슷한, 편안한 느낌이었다.

철민은 한순간 갑작스럽게 취기가 밀려듦을 느꼈다. 조금 전까지만 하더라도 취기쯤은 얼마든지 제어할 수 있을 것만 같더니, 아무래도 내내 주렸던 배를 허겁지겁 채운 뒤끝에 갑자기 독주를 들이부은 탓이리라. 그런데 그의 제어가 여지없이 흐트러지고 만 것은 바로 철위강의 나이를 듣는 순간, 그리고 그의 빙그레 웃는 얼굴을 보는 순간이었다. 그리고 보면 아

마도 그 순간에 그가 느꼈던 '안도 비슷한, 편안한 느낌' 탓에 그가 의식적으로, 혹은 무의식적으로 유지해 오고 있던 긴장의 끈이 한순간에 끊어지고 만 것이리라.

철위강은 뭐라고 계속 말을 쏟아내고 있었다. 그러나 철민은 취기와 씨름을 하느라 중간 중간의 몇 마디쯤은 미처 의미를 새기지 못하고서 그냥 뛰어넘고 있는 중이었다. 어느 순간 철민이 깜빡 놓치고 있던 철위강의 말을 퍼뜩 따라잡았는데, 그때 철위강의 목소리는 사뭇 감격에 차 있었다.

"아아! 아우님! 반갑네, 반가워! 내 그동안 거칠고 모진 강호의 풍진을 홀로 헤쳐 나오느라 참으로 힘겹고 외롭기 그지없었는데, 오늘 무슨 복연(福緣)으로 이처럼 훌륭한 아우님을 만나게 되었으니 일생에 이보다 더 기쁜 일이 또 있을 것인가? 그저 아우님과의 인연을 맺어주신 천지신명께 감사할 따름이네!"

철민이 퍼뜩 어리둥절해지고 말았다. 그가 놓친 몇 마디 말에서 무슨 엉뚱한 상황이 진전된 게 분명한데, 그러나 그렇더라도 철위강의 그 말은 너무 진도를 많이 나갔다고 하지 않을 수 없었다. 그 혼자서 말이다.

그러나 또한 그렇더라도 철민은 그냥 듣고 있기로 했다. 부담스럽다는 느낌은 있지만, 그렇다고 심각하다고 할 것까지는 없었다. 어차피 술에 취해 하는 과장이니 술에서 깨고 나면 언제 그런 얘기가 있었느냐는 듯이 어영부영 없던 일로 될 터였다. 취기에 힘겨워하며 그의 고개가 절로 끄덕거렸다.

그러나 철민은 미처 알지 못했다. 짐작조차하지 못했다. 그의 두 세계, 즉 '본래의 세계'와 '신세계' 사이의 기준과 가치에 얼마나 커다란 차이가 있는지에 대해. 그럼으로써 그와 철위강이 가지고 있는 기준과 가치관에 또 얼마나 근원적인 차이가 있는지에 대해.

7

눈을 뜨면서 철민은 흠칫 놀라고 말았다. 익숙한 '현실'의 그의 방 풍경이 아니라, 여전히 낯선 '강호'여서만은 아니었다. 그는 침상에 누워 있었는데, 지금 그 아래 바닥에 한 사람이 가부좌를 틀고 앉아 있었다. 희뿌연 어둠 속에서도 당당한 거구를 뽐내는 그는 바로 철위강이었다.

철위강의 호흡은 고요했다. 너무도 고요해서 한동안 지켜보고 있지 않는다면 아예 호흡을 하지 않는 것으로 착각할 정도였다. 철위강의 그런 모습은 어딘지 모르게 엄숙해 보이는 데가 있었다. 철민은 그 엄숙함을 깨뜨릴 생각을 감히 하지 못하고 조용히 숨죽인 채 지켜보고만 있었다.

문틈으로 미명(微明)이 흘러들고 있었다. 이제야 새벽이 밝아오는 것이리라. 그때 철민의 두 눈이 흠칫 커졌다. 철위강의 머리 위로 돌연 세 무더기의 기이한 운무(雲霧) 덩어리 같은 것이 피어오른 것이다. 각각 흰색과 은색, 그리고 금색을 띠는 세

개의 꽃봉오리 형상이었다. 그런데 흰색과 은색의 꽃봉오리는 형상이 완전할 뿐 아니라 그 색도 자못 찬연한데 비해, 금색의 꽃봉오리는 향상이 완전히 갖추어지지 않았고 금색 또한 다른 두 개의 운무 덩어리에 비해 흐릿하였다. 그러한 광경이 무엇을 의미하는 것인지 철민으로서는 짐작조차 할 수 없는 일이었다. 다만 그런 중에도 금색의 꽃봉오리 하나가 불완전하다는 데서 철민은 괜한 안타까움을 느꼈다.

"흐으읍~!"

문득 들이쉬는 천천한 들숨 한 번에 그 세 개의 꽃봉오리는 홀연히 철위강의 머리꼭지 어림으로 빨려들 듯이 사라졌다. 철민은 괜스레 두 눈을 끔벅거렸다. 한동안이나 두 눈을 부릅뜨고 본 광경임에도 마치 한바탕의 환상을 본 듯하였다.

8

"아, 아우님, 벌써 깼는가? 그래, 잠은 편히 잤고?"

철위강의 아우님 소리에 철민은 영 어색하고 불편하기까지 했다. 형님, 아우님은 술 취했을 때 했던 얘기지 지금 멀쩡한 정신이 된 뒤에도 여전히 할 얘기는 아닌 것이다. 그리고 철민이 기억하기에 어디까지나 철위강 혼자 좋아서 아우님 소리를 연발했던 것이지 그 자신은 단 한 번도 형님 소리를 하지 않은 것이다.

그러나 그가 멀쩡히 침대까지 차지하고서 잠을 잤다는 것은, 철위강이 지난밤 무전취식한 그의 '죄'를 대신 해결해 주었음은 물론 잠자리까지 선처해 주었다는 것이리라. 그런 커다란 호의에 철민이 그저 감지덕지하는 시늉이라도 할 수밖에 없는 터에, 지금 철위강이 만면에 드리워 놓고 있는 엷은 웃음기며 정감 가득해 보이는 눈빛이며 저처럼 다정한 태도이니 어찌 감히 싫은 기색을 보일 수야 있으랴?

"아우님은 참 대단도 하네!"

느닷없이 이어지는 칭찬에 철민이 언뜻 의아해하자, 철위강은 짐짓 엄지손가락을 치켜세웠다.

"난 앞으로 아우님 앞에서 감히 주당임을 자처하지 않기로 작정했네."

"그건 또 무슨 말씀입니까?"

"내가 어제 크게 홍취가 일어 간만에 독주를 물처럼 들이켠 까닭에 새벽같이 일어나 한차례 운공을 하고 나서야 겨우 주독을 다스릴 수 있었네. 그런데 지금 아우님을 보니 어젯밤에 술 마신 흔적조차도 없이 말짱하기만 하니, 하하하! 내 어찌 아우님 앞에서 감히 주당을 자처할 수 있겠나?"

철민이 그 말을 듣고 보니 과연 그런 듯도 했다. 그 정도로 퍼 마셨으면 아침에 후유증이 나타나야 하는 것이 정상인데, 아닌 게 아니라 말짱한 편이긴 했다. 머리 아픈 것도 없고 속 쓰린 것도 없고.

꼬르륵!

오히려 장 활동이 너무 왕성해서 탈이었다.

"하하하하! 나가세! 아우님은 말짱할지라도 나는 해장을 하지 않고는 견디지 못할 것 같네."

철위강이 유쾌하게 웃으며 철민의 손을 잡아끌었다.

9

객잔에서 아침까지 든든히 먹고 나자, 철민은 진심으로 철위강에게 감사하는 마음이 생기지 않을 수 없었다. 그러나 계속 신세를 질 수는 없었다. 더욱이 철위강이 자신으로 인해 예기치 못한 위험에 휩쓸릴 수도 있는 일이니 그렇게 되도록 둘 수는 없었다. 그리하여 철민은 솔직히 자신의 사정과 처지를 털어놓았다. 자신이 투노였다는 것과 투왕에 오른 이후 투장을 도망쳐 나왔고, 지금 쫓기고 있는 처지라는 것 등을 간략히 얘기했다.

철위강이 묵묵히 철민의 얘기를 듣고만 있더니, 철민이 다시 한 번 진심에서 우러나오는 감사의 말을 하고 작별을 고하자 선뜻 철민의 손을 잡았다.

"알겠네. 아우님이 원하는 대로 하게. 그러나 언제 어디서라도 이 우형이 있음을 잊지는 말아주게."

그 말에 철민은 문득 가슴이 뭉클해지는 짧은 감동을 받았다. 이 낯설고 거대한 세상에서 지금 헤어지면 두 사람이 다시 만날 기약은 없다고 해야 할 것이다. 그러기에 철위강의 말은 다만 작별에 앞서 그를 위안하고 격려하고자 하는 말에 불과

한 것이다. 그러나 비록 말에 불과한 성의일지라도 철민이 이 곳 세상에서는 처음으로 받아보는 따뜻한 성의인 것이다. 고작 하룻저녁의 짧은 만남이었지만, 철위강이야말로 아무 목적 없는 순수한 호감으로 그에게 따뜻한 인정을 베풀어준 첫 번째 사람인 것이다.

10

휘이이!

키 큰 나무들이 양쪽으로 빽빽이 늘어서 있는 길에 들어서 자 갑자기 한 무더기의 바람이 불어왔다. 철민은 생각없이 어깨를 움츠렸다. 그러고 나서야 한기가 느껴졌는데, 막상 몸이 추운 것인지 마음의 스산한 것인지는 확실치가 않았다. 문득,

'가을인가?'

하고 한 자락의 생각이 저절로 떠오르기에 철민은 곧바로 반문했다.

'가을이라고?'

그리고 언뜻 주변을 둘러보니 불현듯이 '색(色)'이 눈에 들어왔다. 철민은 다시 반문해 보지 않을 수 없었다.

'색?'

철민에게 지금까지의 이곳은 흑(黑)과 백(白)뿐이었다. 그러나 철민은 금방 또다시,

'그랬던가? 과연 그랬었나?'

하고 반문해야만 했다. 다시 생각해 보니 그는 흑백 외의 '색'도 제법 보아온 것 같았다. 가장 흔하게는 핏빛이다. 그 선명한 진홍의 빛 말이다. 그리고 사람들의 옷에서도 흑백 외의 색을 보아왔지 않은가? 청색, 황색 등등의. 그럼에도 지금까지 철민에게 그 색들은 본래의 '색'이 아닌 다만 흑과 백의 단순함으로만 인식이 되어왔던 것 같았다. '왜?'라고 묻는다면 '꿈속이니까!'라고 답할 수밖에 없을 것이다. 꿈속에서는 당연히 흑과 백뿐이어야 하니까. 그것이 당연하다고 생각하니까.

그런데 그처럼 확고한 관념의 지배를 받고 있던 '색'들이 지금 마침내 그 본연의 색깔들로 눈부시게 해방되고 있었다. 논과 밭의 누런색, 하늘의 파란색, 그리고 나무와 숲과 산의 푸르고 누르고 붉은색. 뭐랄까? 흑백이던 세상이 갑자기 컬러로 변했다고 할까?

휘이이!

다시 한 무더기의 소슬바람이 불어왔고, 이번에 철민은 확실히 느꼈다. 몸이 추운 것보다는 그의 마음이 스산하다는 것을. 철민은 본능처럼 한 가닥의 온기를 찾았다. 그 온기는 인정(人情)이어야만 했다. 사람이라면 의당히 서로 나누고 살아야만 하는 사람 사이의 가슴 따뜻한 정. 그러나 찾아서 헤맬 필요까지는 없었다. 다행히도 그의 가슴속에는 아직까지도 채 꺼지지 않고 있는 온기 한 자락이 희미하게나마 살아 있었다. 그 유일한 온기는 바로 철위강이 지펴준 온기였다.

'나는 인정을 느껴본 적이 있었던가?'

문득 그렇게 떠올리고서 철민은 얼마간 혼란스러워졌다. 이곳 꿈속이 아닌 현실의 세상에서도 그가 철위강에게서 잠시간이나마 느낀 바 있는 그런 온기를 과연 언제쯤, 누구에게서 몇 번이나 느껴본 적이 있었던가 하는 갑작스러운 의문에 대한 작은 혼란이었다.

"흐으읍!"

무언지 모를 답답함이 밀려오기에 철민은 길게 숨을 들이켰다. 순간 많은 것들이 분명해졌다. 가을. 늦가을이 성큼 그에게로 다가왔다. 참으로 늦가을다운 색색의 주변 풍광이 생생히 눈에 들어왔다. 가슴속에 남아 있던 그 한 가닥의 희미한 온기가 보다 확연히 느껴졌다.

철민은 어깨를 폈다. 그리고 짐짓 힘차게 걸음을 내디뎠다. 어디로 가야 할지의 막막함과 쫓기는 처지로서의 다급함은 여전하였다. 그래도 가슴속에 확연히 자리 잡은 그 한 가닥의 희미한 온기는 그에게 지금까지는 느껴보지 못했던 종류의 힘 하나를 더해주고 있었다. 분명히 정의하기는 어려운 힘이었다. 언제 어디에선가 들어본 적이 있는 '긍정(肯定)의 힘' 같은 것일까?

第十四章
백강(百強)

몽상가

몽상가

1

"서라!"

외침과 함께 관도 변의 숲 속에서 십여 명의 무리가 흉흉한 기세로 뛰쳐나왔다. 생각할 여지도 없이 철민은 뒤돌아서 뛰기 시작했다. 추격자들이 줄곧 뒤를 따르고 있음을 알고 있었으니, 언제라도 그들이 본색을 드러내 들이닥친다면 무조건 도망을 치리라고 미리 각오하고 있던 터다. 그러나 얼마 뛰지도 못해 철민은 급하게 멈춰 설 수밖에 없었다.

"꼼짝 마라! 이놈!"

어느 틈엔가 또 다른 한 무리가 길을 가로막고 있었다. 순간 철민은 그대로 방향을 틀어 관도 옆 숲으로 뛰어들 요량을 했다. 그러나 그때,

챙! 채챙!

무리가 곧장 검을 뽑아 드는 한편으로 빠르게 포위망을 구축해 드는 바람에 철민은 꼼짝없이 갇히고 말았다. 무리가 겨눈 검들이 햇빛을 받아 시퍼렇게 날이 번뜩였다. 철민은 이를 악물었다. 그리고 두 손으로 방망이를 꽉 움켜잡고 천천히 들어 올려 곧추세웠다. 이대로 잡혀서 그 지옥의 방으로 다시 끌려가느니 차라리 죽는 한이 있더라도 끝까지 대항을 하리라는 각오였다. 바로 그때였다.

"놈!"

하는 짧은 호통이 터진 동시에,

팟!

하고 무언가가 찰나 바람을 꿰뚫는 듯한 소리가 났다. 순간 철민은 비명을 지를 틈도 없이 그대로 온몸을 굳히고 말았다, 마치 얼어붙은 것처럼. 지독히도 섬뜩한 무언가가 그의 목젖에 닿아 있었다. 기겁하여 눈동자를 굴려 아래를 보았더니 한 자루 시퍼렇게 날 선 검의 뾰족한 끝이 정확하게 그의 목젖을 지그시 누르고 있었다. 감히 꼼짝도 할 수 없었고, 숨조차 크게 쉴 수가 없었다. 조금이라도 움직인다면 그 섬뜩한 예기는 곧바로 그의 목젖을 꿰뚫고 말 듯했다.

그 한 수, 번개 같은 쾌검(快劍)의 주인은 다른 무리가 전부 흑의 무복 차림인 데 비해 홀로 청의 장삼을 걸치고 있었다. 청의무사를 보며 철민은 뼈저리게 실감하지 않을 수 없었다. 그자야말로 그가 지금까지 상대해 왔던 자들과는 차원이 다른, 소위 말하는 '강호인'이라는 것을. 철민의 팔에서 스르르 힘이 빠졌고, 방망이는 천천히 아래로 쳐졌다.

또각! 또각!

한 필의 말이 저쪽 길모퉁이를 돌아 나오고 있었다. 흑의무사 하나가 고삐를 끄는 말 위에는 금의(錦衣)를 걸친 중년인 하나가 타고 있었는데, 말상의 길쭉한 얼굴과 팔자로 처진 눈썹으로 그자가 바로 용사투장의 염(廉) 총관임을 철민은 금방 알아볼 수 있었다. 염 총관이 짐짓 반갑다는 듯이 웃으며 말했다.

"하하하! 오랜만이로구나!"

그러나 철민이 감히 아무 소리도 내지 못하다가, 염 총관의 눈짓으로 목젖에 닿아 있던 검이 슬며시 치워지고 난 다음에야 짧게 한숨을 돌리며 물었다.

"날 어떻게 하려는 것입니까?"

철민의 목소리가 저도 모르게 가늘게 떨려 나왔다. 염 총관이 짐짓 느긋한 체 빙그레 웃으며 천천한 투로 반문했다.

"어떻게 하다니? 넌 싸움의 왕, 투왕이 아니냐? 당연히 네가 있어야 할 자리로 돌아가야 하지 않겠느냐?"

"나는 이미 자유의 몸입니다. 내가 갈 곳은 나 스스로 선택합니다."

"하하하! 그건 결코 아니 될 말이다. 지금 얼마나 많은 사람들이 널 기다리고 있는데, 그리고 너에게 걸린 은자가 얼마인데 그럴 수야 있겠느냐?"

이어 염 총관은 무사들을 재촉했다.

"어서 저놈을 포박하게! 귀한 물건이니 조심해서들 다루고!"

2

두 손을 결박당한 채 하릴없이 끌려가는 중에 무사들이 주고받는 얘기에서 철민은 몇 가지 사실들을 알 수 있었다. 지금 그들은 삼십 리 밖에 있는 대흥투장(大興鬪場)이란 곳으로 가고 있는데, 그곳에는 이미 각지의 투장 주인들과 인근의 거부들이 모여들고 있는 중이라고 했다. 그것으로써 철민은 대강의 사정을 짐작할 만했다. 지난 며칠 동안 추격자들은 굳이 그를 추포(追捕)하는 대신, 그가 제 발로 그들이 목표하는 방향으로 가도록 몰아왔던 것이리라.

'아아! 결국은 다시 지옥으로 돌아가야만 하는 운명이란 말인가?'

철민의 심정이 더없이 암담해지고 마는 바로 그때였다. 앞쪽에서 별안간의 소란이 일어나는 듯하더니,

"모두 멈춰 서라!"

하는 고함 소리와 함께 돌연 한 떼의 정체 모를 무리가 관도를 가로막아서는 것이었다.

"웬 놈들이냐?"

이쪽에서도 흑의무사들이 분주히 칼을 뽑으며 빠르게 방어

대형을 갖췄다.

염 총관은 일시 놀라고 당황하였으나, 와중에도 재빠르게 시세 판단을 하였다. 일단은 양쪽의 무사들 수가 각기 이십여 명으로, 숫자상으로 엇비슷하였다. 그러나 염 총관이 비록 무공을 익히지는 않았으나 제법 무사들을 평가하는 눈은 갖추었다. 상대 무리의 행색을 척 보아하니 비록 하나같이 병장기를 꼬나들기는 했으되, 그 행색들이 저마다 다른 데다 궁상맞음을 면하지 못했으니 영판 시골 벽지 농투성이들이 작당한 화적 떼의 태를 숨기지 못하고 있었다. 그런 것에 비하면 그가 데리고 온 무사들은 그래도 나름대로는 제법 칼을 써보았다 하는 자들이니 고작 화적 잔당들을 당해내지 못할까 하는 판단이 금방 서는 것이었다.

"대관절 무엇 하는 놈들인데 백주에 관도를 막아서느냐? 물고(物故)를 내기 전에 당장 사라지지 못할까?"

염 총관이 무사들의 뒤에 서서 짐짓 위엄을 세워 호통쳤다. 그러자 저쪽 무리 중에서 장한 하나가 불쑥 나서는데, 보통 사람에 비해 족히 머리 하나는 더 커 보이는 거한이었다.

화적 떼의 괴수임에 분명한 거한은 아무 말도 없이 성큼성큼 앞으로 걸어나왔는데, 그 기세가 사뭇 거세어서 염 총관은 무사들이 앞을 지키고 있음에도 불구하고 저도 모르게 움찔한 걸음을 뒤로 물러서고 말았다. 그리고는 곧바로 얼굴을 붉히며 옆을 돌아보았다.

염 총관의 눈길을 받은 자는 한 수의 놀라운 쾌검으로 간단히 철민을 제압한 바 있는 바로 그 청의무사였다. 청의무사가 천천히 앞으로 나서는 것을 보면서 잔뜩 상기되었던 염 총관의 얼굴빛은 원래대로 돌아갔다. 그는 청의무사가 저 무도한 화적 떼의 괴수를 단칼에 처치하고 말 것이라는 데 대해 추호도 의심치 않았다. 비록 괴수 놈의 기골이 제법 장대하여 힘깨나 쓸 법하게 생기긴 하였으나, 청의무사와는 감히 견줄 바가 못 되리라. 청의무사는 이번 일을 위해 투장 주인 화 대인이 비싸게 은자를 주고 특별히 고용한 자였으니, 듣기로 강호 일류고수에 근접하는 실력을 지닌 자라고 하였다. 그러니 알량한 완력이나 믿고 날뛰는 한낱 산적 따위가 감히 상대가 될 리 없고, 괴수를 처치한 다음에 오합지졸에 불과한 나머지 화적 떼들이야 더욱이 일고의 가치도 없으리라.

"닷!"

날카로운 기합 소리와 함께 상단세(上段勢)의 검세(劍勢)를 취한 청의무사가 질풍 같은 기세로 달려나갔다. 그런데 그 맹렬한 기세만으로도 줄행랑을 쳐야 마땅할 화적 떼의 괴수가 오히려,

"우아아압!"

하고 자못 우렁찬 기합을 토하며 마주 달려오는 것이었다. 그리고 이내 모두의 잔뜩 긴장한 시선들이 집중된 가운데서 두 개의 신형은 정면으로 맞닥뜨렸는데, 누구도 예상하지 못했던 전혀 의외의 광경이 벌어졌다.

픽!

하는 소리부터가 누구도 예상하지 못했던 것이었으며, 청의
무사가 졸지에 바닥으로 나뒹군 것은 모두로 하여금 두눈을
부릅뜨게 만들었다. 더욱이 거한은 옆구리에 차고 있는 대도
(大刀)를 아예 뽑지도 않은 채였다. 그뿐이 아니었다. 거한은
기세를 늦추지 않고 계속 앞으로 달려왔다.

"막아라! 저놈을 막아!"

두려움에 질린 염 총관이 다급히 외쳤다. 그에 흑의무사들
이 대형의 앞 선을 두텁게 만들며 앞을 향해 일제히 검을 겨누
었다. 그때 거한이 돌연 우뚝 멈춰 서며 우렁찬 외침을 토해냈
다.

"이놈들! 모두 죽고 싶으냐?"

그 한마디 고함은 마치 용의 울음소리와도 같고 벽력과도
같아서 사방의 대기가 우르르 떨림을 일으켰으며, 사람들을
잔뜩 움츠리게 만드는 놀라운 기세를 담고 있었으니, 흑의무
사들이 대번에 주눅이 들어 저마다 주춤거리며 뒤로 물러서고
마는 것이었다.

거한의 기세와 무위가 그러함으로써, '시세 판단 재빠른'
염 총관에게는 거한이 데리고 온 무사들의 궁상맞은 행색 또
한 돌연히 거칠고도 억센 모양새로 다시 보이는 것이었다. 염
총관이 확연히 태도를 바꾸며 가늘게 떨리는 목소리로 말했
다.

"나는 용사투장의 총관으로 있는 염 모(廉某)라는 사람으로,
지금 본 장을 위시하여 각지에 소재하는 여러 투장들의 위임

을 받아 한 가지 중요한 일을 처리하고 있는 중이올시다. 귀하
는 혹시 녹림 어느 방면의 처사(處士)시오? 내 짐작하건대, 한
두 다리만 건넌다면 우리는 서로 얘기가 통할 만한 연(緣)을 쉽
게 찾을 수 있을 것 같소이다."

　그러나 거한은 대답하지 않고서 염 총관의 어깨너머로 시선
을 주며 희미하게 웃음기를 떠올렸다. 어쨌거나 거한의 입가
에 엷은 미소가 걸리는 것을 보고 염 총관은 잔뜩 쪼그라든 마
음을 조금이나마 풀어놓을 수 있었고, 또한 그 덕에 위협과 타
협을 적당히 섞어서 언변을 발휘해 볼 용기를 내볼 수 있었다.

　"사실 이곳에서 삼십 리도 떨어지지 않은 대흥투장에 지금
백수십에 달하는 본 장의 호위무사들이 내가 오기만을 기다리
고 있는 중인데, 만약 내가 예정된 시각에서 조금이라도 늦어
질 경우에는 그들이 즉시 나를 마중 나오기로 되어 있소. 그러
니 우리가 서로 얼굴을 붉히는 일은 만들지 않는 게 좋지 않겠
소? 그리고 어쨌거나 이곳이 귀하의 구역인 줄 미처 알지 못했
던 것은 우리 쪽의 결례라고 할 것이니 결코 섭섭하지 않게 성
의를 표하도록 하겠소."

　그때 염 총관이 말하는 동안 내내 그의 어깨너머로만 시선
을 주고 있던 거한이 문득 나직이 소리 내어 웃으며 빈정거리
는 투로 말했다.

　"내 그리 오래 산 편도 아니라고 할 것인데, 오늘 듣던 중에
별 잡스러운 소리를 다 들어보는구나! 아니, 천하의 어떤 잡놈
이 제 형제가 위해를 당하고 있는 판에 얼굴 붉히는 정도를 거

리낀다는 말이더냐?"

도무지 영문 모를 까탈에 염 총관이 얼굴을 확 붉혔으나, 이내 추스르며 물었다.

"귀하의 형제가 위해를 당하고 있기라도 한다는 것이오?"

그러자 거한은 조금도 지체하지 않고 염 총관의 뒤쪽을 가리켰다.

"저기 저 사람!"

염 총관이 빠르게 고개를 돌려 거한의 손가락이 가리키는 사람을 확인하였다. 그리고는 곧바로 어이없어하며 고개를 가로저었다. 그 사람이 바로 철민이었기 때문이다. 염 총관이 짐짓 침착한 체 차분한 투로 설명했다.

"귀하가 농담을 하는 것이 아니라면, 아마도 사람을 잘못 본 모양이오. 저자는 본 장의 투노요. 이미 오래전부터 본 장의 노예로 있어왔소."

순간 거한이 돌연 옆구리의 대도를 풀어 손에 잡으며 한 걸음을 성큼 내디디며 일갈했다.

"지금 날 보고 제 아우조차도 알아보지 못하는 잡놈이라고 말하는 것이냐?"

거한의 그런 기세란 마치 거대한 맹수가 바로 코밑에서 포효하는 것 같아서 염 총관이 움찔 어깨를 떨고 말았다. 그러나 와중에도 염 총관은 강단있는 체 쏘아붙였다.

"거, 무슨 억지소리요?"

거한이 부리부리한 두눈으로 쏘아보며 거칠게 몰아붙였다.

"저기 내 아우의 이름이 철민이 아니라고 할 것이냐? 그가 이번에 투왕이 된 사람이 아니라고 할 것이냐? 그리고 내 아우가 왜 노예란 말이냐? 과거에는 그랬는지 모르겠으되 투왕이 됨으로써 자유를 찾은 지 이미 오래거늘 누가 감히 노예라고 한단 말이냐?"

염 총관이 크게 놀라고 마는데, 거한은 돌연 대도를 뽑아 들었다.

스르릉!

투박한 외양과는 어울리지 않게도 맑은 금속성이 울리는 가운데 사 척은 족히 넘어 보이는 두터운 도신이 허공에서 가볍게 한번 떨쳐졌다. 그러자,

팟!

하고 한 무더기 무형의 삼엄한 도기가 사방으로 확 밀려 나왔다.

"헉!"

"허억!"

안 그래도 근근이 거한의 앞을 가로막고 섰던 무사들 사이에서 헛바람 새는 소리들이 나더니 이내 주르륵 좌우로 갈라서며 가운데를 틔우고 말았다. 더욱이 그때 거한의 뒤쪽에서 그가 데리고 온 '거칠고도 억센' '오합지졸'들이,

"와아아!"

"와아아아!"

하고 검이며 도며 저마다 들고 있던 병장기들을 휘둘러 대

며 거세게 기세를 올렸으니, 그것으로써 장중의 판세는 단번에 기울어지고 말았다.

거한이 성큼성큼 다가오는 바람에 염 총관이 기겁을 하여서는 급하게 뒷걸음질을 쳤다. 그러나 거한은 그를 아랑곳하지 않고서 곧장 걸어갔는데, 바로 철민이 있는 쪽이었다. 철민의 양팔을 틀어잡고 있던 두 명의 무사는 망설이고 말고 할 틈도 없이 곧바로 철민을 놓아주고는 재빨리 저희 무리들께로 물러났다. 단번에 철민의 결박을 잘라낸 거한이 그의 양손을 움켜잡았다.

"고생이 많았네, 아우님!"

투박한 손길에서 따뜻한 온기가 와락 전해져 오는 바람에 철민이 뭐라고 말을 해야 할지 그만 말문이 막혀 버리고 마는데, 거한은 환하게 웃으며 덥석 철민의 어깨를 감싸 안았다. 거한은 물론 철위강이었다.

"들으라!"

철위강이 대도를 염 총관에게로 겨누며 호통을 내지르자 그 우악스러운 서슬에 그의 몸이 바르르 떨렸다.

"내 아우의 성품이 유순하여 굳이 피 보기를 바라지 않는다고 하기에 내 이번 한 번만큼은 너희들을 곱게 보내주겠다."

"귀하는… 대체 누구요?"

염 총관이 떨리는 목소리로 물었으나, 철위강은 대답하는 대신에 차갑게 말을 이었다.

"그러나 나는 성질이 몹시도 급한 사람이다. 그러니 너희들은 내 마음이 변하기 전에 촌각이라도 서둘러서 사라지는 것이 좋을 것이다!"

철위강의 등등한 기세에 염 총관이 주춤거리며 물러나자 그를 호위하는 핑계로 무사들이 또한 일제히 물러났고, 이윽고는 재빠르게 사라져 갔다.

3

"어디로 가려는가?"

철위강의 물음에 철민은 대답을 하지 못했다. 막막해하는 철민을 잠시 보고 있더니 철위강이 문득 빙그레 웃으며 다시 말했다.

"사실은 나도 딱히 갈 곳이 정해져 있지는 않다네. 하하하! 그렇다면 우리 두 사람이 같은 처지라고 할 것인데, 어떤가? 당분간 나와 함께 지내볼 생각은 없는가?"

"예?"

"흠! 사내라면 젊은 한때에 발길 닿는 대로 풍진 강호를 주유해 보는 것도 좋지 않겠나?"

"저 때문에 굳이 형님… 까지 번거롭게 해드릴 수는……."

철민이 잠시 말끝을 흐리는데, 철위강이 돌연히 대소를 터뜨렸다.

"으하하하하하!"

그야말로 대소였다, 철민이 그렇게 커다란 웃음소리는 처음 들어보았을 정도로. 귀가 먹먹하였고 사방의 공기가 '웅~!' 하고 울리는 중에 철위강이 그 솥뚜껑같이 큰 손으로 덥석 철민의 어깨를 부여잡으며 사뭇 흥분한 듯이 말했다.

　"고맙네, 아우!"

　"예?"

　"고맙네, 고마워! 정말로 고맙네!"

　"무엇이… 말입니까?"

　"사실 형님이라고 불러주지 않아서 난 몹시 서운했었네. 내가 무엇을 잘못했는지 고민도 좀 했지. 하하하! 그런데 마침내 형님이라고 불러주니 이 얼마나 고마운 일인가?"

　철민은 얼떨떨하지 않을 수 없었다. 그딴 '형님' 소리에? 그렇더라도 약간쯤은 실감할 수가 있었다. 그를 부르는 철위강의 호칭이 '아우님!'에서 '아우!'로 바뀌었다는 사실에서. 그 사소한 차이에서 철위강의 정(情)의 깊이가 사뭇 다르게 느껴진다는 점에서.

　"흠! 요즘 사람 쓰는 품값이 그렇게 달라졌는지 미처 알지 못한 덕분으로 은자 주머니가 텅 비어버렸는데, 하하하! 빈털터리가 되고도 즐거워보기는 내 또 처음일세."

　철위강이 어깨를 으쓱하며 짐짓 장난스럽게 하는 말에서 철민은 언뜻 의문이 생겼다.

　"품값이라니요?"

　"아까 내가 데리고 왔던 자들 말일세. 사실은 근처 소읍들의 무뢰배들이며 불한당들일세. 급하게 긁어모으다 보니 어디 품 값을 흥정할 틈이라도 있었어야지? 아예 주머니째 던져 주고 말았다네."

"아!"

"하하하! 그러나 걱정할 것은 조금도 없네. 나로 말하자면 벌써 십 년 넘게 천하의 땅을 방바닥 삼고 하늘을 이불 삼아 드넓은 강호를 유랑하고 있는 중일세. 그러니 비록 바람과 이슬을 무릅쓰고 한데서 먹고 잔다고 할지라도 결코 아우의 배를 곯게 만드는 일은 없을 것이야."

철민이 잠시 생각하다가 문득 물었다.

"무슨 이유에서 제게 이런 호의를 베푸시는지요?"

철위강이 역시 잠시의 생각 끝에 문득 표정을 바로하고 대답했다.

"호의라? 글쎄, 호의보다는 호감이라고 하면 어떻겠나? 전에 어떤 분으로부터 들었던 얘기인데, 사람이 사람에게 가지는 호감에는 그것을 가지는 사람으로서도 딱히 이유를 알기 어려운 종류의 호감도 있다고 하더군. 하하하! 말하자면 나도 내가 왜 아우에게 이런 호감을 가지게 되었는지 모르겠다는 것일세. 그런데 말일세. 역시 그 어떤 분의 말씀이, 사람이 평생을 살다 보면 부모 형제가 아닌데도, 이전에는 한 번도 본 적이 없는 사람인데도, 남녀 간의 애정 관계도 아닌데, 아무 이유 없이 첫 만남에서 호감이 가고 까닭없이 끌리는 상대가 한 사람 정도는 생기게 마련이라고 하시더군. 만약 그런 상대를 한 사람도 만나지 못하고 일생을 마감한다면 그 사람은 참으로 각박하고도 불행한 삶을 산 게 된다는 게야. 하하하! 바로 내 사부님의 말씀이세. 사부님의 경우에는 나를 만났을 때, 바로 그런 호감을 느꼈다고 하셨지. 물론 아우가 정말로 내게 그런 '한 사람'인지는 솔직히 아직까지는 잘 모르겠네. 그러나 지금 내 마음이 아우에게로 끌리고 있으니 어찌하겠는가? 만약에 좀 더 시간이 흘렀을 때 내 마음이 바뀔 수도 있는 문제겠지만 그때는 그때이고, 일단은 마음이 움직이는 대로 따라가 보려는 것일세. 그러니 아우는 조금도 부담 가질 필요가 없네. 어디까지나 내가 좋아서 하는 일이니 말일세. 아아! 혹시 싫다면 언제라도 말을 하게. 나는 아우가 싫어하는 일을 할 생각이 조금도 없으니 말일세."

얼렁뚱땅 지어내는 것 같기도 하여 막연하기조차 한 대답이었다. 그러나 철민으로 하여금 다시 물을 말이 없도록 만드는 대답이기도 했다.

4

철민과 철위강은 설렁설렁 걷고 있었다. 목적지를 정하지도 않았거니와 두 사람 모두 서두를 일이 전혀 없다는 식의 걸음걸이였다. 염 총관과 그 무리가 일시 두려움을 느끼고 물러났다지만, 이제 곧 훨씬 더 많은 무리를 동원하여 추격해 올 것임을 쉽게 짐작할 수 있는데도 말이다.

사실 철위강이야 상당한 무공을 지니고 있음이 분명하니 어떤 상황이 닥치든 거리낄 것이 없다는 배짱일 수도 있겠지만, 철민으로서야 그런 여유를 부릴 처지는 아니었다. 그러나 철민은 이전보다는 지금이 오히려 한결 마음이 편했다. 동행이 생겼다는 든든함일까?

　두 사람은 많은 얘기를 나눴다. 주로 철위강이 말하였고, 철민은 그저 듣기만 했다. 철위강의 얘기가 이렇다 할 주제나 의미를 가지는 것은 아니었다. 철민이 무료하지 않을까 조바심이라도 내듯이, 혹은 자신의 입담을 뽐내기라도 하듯이 철위강은 아무것이나 그저 생각나는 대로 즉시 얘기로 옮겨내는 듯했다. 길가에 서 있는 나무의 종류가 무엇인지, 요즘의 날씨가 예년에 비해 어떻게 차이가 나는지, 심지어는 길바닥에 난 마차 바퀴 자국 사이로 난 잡초에 대해서도 시시콜콜 감상을 읊었다.

　도무지 끝날 것 같지 않던 철위강의 수다도 마침내 바닥이 난 뒤로 두 사람은 그냥 걸었다. 그럼에도 철민은 그다지 무료하지 않았고, 어느 순간엔 문득문득 실감해 볼 수 있었다. 혼자라는 것과 누군가와 함께 한다는 것의 차이가 어떤 것인지, 그리고 그 차이가 사람의 마음에 얼마나 큰 영향을 줄 수 있는지에 대해.

　두 사람은 결국 길에서 일몰을 맞았다. 무작정 걷기만 했던 '철저한' 무계획의 결과였다.

철위강은 관도에서 얼마 벗어나지도 않은 숲 속에서 그럴듯한 바위틈 하나를 찾아냈고, 솔가지를 꺾어 간단한 잠자리를 만들었다. 그리고는 근처의 마른 나뭇가지들을 모아 모닥불을 피웠는데, 그 신속하고도 익숙해 보이는 행위들에 철민은 거들 생각도 못하고서 멀뚱히 구경만 했다.

철민에게 모닥불을 지키라는 '중요한' 임무(?)를 주고서 저녁거리를 마련해 오겠다면서 숲 속으로 들어갔던 철위강이 실해 보이는 토끼 한 마리를 산 채로 잡아온 것은 간 지 얼마 지나지도 않아서였다.

철위강은 모닥불 앞에 앉아 작은 단도로 능숙하게 토끼의 껍질을 벗기고 고기를 장만했다. 그리곤 봇짐에서 몇 개의 작은 양념 통들을 꺼내서는 제법 먹음직스럽게 구워냈다. 거기에다 다시 봇짐을 뒤져 술 한 병을 꺼내놓는 것을 보고서, 철민은 '가진 은자가 몽땅 동이 났다'고 했던 철위강의 말을 언뜻 의심해 보기도 했다. 그러나 결코 기분은 나쁘지 않은 의심이었다.

그렇게 철민은 그야말로 풍찬노숙(風餐露宿)을 경험하고 있었다. '머리털 나고 나서 처음'으로 해보는, 강호가 아니었다면 해볼 일이 결코 없을 경험이었다.

5

철민이 눈을 떠보니 아직 어둠이 채 가시지 않은 새벽이었다. 옆자리에 누웠던 철위강이 보이지 않았기에 철민은 바위 틈의 입구를 막아놓은 나뭇가지들을 걷어내고 바깥으로 나갔다.

머리를 내밀자마자 차가운 산속의 공기가 싸하게 코끝으로 파고들었다. 온몸이 다 으슬으슬하였다. 그러나 이내 그의 내부로부터 따뜻한 느낌이 아지랑이처럼 슬금슬금 피어오르더니 곧바로 여러 가닥으로 퍼져 온몸을 휘돌았다. 그런 덕에 철민은 금방 상쾌하고도 충만한 활력을 느낄 수 있었다.

동쪽으로 펼쳐진 평원의 먼 끝에서부터 힘찬 새벽의 기운이 밝아오고 있었다. 그 상서로운 미명의 기운을 받으며 건너편 평평한 바위 위에 한 사람이 엄숙하게 가부좌를 틀고 앉아 있었다. 바로 철위강이었다. 어제 나눴던 '온갖' 얘기 중에는 지난번 객잔에서 있었던 얘기들도 빠지지 않았으므로 철민은 철위강이 지금 '운기행공', 혹은 '운공'이라는 것을 하고 있는 중이며, 절대 방해를 해서는 안 됨을 알고 있었다. 철민이 하릴없이 다시 바위 틈 안으로 들어가서 앉았는데, 문득 머리맡에 챙겨두었던 방망이가 눈에 띄기에 선뜻 챙겨 들고 다시 밖으로 나섰다.

붕! 붕!
철민이 휘두르는 방망이에서는 제법 힘차게 바람을 가르는 소리가 났다. 물론 그냥 내키는 대로의 '스윙'을 하고 있는 것이었다.

"동작이 아주 힘차 보이는데, 무슨 수법인가?"

언제 운공을 끝냈는지 가까이 다가온 철위강이 빙그레 웃으며 물었다. 철민으로서는 대답하기가 참으로 애매할 수밖에 없었다. '수법'이라고 하는 걸 보면 아마도 강호의 무인들이 수련한다는 '초식' 같은 걸로 여기는 모양인데, 그냥 '스윙'이라고 대답하기는 멋쩍은 일이 될 것이다.

"좀 찌뿌드드한 것 같아서 몸이나 풀려고 그냥 한번 휘둘러 보는 겁니다."

그러자 철위강이 문득 호기심이 생겼다는 듯이 다시 물었다.

"아우가 익힌 수법 중에 가장 자신있는 게 어떤 건지 물어봐도 되겠나?"

철민이 싱겁게 웃으며 대답했다.

"뭐, 수법이라고 할 게 없습니다. 제대로 할 수 있는 게 없고, 배워본 적도 없으니까요."

"허! 그럼 무공을 익히지 않았단 말인가? 하지만 비록 도박을 위한 싸움판이라고는 하나, 그래도 투왕지회의 최종 승자까지 되었을 때는 초보적일지라도 어느 정도의 무공을 지니지 않고서는 가능한 일이 아니었을 텐데?"

철민은 언뜻 난감해지고 말았다. 철위강의 의문을 가지는 것처럼 그에게 정말로 아무런 수단이 없었던 것은 아니다. 그러나 '지독한 숨쉬기'와 '구벽외공'에 대해 선뜻 말하기는 왠지 망설여지는 데가 있었다. 더욱이 한때 강호에서 제법 잘나갔다던 까마귀늙은이가 그토록이나 오랜 세월을 숨어 지내야만 했던 사정도 포함되어 있으니, 그것들에 대해 함부로 발설하였다가 자칫 예상치 못한 상황을 초래할지도 모른다는 막연한 우려가 문득 생기기도 했다. 물론 그러한 우려란 그와 또이미 그의 '편'인 철위강 둘 다에게 공통으로 좋지 못할 종류의 우려였다.

그러나 철위강의 질문이 제법 구체적인 만큼 어느 정도까지는 대답을 해야만 할 것인데, 그렇다고 아예 없는 거짓을 만들어 말하고 싶지는 않았다. 그래서 잠깐의 궁리 끝에 생각해 낸 것이 바로 자연무도에 관한 것이었다. 전에 까마귀늙은이로부터 들었던 '귀신 씻나락 까먹는 소리' 중에 있던 그 자연무도 말이다.

"잠깐 배우다 만 것이 하나 있긴 한데……."

철민이 가볍게 뜸을 들이자 철위강은 곧바로 관심을 보였다.

"호? 그래?"

"사실 잠깐 흉내만 냈을 뿐이라서 별로 기억에 남아 있는 게 있지도 않습니다."

"아닐세, 아니야! 어쩌면 내가 보완해 줄 수 있을지도 모르니 어디 생각이 나는 것만이라도 얘기를 해보게."

"그것이… 자연무도라고……."

"흠! 자연무도란 말이지? 그래, 좀 더 자세히 말해보게!"

채근하는 듯한 모습에서 철위강이 보이는 관심의 정도는 조금 지나치다 할 정도였기에 철민은 처음 생각대로 대충 얼버무리는 것으로는 안 되겠다 싶어졌다. 그리하여 그는 애써 기억을 되살렸다.

"인간의 신체는 그 자체로 신비롭고도 무한한 잠능(潛能)을 지니고 있는데, 내공에 의지하는 순간부터 그 잠능들은 오히려 퇴보한다. 자연무도란, 내공을 일절 배제한 채 오로지 신체 본연의 잠능을 극대화하는 무도이다. 그리하여 자연무도는 혹독한 본능의 자극을 통해서 오감 등 인체의 본능과 잠력을 극한까지 일깨워 가는 과정이다."

"허허! 이거야, 원!"

철민이 기억 속에서 그나마 온전하다 싶은 것들을 대강 말로 옮기고 났을 때, 철위강은 놀라움을 금치 못하겠다는 듯이 탄성을 흘려냈다. 일부러 지어낸 기색 같지는 않았다.

"왜 그러십니까?"

철민이 안 그래도 스스로조차 소화시키지 못한 말들을 자신 없게 뱉어낸 뒤라 괜히 켕겨하며 물었다. 그러자 철위강이 가볍게 고개를 흔들며 말했다.

"아우가 말한 그 자연무도라는 것은, 전에 내가 사부님께 들었던 어떤 무공의 도리와 너무도 비슷한 구석이 있네. 솔직히 나는 당장에라도 사부님을 찾아가 혹시 나 몰래 제자 하나를 더 거둔 것이 아니냐고 따져 묻기라도 하고 싶은 심정일세.

흠! 그렇다고 내가 너무 질투심 강한 사람이라고 오해하지는 말게. 내 사문이 본래 일인전승의 율법을 엄히 지키는 곳이라 사부님께 새로운 제자가 생겼다는 것은 곧 내가 사문에서 파문되었음을 뜻하는 것이니 내가 어찌 놀라고 긴장하지 않을 수 있겠는가? 하하하!"

비록 웃음으로 마무리하긴 하였지만, 철위강은 한번 일어난 흥미가 쉬이 가시지를 않았다. 비록 철민이 하는 말에 깊이와 이해가 없다는 것은 이미 간파하였지만, 그렇더라도 간단히 듣고 넘길 이치들은 결코 아니었기 때문이다. 웃음기를 거두어들이고 문득 진지한 표정이 되며 철위강이 천천한 투로 다시 말을 꺼냈다.

"예전에 내 사부님께서 그런 말씀을 하신 적이 있네. 본래 사람의 몸은 그 자체로 하나의 소우주라고 할 만큼 참으로 놀라운 능력들을 지니고 있으나, 다만 사람이 일생을 살아가면서 그 백분지 일도 제대로 꺼내어 쓰지 못하니 사람 본래의 그 능력들을 최대한 되살리는 것 자체가 바로 최고의 무공이 될 것이라고 말일세. 곧, 근골이 지니는 힘과 오감을 위시한 감각이 지니는 미지의 능력을 최대한으로 이끌어내는 본능의 무공이 된다는 것이지. 원론적인 개념에서는 내공이라는 것이 다만 부차적인 것으로 될 수밖에 없으니, 실질적으로 아무리 절후(絕後)의 내가신공(內家神功)이라고 하더라도 본능보다야 더 빨리 운기를 할 수는 없지 않겠는가? 물론 신화경(神化境)이니 심검(心劍)이니 심즉살(心卽殺)이니 하여 내공이 더 할 수 없이

오묘한 경지에 이르면 마음과 내공이 함께 움직인다고 하기는
하네. 그러나 생각해 보게. 본능이라는 것은 사람의 마음 이전
에 작용하는 것이니, 그런 전설적인 내공의 경지 역시도 본능
에 비하자면 부차적인 것이 될 수밖에 없지 않겠는가? 흠! 그
런데 유구한 강호의 역사를 통틀어서도 어떻게 하면 그러한
도리에 근접할 수 있는지에 대해서는 어떠한 선각의 자취조차
도 없는 까닭에 사람들이 이미 많은 갈래의 길이 닦여진 내공
기반의 무리(武理)를 취할 수밖에 없으니 참으로 안타까운 일
이라고 하셨네. 그렇군. 이제야 생각이 나는군. 사부님께서는
그러한 종류의 상승무도를 본연무(本然武)라고 하셨네. 곧 아
우가 말한 자연무도와는 그 이치의 본류(本流)가 같을뿐더러
이름마저도 비슷하지 않은가?"

　기실 철위강은 반신반의하였다. 물론 의심이라고 할 것까지
는 결코 아니지만, 철민이 말한 자연무도란 것과 자신의 본연
무가 언뜻 듣기에는 비슷해 보여도 막상 심오한 부분으로 들
어가면 전혀 같지 않다고 해야 할 만큼의 아주 커다란 차이가
있으리라는 생각이었다. 아주 당연히.

6

　몇 가지의 자잘한 의문과 명확하지 않은 점들이 있긴 하였
지만, 철위강이 사실은 진작부터 철민이 아무래도 무공과는

한참 거리가 멀다는 쪽으로 나름의 결론을 내려두고 있는 중이었다.

여러 가지 점에서 그랬다. 우선은 체형 조건이 영 아니었다. '곰의 어깨에 호랑이 허리' 와는 아예 무관하고, 무인의 골격 치고는 차라리 허약하다고 해야 할 정도의 몸이니, 타고난 힘을 기대하거나 딱히 외공을 익힐 만한 체형은 아니었다. 키가 조금 큰 편이긴 하지만 월등하달 정도는 아니고, 팔이 길다거나 해서 검을 익히기에 좋은 체형도 아니었다. 내공을 익혔을 가능성은 더욱이 없어 보였다. 철위강이 이미 내공의 높은 경지인 삼화취정(三花聚頂)을 목전에 둔 입장에서 다른 사람의 눈빛 하나, 몸가짐 하나에서도 내공을 익힌 흔적을 아주 눈치 채지 못할 것은 아니었는데, 철민에게서는 그런 면모를 조금도 찾아볼 수가 없었다.

그런데 결론이 너무 분명한 데 대한 반작용이었을까? 어느 순간 철위강이 가지고 있던 그 '몇 가지의 자잘한 의문과 명확하지 않은 점들' 이 돌연히도 하나의 사뭇 강한 의문 내지는 호기심으로 변해 버리는 것이었다.

비록 도박을 전제로 하는 싸움판이긴 하지만, 그래도 투왕지희가 아닌가? 전국 각지의 제법 규모있는 투장들에서 상당한 시간과 노력을 투자하여 투노들을 육성하고, 일차로 각 투장별로 최강자를 선별한 다음에 그 선별된 자들끼리 다시 싸움을 붙이는 게 투왕지희다. 그런데 철민이 그런 투왕지희를 평정하고 투왕의 자리에 올랐다는 사실은 철위강의 '너무 분명한 결론'을 단번에 '너무 허술한 결론'으로 만들기에 충분했다. 그리하여 철위강은 마침 그때쯤에 철민이 불쑥 내놓은 사뭇 엉뚱한 제안에 대해 '사뭇' 적극적으로 호응하지 않을 수 없었다.

7

"저를 좀 도와주시겠습니까?"

철민의 그 말에 대해 철위강은 흔쾌히 고개부터 끄덕였다.

"아우의 일은 곧 내 일이니 너무도 당연한 말일세. 그래, 내가 도울 일이 무엇인가?"

철민은 잠시 생각을 골랐다. 추격자들이 벌써 가까이 따라붙었다는 건 그도 이미 느끼고 있는 중이니 철위강 또한 모를 리는 없었다. 다만 철위강이 굳이 아는 체를 하지 않고 있을 뿐이었다. 그런데 투장 바닥에 몸을 담고 있는 자들의 속성이 얼마나 독하고 끈질기다는 것은 철민이 너무도 잘 알고 있는 바이거니와, 더욱이 지금 그에게 상상을 넘는 거금의 도박이 걸려 있으니만큼 그들은 결코 그를 놓아주지 않으려 할 것이다.

"언제까지고 도망을 다닐 수는 없으니… 저는 차라리 정면으로 돌파를 하기로 결심했습니다."

"호오? 정면 돌파를 하겠다?"

철민의 말이 그의 짐작에서 많이 벗어난 것이었던지 철위강은 약간의 당혹과 호기심을 동시에 보였다.

"정면 돌파라면 저들과 부딪쳐 보겠다는 건가, 아니면 저들의 요구를 들어주겠다는 건가?"

"이번이 정말로 마지막이라는 확약을 받은 다음에 저들의 요구를 들어줄 작정입니다."

"저들이 내세우는 자와 마지막 한 판의 싸움을 하겠다? 그게 누구인지도 모르고서?"

"지금까지도 항상 옥방(獄房)에 들어가서야 비로소 상대를 볼 수 있었습니다."

"음!"

철민의 말에 무거운 자조의 기운이 어려 있었기에 철위강은 저도 모르게 그만 침음성을 흘리고 말았다. 잠깐의 틈을 둔 후에 그가 철민에게 물었다.

"한데 아우가 기왕에 그들이 원하는 대로 따를 작정이라면 내가 도울 일이 무엇인가?"

"제가 형님께 도움을 바라는 것은 싸움에서 이겼을 경우입니다."

"음! 그 반대의 경우에는?"

"이 한 판의 싸움은 어디까지나 저의 의지로 하는 것입니다. 그러므로 만약 제가 싸움에 진다면, 그래서 죽는 한이 있더라도 형님이 개입하는 것을 바라지 않습니다."

"허! 무슨 그런 말이 다 있나?"

"다만 제가 이겼을 경우에 사전에 확약을 받아두었다고 하더라도 제가 그동안 보아온 도박판의 생리로 보아 그들은 제게 다시금 싸울 것을 강요할 공산이 큽니다. 더 큰 도박판이 다시 형성될 것이기 때문입니다. 그래서 그때에 형님께서 그들의 강요를 막아주십사 하는 부탁을 드리는 겁니다."

"으음!"

철위강이 다시금 무거운 침음성을 흘렸다. 철민이 덩달아 무거운 안색이 되어서는 가늘게 한숨을 내쉬며 말을 이었다.

"물론 그 일을 위해서는 상당수의 무사들을 동원하는 것을 비롯해 사전 준비가 필요할 것입니다. 당연히 적지 않은 은자가 소요될 것이고요. 그러나 은자를 구할 방법에 대해서는 제가 따로 생각하고 있는 것이 있습니다."

"호오? 은자를 구할 방법이 있단 말인가?"

철위강이 생각없이 그렇게 반문하고 나서는 문득 면구스러움에 괜한 실소를 짓고 말았다. 그토록이나 '형님' 임을 내세웠으니만큼,

'지금 은자 따위가 무슨 문제란 말인가?'

하고 말해주었어야 하는 것인데, 생각없이 내뱉다 보니 꼭 철민의 안위보다는 은자에 더 관심이 있다는 것처럼 비칠 수도 있겠다 싶었다. 그러나 애써 서운함을 감추는 것인지 철민은 그저 덤덤하다는 투로 대답했다.

"우선은 제가 투왕이 되면서 받았어야 했으나 아직 받지 못한 상금이 은자 백 냥입니다. 그리고 이번에 하게 될 싸움에서도 그 싸움에 이미 거액의 판돈이 걸려 있는 만큼 더 많은 상금

을 요구할 수 있을 것입니다. 저는 그들의 요구를 받아들이는 조건으로 그 돈들을 먼저 받아낼 생각입니다."

철민이 언급하는 은자의 단위가 생각 외로 큰지라 철위강이 또다시 '생각없는' 호기심이 불쑥 생기는 것을 애써 억누르고 난 다음 무거운 투로 말을 받았다.

"음! 일단 아우의 생각은 알겠네. 그러나 좀 더 시간을 두고 신중하게 생각을 해보도록 하세. 자칫 목숨을 걸어야 하는 일이 아닌가?"

"지금까지 제가 해온 싸움들에서 저는 언제나 목숨을 걸어왔습니다."

철민의 그 말은 여전히 덤덤하였으나, 그럼으로써 역설적이게도 가장 단호한 의지를 드러내고 있었다. 그에 철위강이 잠시간 더 생각하고 난 끝에 문득 고개를 끄덕이며 말했다.

"사내란 자신이 가야 할 길에 대해서 결국은 스스로 결정을 해야만 하는 법이지. 아우가 정히 그럴 결심이라면 나 또한… 도울 수 있는 데까지 돕도록 함세."

"고맙습니다, 형님!"

철위강이 빙그레 웃음을 떠올려 놓고 있더니, 문득 철민의 어깨를 툭 건드리며 짐짓 장난스럽게 말했다.

"그런데 그 백 냥의 상금 말일세. 그 상금은 이미 아우님의 것이니만큼 어떤 일이 있더라도 최소한 그것만큼은 반드시 돌려받아야 하는 것이겠지?"

무슨 뜻으로 하는 소린지 애매한 빛으로 쳐다보는 철민에게 철위강은 빙그레 더욱 짙게 웃음을 지어 보였다.

8

사실 혼자였다면 철민이 그럴 용기까지는 차마 내보지 못하
였을 것인데, 철위강을 믿고서 무모하게 일을 시작한 측면이
없다고는 못할 일이었다. 철위강에 대한 의지(依支)일까? 그럴
것이다. 그러나 그게 전부는 아니었다. 아무리 그렇다 하더라
도 철민 자신이 직접 부딪쳐야만 하는 몫은 분명하니 그것은
분명히 용기였다.

철민이 전적으로 철위강에게 기대겠다는 생각은 결코 아니
었다. 그렇게 한다면 자신에 대한 철위강의 호감을 이용하는
것밖에 더 되겠는가? 그건 몰염치라고 할 수밖에 없을 것이다.

물론 '현실'로 돌아갔을 때에야 그런 '몰염치' 조차도 기회
나 능력으로 치부해야 할 경우가 아주 없을 것이라고 장담하
기는 솔직히 어렵지만, 적어도 이곳에서만큼은 그러고 싶지
않았다.

스스로를 그렇게 각박한 인간으로 몰아세우고 싶지는 않았
다. 아무리 절박하다지만 그래도 꿈속인데, 꿈속에서조차 그
렇게 각박한 인간이 되고 싶지는 않았다.

'내 힘으로 할 수 있는 건 내가 한다. 그러나 내 힘으로 도저
히 어떻게 해볼 수 없는 부분에 대해서는 그의 도움을 받아야
만 한다. 그러지 않고는 이 절망의 구렁텅이에서 도저히 벗어

날 방법이 없다.'

9

　지난 이틀 동안 철위강은 애초에 그가 철민에게 했던 말들에 대해 충실했다. 즉, '발길 닿는 대로 풍진 강호를 주유하자!'는 것과 '비록 바람과 이슬을 무릅쓰고 한데서 먹고 잔다고 할지라도 결코 아우의 배를 곯게 만드는 일은 없을 것이다!'는 따위들 말이다.

　그러나 철위강에게서는 그런 충실함 외에는 전혀 다른 동향이 보이지를 않았다. 이를테면, 철민을 돕기 위해서는 무사들을 끌어모으는 등의 시급히 조치해야 할 일들이 있을 것인데, 그동안에 철위강은 누구를 만나지도 않았고, 그렇다고 어디로 연락을 보내는 것 같지도 않았다.

　그러나 철민은 한 번도 재촉하지 않았다. 철위강에 대한 무조건의 신뢰가 있어서는 아니었다. 어차피 그로서는 할 수 없는 일들이었으니, 그저 철위강에게 맡겨두자는 심정이었다.

10

　사흘째 되는 날, 철민이 내내 조마조마하게 가슴 졸이고 있던 사태가 마침내 닥쳤다.

　관도의 맞은편에 일단의 무리가 관도를 가득 메운 채 서 있었다. 칼 찬 무사들만 해도 백여 명은 족히 되어 보였다. 그리고 그 뒤로는 백색(白色)이며 옥색(玉色), 남색(藍色)의 고급스러운 윤기가 흐르는 비단옷을 걸친 자들 십여 명이 어디 들놀이라도 나온 듯이 느긋하게 뒷짐을 지고 서 있었다.

그중에 용사투장의 주인인 화(華) 대인과 염 총관이 있는 것을 보고 철민은 나머지 '비단옷들' 또한 다른 투장의 주인들이거나 혹은 도박판의 물주들이리라고 짐작해 보았다.

다시 그 뒤로 삼십여 명이 더 있었는데, 차림새들로 보아 아마도 하인들이거나 일꾼들인 듯했다. 어쨌든 다 합하여 백사오십에 달하는 규모였으니, 철민은 한번 훑어본 것만으로도 두 다리에 힘이 쭉 풀리고 마는 듯하였다.

화 대인이 걸음을 떼자 그 주위로 이십여 명이나 되는 무사들이 신속하게 대형을 짜서 호위를 했다. 그런데 무사들의 면면이 지난번과는 확연히 달랐다. 사방을 살피는 눈빛들이 하나같이 날카롭게 번뜩였고, 특히 화 대인의 좌우에 붙어선 두 갈색 무복의 무사들에게서는 은연중에 예리하기 짝이 없는 어떤 무형의 기세가 뿜어지고 있는 듯했다. 철민이 퍼뜩 떠올렸다.

'일류고수!'

능히 천 근(千斤)의 힘을 발휘해 낼 수 있다는 강호의 고수급들.

"어서들 오시오! 오실 거라고 미리 연통이라도 주셨더라면 좋았을 터인데… 이렇게 길바닥에서 황망히 손님을 맞이하게 되었으니 참으로 난감하외다!"

철위강이 손님을 맞는 주인이라도 되는 양 짐짓 태연하고도 담담하게 화 대인을 향해 말을 건넸다. 그러나 화 대인은 철위강을 한번 흘깃 보았을 뿐 간단히 외면하고 말았다. 아예 안중에도 두지 않는다는 모습이었다. 이어 화 대인은 뒤를 돌아보며 나직이 외쳤다.

"준비하여라!"

그러자 즉시로 삼십여 명의 일꾼이 관도를 벗어나 조금 떨어진 곳에 있는 공터로 몰려갔다. 주변이 온통 황무지인 가운데 그곳만큼은 잡초나 잡목 바위덩이 하나 없이 깨끗하게 잘 골라진 땅이었다. 더욱이 바닥에는 황톳빛 선명한 흙이 두텁게 다져져 있어서 공터가 바로 얼마 전에 인위적으로 만들어진 것임을 쉽게 짐작할 수 있었다.

일꾼들은 익숙하게 공터의 사방을 구획하여 금을 긋고, 그것에 따라 네 귀퉁이에다 말뚝을 박고 마지막으로 몇 겹으로 줄을 쳤는데, 그 일련의 과정들은 참으로 신속하게 이루어졌다. 철위강이 의아하게 바라보다가 철민에게 물었다.

"저들이 지금 무엇을 하고 있는 건가?"

"옥방을 만들고 있는 것입니다."

그랬다. 그들은 지금 임시로 옥방을 만들고 있는 것이었다. 지옥의 방, 옥방(獄房) 말이다.

철민과 철위강은 무사들에게 포위된 채 임시 옥방이 만들어진 곳으로 가야만 했다.

"들어가라!"

화 대인이 철민을 지목하며 옥방으로 들어갈 것을 명령했는데, 그의 태도는 지극히 당연한 자신의 권리를 행사한다는 듯했다. 그런데 그때 철위강이 쓱 철민의 앞을 막아서서는 짐짓 여유를 부리며 말했다.

"아아, 대인! 모든 일에는 다 순서가 있는 법 아니겠소? 그러니 우리는 일단 먼저 해결해야 할 계산부터 끝낸 다음에 다시 그다음의 얘기를 시작해야 할 것이오!"

화 대인이 불쾌하다는 표정을 굳이 숨기지 않으면서도 마지못한 듯이 물었다.

"먼저 해결해야 할 계산이라니, 그게 무슨 소리요?"

설핏 이마를 찡그린 중에도 화 대인의 말투는 철민에게 할 때와는 달리 하대가 아니었다. 아마도 염 총관에게서 철위강에 대해 들은 바가 있기 때문이리라.

"제 아우가 투왕이 되면서 마땅히 받았어야 할 상금을 아직까지 받지 못하고 있으니 당연히 그 상금부터 내주셔야 하는 것이지요. 그 상금이 어떤 것이오? 내 아우가 목숨 걸고 싸워서 번 피의 대가가 아니오? 그 피에 전 은자를 생으로 홀딱 삼키려 한다면 그런 악독한 인사와 다시 무슨 얘기를 나눌 수 있겠소?"

순간 화 대인의 표정이 와락 일그러지고 말았다. 그것을 보고 옆에 와 있던 염 총관이 대신 나서며 뾰족하게 외쳤다.

"어허! 생으로 삼키다니? 악독하다니? 그 무슨 망발인가?"

얼굴까지 벌겋게 물들인 염 총관이 이어서 더욱 기세를 올릴 판인데, 화 대인이 문득 나직이 호통을 쳤다.

"염 총관은 그만하라!"

이어 화 대인은 소매 속에서 얇은 종이 뭉치와 세필(細筆) 한 자루, 그리고 아마도 먹물이 들었을 작은 대롱 하나를 꺼내 붓 끝을 적셨다. 그리고는 종이 뭉치 위에다 일필휘지로 무언가를 휘갈겨 쓰고는, 쓴 것을 찢어서 염 총관에게 건넸다. 염 총관이 그것을 받아 철위강에게 와서 건네는데, 철위강이 받아서 슬쩍 펴보고는 짐짓 놀라고 감탄하는 시늉을 했다.

"호오? 천하전장 발행의 수기전표(手記錢票)? 호! 일백 냥이라……."

철위강이 그 한 장의 전표를 철민의 눈앞에다 한차례 슬쩍 흔들어 보이고는 곧장 제 소매 속으로 집어넣더니 짐짓 정색을 하고는 화 대인을 향해 다시 말하였다.

"좋소! 이로써 과거의 계산은 다 끝났다고 하겠소! 하면 이제 새로운 얘기를 하면 되겠는데… 음! 그렇지. 새로운 싸움을 하려면 상금 또한 새로이 정하는 것이 이치에 맞지 않겠소? 흠! 어디 봅시다! 우선은 투왕의 이름값이 있는 것이고, 그리고 지금까지 보다 훨씬 더 강한 상대가 나올 것이 분명하니 위험

도가 확 올라가는 것도 고려해야만 하는 것이니… 이거 대충만 따져 봐도 상금을 대폭 올려야 할 것 같소만?"

화 대인의 인상이 다시금 노화로 일그러졌다. 그러나 이내 애써 얼굴을 펴며,

"이기면 두 배를 주겠다."

하고 말하였는데, 귀찮고 성가심을 억지로 눌러 참는 기색이 완연하였다. 화 대인의 그런 기색과 또 말투가 바뀐 것에 대해서도 모르는 체하고 철위강이 다시 물었다.

"지면? 졌을 때는 얼마를 주시겠소?"

그러자 화 대인은 마침내 노화가 폭발한 듯이 날카롭게 호통을 쳤다.

"진다면 죽어서야 옥방을 나오게 될 것인데, 은자가 무엇에 소용이 되겠느냐? 너희들은 더 이상 나의 인내심을 시험하려 하지 마라! 나에게 기껏 너희들 정도를 어찌할 수단이 없어서 지금 아까운 시간을 애써 할애하고 있다고 생각하느냐?"

호통과 동시에 주위를 둘러싸고 있던 무사들이 한 걸음씩 거리를 좁혀 들자 대번에 터질 듯한 무형의 압박감이 일어나 사방을 짓눌러 왔다. 철위강의 표정이 언뜻 굳어졌다. 그러나 다음 순간 그는 오히려 성큼 한 걸음을 내디뎌 우뚝 버티고 서며 우렁차게 일갈했다.

"좋다! 나는 차라리 부러질지언정 굽힐 줄은 모르는 사람이니, 나와 내 아우를 핍박하려 한다면 그것이 백 명이든 천 명이든 모조리 상대해 주마! 와라! 오늘 어디 한번 부러져 보자!"

철위강의 일갈에 사방의 대기가 일시 우르르 떨림을 일으키는 것을 보고 화 대인의 미간에는 굵은 세로 주름이 잡혔다.

'확실히 보통 놈이 아니다!'

화 대인은 이미 염 총관에게서 철민의 형임을 자처하는 거한이 상당한 무공을 지녔다는 보고를 받은 바가 있었다. 그러나 방금 전까지만 해도 일류고수 두 명을 포함해서 백여 명의 무사들을 동원하는 마당에야 제깟 놈이 무슨 용빼는 재주가 있으랴 했다. 그러나 지금 돌연히 드러내 보이는 철위강의 기세에서는 무언지 모르게 심상치 않은 느낌을 가지지 않을 수 없는 것이었다.

설령 거한에게 정말로 '용빼는 재주'까지는 없다고 하더라도, '오늘 한번 죽어보자!'는 식의 뚝심과 독기만으로도 일이 간단할 것 같지는 않았다. 섣불리 놈들을 제압하려다가 정말로 죽기를 각오하고 날뛰기라도 한다면, 그러다가 '투왕'의 몸에 자칫 '흠'이라도 난다면, 그것으로 인해 발생될 손해는 실로 엄청날 것이다.

그간의 싸움에서 투왕이 거둔 승리는 누구도 예측하지 못했을 만큼 놀라운 것이었고, 그 덕분에 가히 폭발적인 흥행성을 창조해 냈다. 그러한 흥행성을 담보로 하여 화 대인은 지금껏 유래가 없던 거대한 규모의 도박판을 이끌어냈다. 그리고 그

거대한 유혹이 지금 저쪽 한편에서 돌아가는 상황을 예의 주시하고 있는, 누구라고 이름만 대면 웬만큼은 다 알아볼 강호의 이름난 거부(巨富)들을 이런 벽지에까지 몸소 행차하도록 만든 것이다. 그런 만큼 이 거대한 도박이 성사되기 직전인 지금, 만에 하나의 차질 요인이라도 결코 있어서는 안 될 일이었다. 일단은 무마하고 봉합해 두는 쪽으로 처리하는 것이 백번 천번 이로운 선택이었다.

그러나 화 대인은 그 '백번천번 이로운 선택'을 당장에는 하지 않아도 좋았다.

13

철민의 눈에 지금 철위강의 모습은 참으로 대단하고 늠름해 보여서, 그야말로 위풍당당 그 자체였다. 사방을 훑어보는 형형한 눈빛과 전신에서 풍겨 나오는 불퇴불굴(不退不屈)의 굴강한 기개라니……

'저런 것이야말로 무인의 풍모인가?'

철위강의 당당한 면모에 감탄하다가 철민은 언뜻 거기에다 자신의 모습을 비춰보게 되었다.

당당함과 초라함! 그러한 대비에 대해 철민은 처음엔 막연히 철위강과 자신의 완력 차이, 혹은 이 세계에서 말하는 무공의 차이에서 비롯되는 까닭도 상당 부분 있겠거니 여긴 것이 사실이다. 그러나 이제 문득 생각하니 그러한 대비가 단순히 물리적인 강약의 차이에서 비롯되는 것은 아닌 듯했다.

"형님, 그만 됐습니다. 이제부터는 제가 감당해야 할 몫입니다."

하고는 성큼성큼 앞으로 걸어나가는 철민에 대해 철위강이 설핏 그의 옷자락을 잡으려 하다가 이마를 찡그리며 그대로 두었다. 그사이에 철민은 곧장 임시로 만들어진 옥방 안으로 들어가 버리고 말았다.

무사들과 화 대인 등이 일제히 움직여서 옥방 주위를 겹겹이 둘러쌌기에 철위강은 하릴없이 그들에게서 조금 떨어진 곳에 솟아 있는 야트막한 둔덕 위로 올라섰다. 그리고 그는 옥방 안에 우두커니 버티고 선 철민을 지켜보며 조용히 호흡을 골랐다. 그러자 단전에 갈무리되어 있던 그의 정순한 내력이 '와르릉!' 발동하여서는 도도히 전신 경맥을 타고 돌기 시작했다.

14

성큼 옥방 안으로 들어서는 상대를 빠르게 살피며 철민은 자신도 모르게 가는 숨을 토해냈다. 일부러 풀어 헤쳐 놓은 듯 머리카락이 얼굴의 태반을 가리고 있는 사내였는데, 산발한 머리카락 사이로 드러나는 시선조차도 아래로만 두고 있는 중이었다. 철민이 짧은 안도를 한 것은 사내가 '일류고수'일 것이라고 짐작하였던 두 명 중의 하나는 아니고, 조금 더 유심히

본 상대의 흘러내린 머리카락 사이의 이마에 제법 깊게 파인 한 줄의 굵은 주름이 있고, 그럼으로써 적어도 사십 전후쯤으로 보이고, 중키에 몸집이 좀 크기는 하나 특별히 다부지다는 느낌이 들지는 않는다는 등등의 찰나적인 관찰을 한 후였다. 최악의 상황은 일단 모면했다는 판단을 내린 것이다.

"나는 본래 무기를 쓰지 않는다."

천천히 옥방의 한가운데로 걸어와서 우뚝 선 사내가 양손을 다 허리 아래로 늘어뜨리며 말했다. 거친 탁음의 목소리였다. 순간 철민은 사내에게서 어떤 무형의 기세 같은 것이 확 뿜어져 나온다는 느낌을 받았는데, 그것이 상당히 위압적이었기에 저도 모르게 흠칫 위축되고 말았다.

"너는 무기를 써도 좋다."

철민의 침묵에 대해 사내는 친절이라도 베풀듯이 다시 말했다. 그리고 그 말 덕분에 철민은 오히려 갈등없이 간단하게 마음을 결정했다.

사실 철민에게 방망이의 용도는 상대를 공격하기 위한 것이라기보다는, 상대의 칼이나 여타의 무기에 맨손으로 대항할 수는 없기에 어쩔 수 없이 선택했다는 의미가 더 컸다. 그리고 싸움에 있어서 딱히 이렇다 할 '재주', 혹은 '기술'을 가지고 있지도 못한 그가 지금까지의 싸움에서 어찌 되었든 살아남을 수 있었던 것은 매번 상대가 미처 예상하지 못한, 혹은 익숙하지 못한 변칙을 적극 활용해 온 덕분이라고 할 수 있었다. 즉,

주로 상대를 넘어뜨려 바닥에서 승부를 본 것인데, 굳이 규정한다면 일종의 '그라운드 싸움'이라고 할까? '현실'의 격투기 경기에서 본 것들을 참으로 어설프게, 그러나 참으로 절박하게 흉내 낸 것이었다.

휙!

철민이 손에 들고 있던 방망이를 미련없이 바깥으로 던져버리자, 사내는 잠깐 어이없다는 표정이다가는 이내 담담한 표정으로 돌아갔다.

팡! 팡!

사내의 주먹이 가볍게 뻗어질 때마다 마치 가죽 공을 치는 것과 같은 소리가 났다. 그러나 그것은 사내의 주먹이 허공을 칠 때 나는 소리였고, 막상 철민의 몸에 맞을 때는,

퍽! 퍽!

하고 무거운 소리로 변했다. 그럴 때마다 철민은 마치 커다란 망치로 얻어맞는 듯한 충격을 느꼈다.

철민은 투왕지희를 통해 내공의 위력을 이미 겪어본 바가 있었으니, 지금 사내가 발휘해 내고 있는 놀라운 위력이 바로 내공에 의한 것이란 점은 능히 짐작할 수가 있었다. 그러나 내공을 이러한 형태로도, 이런 정도의 위력까지도 발휘해 낼 수 있다는 것에 대해서는 새로이 실감해야만 했다, 고통스럽게.

사내는 조금도 서두르지 않는다는 듯이 가볍게 가볍게 주먹을 쳐내고 있었지만, 그 주먹 하나하나가 철민에게 와 닿을 때

는 엄청난 충격으로 작용하니, 그때마다 철민의 몸은 마치 작
살이라도 맞은 듯이 펄떡거렸다. 철민이 비틀거리며 연신 뒷
걸음질 치는 것으로써 겨우겨우 버텨내고 있는 중에, 문득 귓
전에 한 가닥의 속살거리는 소리가 와 닿았다.

[권경(拳勁)을 구사하는 자일세. 결코 아우가 대적할 수 있는
상대가 아니니 지금 즉시 패배를 선언하게! 뒷일은 내가 알아
서 처리함세. 깊은 내상을 입기 전에 어서!]

이전에 까마귀늙은이도 쓴 적이 있는 수법이니 그것이 전음
이라는 것은 철민도 알았다. 그러나 권경이 무엇을 말하는 것
인지, 그것이 권이 직접 닿지 않아도 무형의 기세를 이루어 능
히 사람을 상하게 하는 권법의 높은 경지임을 알 까닭은 없었
다.

그러나 그것이 무엇이 되었든 그런 것과는 조금도 상관이
없었다. 철민은 거칠게 고개를 가로저었다. 그러나 그것만으
로는 답답함이 풀리지 않았기에 크게 고함을 질렀다.

"말하지 않았습니까! 이 싸움은 어디까지나 저의 의지로 하
는 것이라고요! 제가 죽는 한이 있더라도 형님이 개입하는 것
을 바라지 않는다고 말입니다!"

난데없이 목청껏 외쳐 대는 고함 때문이었는지 사내의 공격
이 멈추었다. 그리고 언뜻 철민의 시선을 따라간 사내의 시선
이 철위강의 눈길과 짧은 교환을 이룰 때였다.

"푸아악!"

철민이 크게 허리를 접으며 격렬하게 한 모금의 핏줄기를

토해냈다.

"아우!"

철위강이 외치며 둔덕을 박찼다. 그러나 막 도약해 오르던 그의 신형은 곧바로 다시 아래로 내려앉고 말았다. 그 찰나의 광경은 마치 땅속에서 어떤 강력한 힘이 그의 양 발목을 급작스럽게 끌어당기기라도 한 듯했는데, 실제로도 그의 양발은 지금 발목 어림까지 깊숙이 둔덕을 파고들어 가 있었다.

그가 도약하려는 순간에 고개를 든 철민의 눈빛 때문이었다. 그 눈빛에 타는 듯한 분노나 강렬한 투지 따위는 없었다. 그렇지만 더욱 절박한 무언가가 그 눈빛에는 있었다. 철위강으로 하여금 차마 더 이상의 행동을 취하지 못하도록 한, 내상을 무릅쓰고라도 급급히 내공을 역행시켜 천근추(千斤錘) 수법을 시전할 수밖에 없도록 만든 설명할 수 없는 그 무언가.

기세 좋게 한 모금의 피를 토해낸 때문일까? 철민은 문득 가슴의 답답함이 가시고 싸하니 청량한 기운이 가득해지는 느낌을 받았다. 그리고 그의 내부에서는 사뭇 기이한 현상들이 일어나기 시작했다.

철위강에 대한 경계를 일단 거둔 사내는 더 이상 시간을 끌지 않기로 한 모양이었다. 다시 내치는 그의 주먹에는 한층 강력한 힘이 실렸다.

퍽! 퍽!

그러나 그 강력한 충격에 대해 철민은 이상하게도 견딜 만하다는 느낌이 들고 있었다. 고통이 없는 건 아니었다. 타격의 순간에는 여전히 굉장한 충격과 고통을 느껴야만 했다. 그러나 적어도 그 정도로는 자신의 몸이 당장에 부서지거나 터져 나가지는 않을 것 같다는, 그럼으로써 '굳이 견디라면 정히 못 견딜 정도는 아닌 것 같다!' 는 근거없는 묘한 믿음 같은 것이었다.

퍽! 퍼억!

사내의 주먹에 담긴 위력이 점점 더 막강해져 갔다. 그러나 철민은 충격의 순간에 튕겨 났다가도 곧바로 다시 사내에게로 다가들고 있었다. 그때쯤 더욱 기이해진 것은 그가 충격을 받을 때마다 뿌듯한 느낌과 함께 무언지 모르게 기력이 충만해지는 듯한, 사뭇 이상하지만 결코 나쁘지는 않은 느낌이 들고 있다는 것이었다.

무사들이 술렁이고 있었다. 그리고 다른 한편에서는 '백색(白色)이며 옥색(玉色), 남색(藍色)의 고급스러운 윤기가 흐르는 비단옷들' 이 무사들과는 전혀 다른 의미에서 연신 나직한 탄식과 드물게는 환호를 뱉어내고 있었다.

어느 한순간. '사내' 의 얼굴이 마치 술에 만취한 사람처럼 벌겋게 달아올랐다. 동시에 철위강의 안색도 긴장으로 바짝 굳어들었다. 사내가 마침내 전력을 끌어올리고 있었기 때문이다. 돌연 철민의 몸이 아래로 푹 주저앉은 것은 바로 그때였다. 마치 사내의 앞에서 느닷없이 무릎을 꿇는 듯한 모습이었다.

사내가 멈칫 당황하고 마는 바로 그 순간, 철민의 두 손이 사내의 양쪽 종아리를 잡아챘다. 사내는 속수무책으로 엉덩방아를 찧고 말았다. 철민의 그 한 수가 사실상 처음으로 하는 공격이었던 데다, 그런 방식의 수법에 대해서는 전혀 상상조차 하지 못했던 때문이리라. 철민은 곧장 사내를 깔고 앉았다. 어설프고도 절박한 '파운딩'이었다.

"이놈!"

밑에 깔린 사내가 악다문 잇새로 노호(怒號)를 씹어냈다. 철민의 그런 방식은 무사라면, 명예까지는 아니더라도 최소한의 체면이라도 있는 무사라면 결코 시도하지 못할 수치스러운 수법이었다. 사내는 철민에게 짓눌린 채로 십성의 내력을 끌어올렸다.

"으아합!"

한소리 거친 기합 소리와 함께 두 사람의 자세는 단번에 뒤집어지고 말았다. 사내가 일시지간에 발휘해 낸 힘은 철민으로서는 어떻게 감당해 볼 수 없는 괴력이었다. 그러나 간단히 철민을 아래로 깔아 누르기는 했어도 사내가 곧바로 결정적인 우위를 점하지는 못했다.

철민이 아래에 깔린 자세에서도 사력을 다해 사내의 양팔을 움켜잡고 늘어지는 한편, 두 다리로는 사내의 허리를 조이며 악착같이 버텼기 때문이다. 그렇게 되자 사내는 압도적인 힘의 우위에도 불구하고 당장에는 철민을 어떻게 해볼 수가 없었다. 더욱이 그 민망한 자세라니, 사내는 분노가 치밀다 못해 치욕스러움에 치가 떨릴 지경이었다.

이윽고 사내는 단전의 바닥까지 쥐어짜서 일신의 모든 내력을 일시에 끌어올렸다. 그런데 바로 다음 순간 사내는 크게 놀라고 말았다. 그의 내력이 빠르게 소진되고 있었기 때문이다.

"아아!"

경악하며 사내는 반사적으로 내력의 운행을 멈추었다. 그러자 내력의 소진 현상 또한 멈추었다. 그러나 일시 지독한 허탈감이 밀려왔다. 당장에는 손끝도 움직이지 못할 것 같은 극도의 허탈감이었다. 그 잠깐 사이에 이미 상당한 정도의 내력이 소진되어 버린 때문이리라.

그러나 사내는 망연자실할 틈도 가지지 못했다. '아차!' 하는 틈에 철민이 재빠르게 몸을 뒤집었고, 연이어 사정없이 주먹을 내리꽂았다.

퍽! 퍽! 퍽! 퍽!

사내의 얼굴이 삽시간에 피투성이로 변했으나 철민은 미친 듯이 주먹을 퍼부었다.

퍼퍽! 퍼퍽! 퍼퍼퍼퍽!

한동안이나 더 마구잡이의 난타를 퍼부은 후에야 철민은 사내를 버려두고 몸을 일으켰다. 사내에게 더 이상 싸울 의지가 없음을, 아니, 아예 아무 반응도 없음을 뒤늦게 확인하고 난 다음이었다.

철민이 일어나 천천한 걸음으로 옥방의 문을 나설 때까지도 사방은 고요하기만 해서 차라리 엄숙한 느낌이 들 정도였다. 그러나 얼마 지나지 않아서 몇 마디의 숨죽인 괴성들이 터져 나왔다.

"이야앗! 이겼다~!"

"우하핫! 이겼다아~! 우하하하하!"

도박에서 이긴 자들이 극도의 희열을 참지 못하고 터뜨려 낸 소리들이었다. 지극히 낮은 확률 쪽에 과감하게 거액을 건 자들, 그럼으로 해서 단번에 몇 배의 이익을 거두게 된 자들이었다.

"헛!"

화 대인은 경악의 헛바람을 내뱉고 말았다. 커다란 신형 하나가 마치 허깨비처럼 불쑥 코밑에서 솟아올랐기 때문이다. 그의 주위에 다수의 호위무사들이 밀착 경호를 펼치고 있었지만, 누구도 거한의 접근을 미리 막지 못하고서 뒤늦게 놀라 소란들을 떨어대고 있었다.

"어헛!"

화 대인은 다시금 헛바람을 내뱉으며 흠칫 진저리를 치고 말았다. 거한 철위강의 커다란 손이 '획!' 바람을 가르며 날아오고 있었기 때문이다. 그러나 다행히도 그 손은 그의 코앞에서 멈추며 활짝 손바닥을 폈다.

"두 배! 이백 냥!"

15

"내 결코 아우의 배를 곯게 만들지는 않으리라 장담한 바 있으나, 이제 와서 보니 오히려 아우의 신세를 지는 편이 훨씬 낫겠네."

철위강은 내내 희희낙락하는 기색이었다.

"또 무슨 말을 하려고 그러십니까?"

"아, 그렇지 않은가? 은자만 있으면 귀신도 부릴 수 있다고 하지 않던가? 은자만 있다면 원하는 것은 무엇이든 살 수 있으며, 또한 무공의 고수들을 한 손가락으로 부릴 수도 있을 것이니, 세상에 은자보다 강력한 힘을 가진 것이 또 있겠는가? 아우가 오늘 하루 만에 벌어들인 은자가 자그마치 삼백 냥일세. 삼백 냥이 얼마나 큰 액수인지 모르겠는가? 하하하! 아우에게 이처럼 기막힌 재주가 있음을 알았으니 나는 이제 아우가 싫다고 해도 아우를 따라다녀야겠네."

은자. 돈에 관한 얘기였다. 철민이 잠시 혼자 생각을 했다. 그가 살아가는 이유는 뭘까? 혹은 뭐였을까? 엘리트가 되려고 했던 이유는 무엇이었으며, 그럼으로써 결국 가지고자 하는 목표는 무엇일까? 결국은 돈이 아닐까? 부자가 되는 것이 아닐까? 그럼으로써 풍요와 지위, 힘을 가지려는 것이 아닐까?

그러나 지금 이 꿈의 세계에서 은자는 그에게 어떤 의미가 있을까? 은자 덕분으로 풍요와 지위와 힘 따위를 얻을 수 있다 한들, 그것에 어떤 의미를 부여할 수 있을까? 그것들을 다 가진다 해도 그저 꿈일 뿐인 것일까?

알 수 없는 일이었다. 그가 얼마나 더, 얼마나 오랫동안 이 이상한 꿈을 꾸게 될지도 모르는 처지이므로. 그러나 적어도 지금까지의 은자는 그에게 크게 의미는 없었다. 그는 아직 삼백 냥이란 은자가 얼마나 큰 액수인지조차도 제대로 실감을 하지 못하고 있는 것이다. 그저 객잔에서 음식을 사 먹을 수 있는 가치 정도의 의미일 뿐이었다. 철민은 문득 까닭없이 흔쾌한 기분으로 되었기에 소리 내어 웃으며 말했다.

"하하하! 은자가 그렇게 좋다면 형님이 다 가지십시오."

참으로 오랜만에 웃어보는 웃음이었다. 아니, 어쩌면 그가 웃어본 최초의 웃음인 것도 같았다. 이 꿈속의 세상에서 말이다. 철위강이 짐짓 정색을 하였다.

"예끼, 이 사람아! 아무리 그렇다고 사람을 단박에 염치없는 속물로 만들어 버리나? 내가 뭐 대단한 걸 바라는 것도 아닐세. 우리가 한동안 좀 궁핍하게 지냈으니 어디 괜찮은 데 가서 술과 음식을 좀 풍족하게 즐겨보자는 정도의 아주 소박한 욕심일 뿐이지! 하하하하!"

철위강의 호탕한 웃음소리에 철민은 그저 빙그레 웃고 말았다.

16

사실 철위강은 철민의 그 한판 싸움을 보고 크게 놀라지 않을 수 없었다. 상대는 권경을 발휘할 정도의 권가(拳家) 고수였다. 권경을 발휘한다는 것은 최소한 반 갑자에 해당하는 내공을 지녀야 하는 것이지만 그보다 높게 평가해야 할 것은 역시 단순한 내공의 고하보다는 내공 운용의 심도(深度)와 능숙함이라고 할 것이다. 그런데 도대체 철민이 어떻게 그런 고수를 이길 수 있었을까? 철민의 싸움에는 무공이 없었다. 반 갑자 이상의 내공이 있는 것도 아니고, 그렇다고 능숙한 경지에 달한 어떤 기예(技藝)가 있는 것도 아니었다. 그렇다면? 또한 그렇게 보기는 참으로 어려운 일이었지만, 천생으로 타고났거나 혹은 어떤 기연 덕분으로 놀라운 완력을 지니고 있는 것일까?

어쨌거나 철위강은 철민에게 더욱더 매료가 되었다. 철민의 그 기묘한 싸움법에 대해서였다. 철민의 '싸움법'에서 흥미로운 점은, 싸움에 임해 평상시와는 전혀 다르게 변하는 철민의 특이한 기질(?)이라고 할 수 있겠다.

싸움 직전까지만 해도 투왕이 되었다는 사실을 여전히 믿지 못할 만큼 싸움하고는 전혀 거리가 먼 물렁한 성격만 같더니, 막상 '옥방'이라는 싸움장에 들어가면서부터는 사람이 확 달라지고 마는 모습 말이다.

뭐랄까? 분노라고도 투지라고도 하기 애매한, 일종의 몰입이라고 할까? 물론 무인이라면 누구나 생사를 건 치열한 싸움에서는 칼날 같은 집중도를 유지하기 위해서라도 당연히 지극한 몰입을 해야 하지만, 철민이 보인 몰입은 그런 것과는 또 사뭇 달랐다.

'술(術)도 예(藝)도 도(道)도 아닌, 오로지 생존을 위한 처절한 몰입! 그것이야말로 오히려 무공의 본질에 한 걸음 더 가까운 것은 아닐까?

그런 데까지 생각이 이르자, 철위강은 문득 어떤 감동까지를 느끼게 되는 것이었다.

17

"봐주기 없기?"

내키지 않아하는 철민을 부추기고, 구슬리고, 강요하다시피하여 철위강이 그 한판의 팔씨름을 결국 성사시키고야 만 것은 철민에 대한 놀라움과 매료, 그리고 시간이 지나도 누그러지기는커녕 오히려 점점 커져만 가는 호기심 때문이었다.

"자! 시~작!"

구령과 함께 철위강은 일단 힘을 쓰기 시작했다. 거구인 만큼이나 힘도 타고난 데가 있어 순수한 완력으로도 어디 가서 밀려본 적이 없는 그였다. 그런데 힘을 쓰기 시작하자마자 그는 움찔 놀라고 말았다. 철민의 손목이 일순 휘청하며 반이나 꺾였는데, 그가,

"흡!"

하고 나직한 기합 소리를 토하는 순간 곧바로 꺾였던 손목을 바로 세우고는 팽팽하니 맞서오는 것이 아닌가? 철위강의 송충이 같은 눈썹이 크게 한번 꿈틀거렸다. 그리고 철위강이,

"끙!"

하고 짐짓 기운을 쓰는 체를 하였는데, 사실은 그냥 '체'가

아니라 실제로도 있는 대로 손목에다 힘을 주는 중이었다. 그러나 철민은 이번에도 잠깐 움찔하는 정도로 손목이 흔들렸을 뿐, 이내 팽팽한 대치를 이루며 굳건하게 버티는 것이었다.

'이것 봐라?

철위강도 본래는 내공을 쓸 작정까지는 전혀 아니었다. 그러나 그가 자신했던 완력이 뜻밖에도 통하지 않게 되자, 이것도 승부라고 한 가닥의 호승심이 슬그머니 대가리를 쳐드는 것이었다. 그리고 기왕에 시작한 짓이니, 철민의 힘이 과연 어느 정도일까 하는 호기심을 풀고야 말리라 하는 욕심이 더욱 강해지는 것이었다.

그래서 철위강이 가만히 내공을 끌어올리자, 철민의 손목이 과연 견디지 못하고 천천히 넘어갔다. 그러나 바로 다음 순간에 철위강은 그만,

"어헛?"

하고 당혹스러운 소리를 뱉고야 말았다. 철민의 손목이 거짓말처럼 제자리로 돌아와서 다시금 버티기 시작했기 때문이다. 순간 철위강의 굵은 눈썹이 역팔 자로 확 휘어졌다. 동시에 그의 내부에서는 '와르릉!' 하고 정순한 내력이 용트림을 했다. 그러나 철위강은 문득 고소를 짓고 말았다.

'이 정도면 되었다!

철민이 지닌 힘이 어떤 종류인지, 과연 어느 정도까지인지 확인하지는 못했지만, 어쨌든 그의 힘이 과연 범부(凡夫)의 수준을 한참이나 넘어서는 놀라운 것이란 점은 확인한 셈이

었다.

그리고 그 정도의 힘, 싸움에 임하였을 때 철민이 보여준 그 특이한 기질과 싸움법 등을 종합하는 것으로써, 철위강은 자신의 '호기심'을 이제는 어느 정도 눌러둘 수 있겠다 싶어지는 것이었다.

'좀 더 지켜보다 보면, 그가 지닌 능력의 실체가 과연 어떤 것인지에 대해 자연스럽게 알게 되겠지!'

그렇게 생각의 매듭을 짓던 중에 철위강은 문득 가벼운 허탈감을 느꼈다. 그것은 찰나적인 아찔함이기도 했는데, 마치 상당한 양의 내력을 소진하고 난 후의 느낌과도 비슷하였다. 철위강이 가볍게 고개를 갸웃하고는 지체없이 내력을 일주천하였다. 그럼으로써 그 증상이 아무런 잔흔(殘痕)없이 말끔하게 사라져 버렸기에 철위강은 대수롭지 않게 넘겨 버릴 수가 있었다.

그런데 만약 누군가 있어 철위강이 방금 비록 약식의 가벼운 일주천이긴 하였으나 마음먹은 즉시, 그것도 선 채로 일주천의 운공을 했음을 알았다면 철위강이 도달해 있는 경지에 대해 크게 놀라지 않을 수 없었을 것이다.

18

철민과 철위강은 환성(煥城)이란 곳에 도착하였다. 제법 규모가 크고 번창해 보이는 고장이었다. 점심을 먹기 위해 철위강은 일부러 외곽 지역의 한적한 곳에 위치한 자그마한 객잔을 찾았다. 그들의 뒤를 추격하는 낌새는 없었지만, 그래도 알 수 없는 일이라 아직 한동안은 조심을 기하려는 것이었다. 점심을 해결한 김에 철위강은 아예 그곳에다 숙소까지 잡아버렸다. 그가 개인적인 볼일로 잠시간 철민과 떨어져야 하기 때문이었다.

"어두워지기 전에는 돌아올 터이니 조금 갑갑하더라도 되도록이면 객잔 바깥으로는 나가지 않는 게 좋겠네."

꼼꼼하게 이런저런 주의와 당부를 늘어놓은 다음에야 철위강은 객잔을 나섰다.

아직 한낮이라 객잔 안채는 텅 비어 쥐 죽은 듯이 고요했다. 달리 시간을 보낼 방법도 없으니 철민으로서는 참으로 무료한 지경이었다. 그러고 보니 이곳에서 그저 '무료'해 보기는 또 처음인 것 같았다. 철민이 내내 방에 앉아서 바깥만 바라보고 있다가 결국은 견디지 못하고서 자리를 털고 일어났다.

객잔을 벗어나 조금 앞쪽으로 걸어나가자 곧장 여러 갈래로 골목길이 갈라졌다. 철민이 발길 닿는 대로 그중 한 갈래를 택해서 걷는데 얼마 가지 않아 다시금 서너 갈래로 갈라져 나가는 골목길과 마주쳤다. 조금만 더 가보자 하고 그중 한 갈래를 택해 걷는데 얼마 안 가 다시 같은 상황이었다.

가히 거미줄 같은 복잡함이었으니, 이러다간 자칫 길을 잃고 말겠다 싶어서 철민은 일단 객잔으로 되돌아가기로 했다.

되짚어 가는 길도 헷갈려서 철민은 두 번의 갈래 길마다 멈
춰서 방향을 가늠하고 나서야 겨우 객잔으로 돌아갈 수가 있
었다. 문득 철위강의 꼼꼼한 당부가 괜한 것이 아니었다 싶어
졌다.

그러나 기왕에 나선 길인데 그냥 '방콕(방에 콕 처박혀 있
는)'의 처지로 되돌아가기는 좀 그랬기에, 철민은 이번엔 객잔
의 담을 따라서 뒤쪽으로 돌아가 보았다.

객잔의 뒤쪽은 제법 울창한 대나무 숲이었고, 숲 사이로 난
좁은 길을 따라가니 연이어 완만하게 경사를 이룬 작은 동산
으로 연결이 되었다. 야트막한 언덕이라고 해도 좋을 동산이
었는데, 철민은 한번 올라가 보기로 했다. 그 위에 올라서서 사
방의 광경을 한눈에 담아보고 싶었다.

19

"아아!"

철민은 저도 모르게 탄성을 흘려냈다. 거기 작은 세상 하나
가 펼쳐져 있었다. 성(城) 전체가 한눈에 들어왔다. 작은 집들
이 옹기종기 모여 앉은 동네와 동네, 그런 중에는 제법 높아 보
이는 전각들이 군집을 이루고 있는 곳도 있었다. 동네와 동네
사이를 연결하는 넓은 길과 밀집한 집들 사이로 얽혀 있는 좁
은 미로들, 성내(城內)를 흐르는 작은 하천들과 외곽을 돌아 흐
르는 큰 강줄기, 다시 그 너머로 첩첩이 늘어서 있는 높은 산

들. 마치 한 폭의 그림과도 같은 풍경이었다.

그때 철민은 문득 느낌 하나를 알아챘다. 불안 같기도 하고 조급함 같기도 한 묘한 느낌. 그러나 철민은 이내 알았다. 그것이 누군가 자신을 주시하고 있는 것으로부터 비롯된 것이며, 호의(好意)보다는 적의(敵意)에 가까운 뉘앙스를 풍기고 있다는 것을. 철민은 천천히 뒤로 돌아섰다. 십여 미터쯤 떨어진 곳에 사내 하나가 표연히 서서 그를 보고 있었다.

'검객(劍客)?'

철민은 사내에게서 문득 무사가 아닌 검객을 떠올렸다. 칼 찬 사람을 처음 본 것도 아니건만 그냥 그런 막연한 느낌이 떠올랐다. 그러나 그자가 천천히 이쪽을 향해 걸어오기 시작했을 때, 그 막연한 느낌은 곧바로 확연해졌다. 마치 무형의 어떤 날카로움이 살갗을 베어드는 듯한 느낌이었다.

"널 죽이러 왔다!"

검객은 다만 짧게 한마디만을 뱉고는 곧장 검을 뽑았다.

스룽!

검! 그것이 진정 검(劍)이라는 것을 철민은 새삼 절감하였다. 거리상으로는 분명 대여섯 걸음이나 떨어져 있건만, 그 한 자루 검은 이미 철민의 양미간을 찔러들고 있었다.

"헉!"

다급하게 숨을 들이켜며 철민은 반사적으로 펄쩍 한 걸음을 뛰어 물러섰다. 그런데 기이하였다. 검객은 원래의 자리에서 여전히 움직이지 않았건만, 그의 검끝에서 비롯된 느낌은 어느 틈에 철민의 미간을 쫓아와 있었다. 철민이 극도로 당황한 중에도 황급히 방망이를 몸 앞으로 세웠다. 그러자 검객의 얼굴에는 언뜻 실망의 빛이 스쳤다.

파파팟!

일순간 몇 가닥 검의 그림자가 허공을 수놓았다. 그것이 어찌나 빠르고 기기묘묘한지 철민은 방망이를 휘둘러 볼 생각조차 하지 못하였다. 다음 순간 양쪽 어깨 어림에서 화끈한 통증이 일었고, 그 주변이 금세 축축하게 젖어드는 느낌에서 피가 솟구치고 있다는 것을 짐작할 수 있었다. 감히 검객의 검에서 시선을 뗄 수는 없었지만.

"크윽!"

철민은 절감하지 않을 수 없었다. 검객이 마음만 먹었다면 어깨 대신 심장이나 목을 찔렀을 것이니, 그는 이미 바닥에 시체로 누워 있을 것이란 사실을. 찰나 서늘한 전율이 전신을 훑고 지나갔기에 철민은 자신도 모르게 부르르 몸을 떨고 말았다.

그러나 동시에 철민은 그럼에도 불구하고 자신이 아직 죽지 않았다는 엄연한 사실을 치열하게 자각했다. 그렇다면 무엇이든 해봐야만 하는 것이다. 양 어깨에 불에 덴 듯한 고통이 있을망정 움직일 수는 있을 것 같았다. 그는 곧장 검객을 향해 돌진했다. 끄집어낼 수 있는 모든 힘을 다 쏟아부어 방망이를 휘두르면서.

붕! 붕! 부웅!

검객은 서두르지 않았다. 이미 승부를 굳혀놓고서 느긋하게 철민의 마지막을 유예하고 있는 것도 같았다.

파라랏! 파파파팟!

검객의 검은 그야말로 기기묘묘한 변화를 부려내고 있었다. 눈으로는 미처 다 따라잡지도 못할 만큼의 그 눈부신 속도와 변화에 철민은 그야말로 속수무책일 수밖에 없었다. 검객의 검은 철민의 방망이와는 거의 부딪치지도 않으면서 교묘하게 밀고 눌렀다. 그리고 만들어진 틈 사이를 베고 찔렀다. 철민의 몸에는 어느 틈엔지 숱한 상처가 생겼고, 피에 흠뻑 젖은 옷자락이 그가 움직일 때마다 질척거렸다.

어느 순간 검객은 쾌속하게 뒤로 물러났다. 이어 나직하고도 차가운 투로 입을 열었다.

"너와 같이 하찮은 자에게 어찌하여 그들이 거금을 걸었는지 참으로 모를 일이다. 허허허! 투왕이라고 하였더냐? 권경을 구사하는 권법가를 무릎 꿇렸다고 하였더냐? 기껏 이 정도로 말이냐?"

검객은 마치 철민의 부족함에 대해 분노를 토로하는 듯했다. 또는 기껏 그런 수준의 철민을 상대하고 있는 그 스스로에 대해서 분노하고 있는 듯도 했다.

그러나 철민은 검객의 분노에 대해 조금도 공감하지 못하고 있었다. 그럴 틈을 가지지 못할 만큼 절박하였다. 그는 마지막한 수를 준비하고 있었다. 검객의 능력은 그가 도저히 감당할 만한 것이 못 되었으니, 이 마지막의 시도마저 통하지 않는다면 그는 죽을 수밖에 없으리라.

"으악!"

비명과도 같이 외치며 철민은 검객의 얼굴을 향하여 방망이를 던졌다, 창을 던지듯이. 동시에 그대로 돌진해 들어갔다. 투왕지회의 마지막 싸움에서 쇠 채찍을 쓰던 상대에게 썼던 수법이다. 상대가 미처 예상하지 못했던 수법에 당황하는 순간을 노려 기습적으로 태클을 감행하려는 것이었다.

그러나 이내 당황한 것은 오히려 철민이었다. 검객은 조금도 당황하지 않았고, 날아오는 방망이를 피하지도 않았다. 다만 가볍게 검을 떨쳐 냈을 뿐이다.

팟!

검객의 검에서 찰나 파르스름한 빛이 서리는가 싶더니, 순간 철민의 박달나무 방망이가 간단히 두 토막이 나고 말았다. 생각지도 못한 상황이었지만, 철민에게 다른 선택의 여지란 없었다, 그대로 태클을 감행하는 수밖에는. 그 수법이 통하지 않으리라는 것은 이미 분명해 보였지만, 지금 그가 그의 의지대로 할 수 있는 행위는 그것이 유일하였다.

검객은 무심하게 검을 찔러냈다.

"윽!"

오른쪽 가슴에 불에 달군 쇠꼬챙이 같은 것이 쑤셔 박히는 극렬한 고통 속에서도 철민은 반사적으로 상대의 검을 움켜잡았다. 무심하던 검객의 얼굴에 잠깐의 표정이 떠올랐다. 경멸일까? 검객은 지그시 일자로 입매를 만들며 천천히 검을 비틀었다.

"큭!"

철민은 다시금 비명을 토하고 말았다. 두 손바닥이 불에 덴 듯 화끈거렸다. 그의 손아귀에서 스멀거리며 번져 나온 피가 금세 흥건하게 검신(劍身)을 적셨다. 그러나 철민은 이를 악물고 검을 움켜잡은 양 손아귀에 더욱 힘을 주었다. 검의 비틀림이 멈추었다.

"진정 죽기가 소원이라는 것이냐?"

검객이 차갑게 일갈하더니 거칠게 검을 비틀면서 힘껏 앞으로 밀어버렸다. 그대로 철민의 가슴을 뚫어버리겠다는 의지였다. 그러나 검객의 얼굴에는 곧바로 놀람과 당혹이 떠올랐다.

철민의 강한 저항에 부딪쳐 검이 움직이지 못하고 있는 것이었다. 하지만 곧 검객의 입가에는 한 가닥의 냉소가 그려졌고, 동시에 그의 검에는 파르스름한 빛이 서렸다. 철민의 뒤쪽에서 한소리 다급한 호통이 터져 나온 것은 바로 그때였다.

"멈춰라!"

철위강이었다.

파아아앗!

철위강의 거구가 맹렬하게 쏘아오고 있었다. 검객의 눈빛에 순간적으로 당황이 어렸다.

"갈!"

짧은 호통을 터뜨리는 순간 검객의 검에 서린 파르스름한 빛이 보다 선명하게 빛났다. 그러나 검은 필사적으로 움켜잡고 있는 철민의 손아귀에서 여전히 꼼짝도 하지 않았으므로 검객은 이윽고 크게 당황하고 말았다.

그런데 그뿐만이 아니었다. 돌연히 그의 내력이 검을 통해서 어딘가로 확 빨려 나가는 느낌이 들었고, 동시에,

챙강!

하고 검이 부러져 버렸다.

"헛!"

검객이 다급한 헛바람을 토했다. 진신 내공이 주입되어 있던 검이다. 그런 상태에서의 검의 파괴는 내공의 순간적인 단절을 불러왔으니, 그 순간의 충격이 간단할 수는 없는 노릇이었다. 그러나 그는 놀람과 충격을 추스를 틈을 가질 수가 없었다.

콱!

철민이 그대로 덮쳐들며 검객의 가슴에다 머리를 들이박는 동시에 양손으로 허리를 감아 꺾었기 때문이다. 그 때문에 검객의 몸은 마치 썩은 나무둥치처럼 속절없이 뒤로 넘어가서 모질게 땅바닥에다 등을 찧고 말았다.

그때에 마침 철위강의 신형이 벼락같이 당도했다. 그런데 그는 그대로 검객을 향해 일장을 내치려는 기세이더니 돌연 멈칫하며 손을 거두어들이고는 오히려 두어 걸음을 뒤로 물러섰다. 철민이 싸움을 계속하고 있었기 때문이다.

아니, 그는 이제야 그 독특한 싸움법을 시작하고 있는 중이었다. 급한 위기는 넘겼다 싶은 안도와 동시에 눌러두었던 철

위강의 호기심이 다시금 고개를 쳐들었다.

검기를 사용할 만큼의 고수이니 그 내공이 일전의 권법가보다 훨씬 뛰어나리라는 것은 불문가지의 사실이었다. 또한 검을 쓰는 자들의 경우 기초 공부로써 박투술 또한 어느 정도 수준까지는 연마하는 것이 보통이니, 이번에야말로 철민은 그 '독특한 싸움법'으로도 승세를 잡기는 어려우리라. 철위강은 그렇게 예상하였다.

그러나 상황은 곧장 그의 예상과는 딴판으로 전개되었고, 그는 차라리 실망스러운 심정이 되고야 말았다.

검객은 이상하게도 힘을 쓰지 못했다. 그는 갑자기 몹시도 지쳐 버린 듯이 무기력하기만 했다. 반면에 철민은 철저히 싸움에 몰입해 있었다. 검객의 몸을 타고 앉아 주먹으로, 팔꿈치로, 머리로, 어깨로, 그야말로 온몸을 사용하여 무차별로 타격하고 짓이겼다.

이윽고 철민이 몸을 일으켰을 때는 바닥에 널브러진 검객이 전혀 아무런 움직임을 보이지 않고 난 다음이었다. 그러나 그가 죽었는지에 대해 철민은 상관하지 않기로 했다. 그것이 이 세계, 강호라는 곳의 법칙임을, 적어도 싸움에 있어서는 절대적인 법칙이라는 것을 깨닫고 있으며, 또한 점차로 익숙해져 가고 있는 까닭이었다. 그가 원하든 원하지 않든.

철위강은 가만히 고개를 흔들었다. 돌이켜 보니 새삼 급박한 순간들이었다. 그는 이각(二刻)여 전에 객잔에 도착했으나, 철민이 보이지 않았다. 객잔의 점소이들에게 물어보았으나, 철민이 언제쯤 객잔을 나갔는지조차 아는 사람이 없었다. 철위강이 갑자기 불안한 마음이 들어 무작정 객잔 근방을 수소문하며 다녔는데, 문득 차분히 생각해 보니 철민이 세상물정을 잘 알지 못하니 혼자서 복잡한 성내로 들어갔을 것 같지는 않았다. 그리하여 다시 객잔으로 돌아와 가까운 곳에서부터 철민의 흔적을 세세하게 살피는 한편으로 혹시나 하여 지청술(地廳術)까지 펼쳤다.

그러던 중 객잔 뒤편의 동산 쪽에서 심상치 않은 기척이 들리기에 오가는 사람들의 이목을 가릴 것도 없이 곧바로 경신법을 펼쳐 달렸고, 마침 절대 위기에 처한 철민을 발견하였던 것이다.

"어디 상처 좀 보세!"

철위강은 우선 철민의 전신에 난 상처부터 꼼꼼히 살펴보았다. 피투성이가 된 것치고는 다행히도 중상이라고 할 만큼 깊은 상처는 없었다. 그런 중에 철위강이 특히 놀라지 않을 수 없었던 것은 철민의 손에 난 상처를 보고서였다. 검기가 발동된 검신을 철민이 양손으로 움켜잡고 있는 광경을 그가 직접 목격을 하였으니, 그 상처가 크게 중하리라고 걱정하였던 것이다. 그런데 비록 양 손바닥이 엉망으로 해지다시피 하였으나 막상 뼈나 힘줄은 온존하였으니 천만다행에다 천우신조라고 해야겠지만, 한편으로는 참으로 놀랍지 않을 수 없는 일이었다.

그러나 깊은 상처가 아니더라도 상처 입은 부위가 워낙 많

아서 이미 상당한 출혈을 하였기에 철위강은 서둘러서 지혈을
하고, 또 상비하고 있던 금창약으로 급한 대로의 조치를 하였
다.

20

"흐으으!"

신음인지 통한의 흐느낌인지 모를 소리를 나직이 뱉으며 사
내는 천천히 눈을 떴다. 좀 전까지 검객이었던 사내의 눈빛은
더 이상 차갑지도 날카롭지도 않았다. 그저 초췌하고도 공허
할 뿐이었다. 그러나 사내의 시선이 언뜻 철민에게로 가 닿을
때, 그 눈빛은 격렬하게 흔들리다 못해 이내 전신으로 번지며
부르르 진저리를 치고 말았다.

비틀거리며 겨우 몸을 일으키는 사내를 가만히 지켜보고 있
던 철위강이 문득 고개를 갸웃거리며 물었다.

"당신 혹시……?"

소리는 들리지 않았지만 철위강의 입술이 계속 움직이는 것
으로 보아 그 뒤에 이어지는 말이 있음에 분명했다. 전음이리
라. 한순간 사내의 눈빛이 크게 출렁거렸고, 철위강이 탄식조
로 말을 뱉었다.

"기껏 은자 몇 푼에 살수(殺手) 노릇을 하다니, 백강(百强)의
이름이 부끄럽지 않소?"

사내의 고개가 힘없이 꺾일 때, 철위강은 주저없이 몸을 돌

렸다.

"가세!"

철민의 어깨를 부축하며 철위강이 짧게 말했다. 철위강과 사내 간에 무슨 얘기가 오갔는지 철민은 굳이 묻지 않았다. 철위강의 표정이 무겁기도 했거니와, 그가 얘기해 주지 않는 데는 그럴 만한 이유가 있겠거니 했다. 그런데 두 사람이 몇 걸음 걷지 않았는데 뒤에서,

"큭!"

하는 소리가 났다. 나지막했으나 지극한 고통이 담긴 듯한 소리였다. 철민이 멈칫 서며 뒤돌아보려 했다. 그러나 어깨 아래를 부축하고 있던 철위강의 커다란 손아귀가 억센 힘으로 돌아보지 못하도록 제지했다. 철민이 도대체 무슨 일인지 물어보아야겠다고 마음먹을 때, 철위강이 성큼 걸음을 내디디며 나직이 말하였다.

"진정한 무인이라면 명예를 중시하는 법이지, 목숨만큼이나."

철위강의 나직한 목소리는 침울한 중에 다시 무언지 모를 강렬한 느낌을 담고 있었다. 그리하여 철민은 결국 묻지 못하였다. 여전히 무슨 일인지 알지 못하였고, 또한 철위강의 말이 무슨 뜻인지 이해하지 못하였음에도.

第十五章

매봉〔魅棒〕

몽상가

1

객잔에 돌아온 후 철민은 내내 한마디도 하지 않았다. 철위
강 또한 묵묵히 지켜보기만 했다.

동산을 내려오면서 철민이 철위강에게 말한 바가 있었다.
만약 그 검객이 처음부터 그에 대한 살의를 제대로 발동하였
다면 그는 단칼에 죽고 말았을 것이라고. 철위강이 생각하기
에도 철민의 말은 조금도 과장 없는 사실이었다. 상대는 검기
를 운용하는 경지의 고수인 것이다.

"그렇게 내내 풀 죽어 있을 건 또 무언가? 강호의 승부란 결
과가 모든 걸 말해주는 법! 어찌 되었거나 아우가 이겼지 않은
가?"

철민이 언제까지나 침울한 채로 있게 둘 수는 없겠다 싶었

던지 철위강이 슬쩍 말을 걸었다. 그러나 철민이 엷은 고소를 떠올리며 시큰둥한 기색을 보이는 바람에 철위강은 원래 할 생각이 없었던 얘기까지 불쑥 꺼내 놓게 되었다.

"백강에 대해 들어본 적이 있는가?"

철민이 그제야,

"백강이요?"

하고 마지못한 듯이 반응을 보이자, 철위강은 마치 특별한 얘기보따리라도 가지고 있다는 듯이 짐짓 어깨를 으쓱해 보이며 빙그레 웃었다.

2

백강은 강호에서 활동하는 백 명의 신진 강자를 말하는 것으로, 그 정식의 명칭은 강호신진백강(江湖新進百强)이다. 즉, 강호 출도 십 년 이내인 신진고수들의 무력을 평가하여 일위에서 백위까지 그 서열을 매겨놓은 것이다. 그런 까닭에 예외적으로 늦은 나이에 출도한 일부의 경우를 제외하고는 백강의 대부분은 청년고수들이고, 조금 많다고 해도 사십 세 안팎이다.

역설적으로 말해, 백강에서 전제하는 그런 자격 요건으로 인해 강호도상에서는 백강을 그다지 대단하게 보지 않는 시각도 있긴 하지만, 그런 것이야 어디까지나 기인고수들의 관점일 것이다. 흔히 말하듯 기인고수들이 바닷가의 모래알처럼 많다고 하는 곳이 바로 강호이니, 강호에 나온 지 기껏 십 년 안쪽의 '애송이'들에 대해서야 가소로워할 고수들이 그야말로 '수두룩 빽빽' 할 것이 아닌가?

어쨌거나 당금의 강호에서 실질적인 강자(强者)들을 꼽을 때 백강이 하나의 척도가 되는 것은 엄연한 사실이다. 우선은 백강의 서열이 철저하게 실력 위주이기 때문이다. 즉, 서열 간의 치열하게 지속되는 도전과 응전을 통해서, 그야말로 강자존의 비정한 법칙 하에서 자신의 서열을 쟁취하고 지켜내는 자들인 것이다. 그럼으로써 백강에 들었다는 것은 곧 당금 강호에서 결코 무시 못할 강자로 인정받는다는 의미가 되는 것이다.

한편 백강에 든다는 것이 늘 그렇게 치열한 도전과 응전만을 계속해야 하는 것이라면 강호의 숱한 신진강자들이 그 백개의 자리를 차지하려고 그처럼 목숨까지 걸지는 않을 것이다. 치열한 도전과 응전을 통해 위 서열로 올라갈수록 명예가 커지는 것이야 지극히 당연한 것이고, 더불어서 생기는 한 가지의 특혜가 있었다.

그것은 백강 내에서의 도전 자격과 응전 의무를 엄격히 규제하는, 백강 간에 존재하는 하나의 기묘한 불문율이기도 했다. 즉, 도전은 자신의 바로 위 서열에게만 가능하며, 바로 아래 서열에게 도전을 받았을 시는 반드시 응전을 해야만 한다는 것이다.

반대로 그런 자격과 의무가 아니라면 도전과 응전은 이루어질 수 없다는 것인데, 만약 백강에 속한 자이든 아니면 새로이 들고자 하는 자이든 그러한 불문율을 어긴다면 백강에 대한 모욕으로 받아들여지는 것이니, 곧 백강 전체를 적으로 돌리게 되는 험악한 상황을 각오해야만 하는 것이다.

철위강이 워낙 열의를 가지고 얘기를 하고 있었으므로 철민이 나중에는 억지로라도 공감을 해주어야겠다는 부담을 느낄 정도였다. 그러나 사실 그로서는 공감하기 어려운 분야의 얘기였으므로 어쩔 수 없이 건성으로 듣고 있던 중인데, 마침, 혹은 겨우 질문거리 하나가 생겼기에 철민이 생색을 낼 겸으로 얼른 물었다.

"그럼 백강이 아닌 사람이 새로이 백강에 들려면 서열 백 위에게만 도전할 수 있겠군요?"

철위강이 짐짓 과장되게 반색하며 목소리에 흥을 비쳤다.

"그렇지! 바로 그렇다네. 물론 바로 위 서열이 아닌 경우라도 상위 서열에 있는 자가 기꺼이 도전을 받아들이겠다고 선언을 한다면 예외가 되네. 그렇지만 생각해 보게! 만약에 대결에서 지면 졸지에 서로의 서열이 맞바뀌게 되는데, 그런 본전도 못 건지는 대결에 기꺼이 응할 자가 어디 있겠나? 하하하! 그러다 보니 재미있는 일이 벌어지는 경우도 종종 있다네. 이건 사실 세상에는 잘 알려지지 않은 일인데… 백강 중에 서열 십일위를 차지하고 있는 자가 사뭇 엉뚱하다고 하더군. 그자가 그 서열을 차지한 지가 벌써 오 년째나 되는데, 지금껏 자신에게 도전하는 자들은 판판이 꺾어버렸으면서도 이상하게도 막상 자신은 한 번도 위로 도전하지 않고 있다는 것일세. 그러니 어떻게 되겠는가? 근래에는 감히 그자에게 도전하려는 자가 나타나지를 않고 있으니, 덕분에 그의 위 서열들은 그야말로 맘 편히 평화를 즐기고 있는 셈이 아닌가?'

웃어가며, 또 혼자서 질문하고 대답하는 모습에서 철위강은 점점 더 얘기에 재미를 붙여가고 있는 듯했다. 혹은 스스로의 얘기에 아주 도취된 듯했다. 그때쯤 철민이 더 이상은 견디기 어려운 지경에 달하고 말았다는 걸 아는지 모르는지.

'하나, 둘, 셋……'

철민은 속으로 숫자를 셌다. 그런 중에 철위강의 얘기는 다시 신강호(新江湖)라는 것으로 옮겨갔다. 정사(正邪)의 낡아빠진 이념적 대립 구도를 지속하고 있는 지금의 강호를 탈피하여, 무(武)와 협(俠)을 추구하는 원형적 강호로의 회귀가 바로 신강호라나 뭐라나? 백강은 바로 그러한 기조의 하나라고 했다. 그렇거나 말거나!

'백삼십일곱, 백삼십여덟……'

"수호천(守護天)과 잠마련(潛魔聯)에 대해선 아우도 알고 있겠지?"

'백사십아홉, 백오십……'

그러던 한순간 철민은 화들짝 놀라며 숫자 속에서 탈출했다. 그리고 급하게 물었다.

"수호천이라고요?"

그런 철민에 대해 철위강이 언뜻 의아한 빛이 되고 마는데, 철민이 다시 물었다.

"그런 데가 정말로 있긴 있는 겁니까?"

그 엉뚱한 물음에 대해 철위강이 피식 실소하며 반문했다.

"지금 수호천이 정말로 있긴 있느냐고 물었나? 당금 강호에서 가장 거대하며 가장 강한 힘을 가진 그곳이?"

"아!"

당황한 얼굴이 되고 마는 철민에 대해 철위강이 싱긋이 웃으며 다시 물었다.

"왜? 혹시 수호천과 무슨 관련이라도 있나?"

"아, 아닙니다. 관련이랄 것은 없고, 그냥 그곳에 알 만한 사람이 하나 있습니다."

"훗! 아는 사람도 아니고 알 만한 사람인가? 그래, 그 사람이 누군데?"

철위강이 정말로 궁금하다는 듯 묻는 것이 언뜻 부담스러워졌기에 철민이 대강 얼버무리고 말았다

"아, 예! 예전에 저랑 알고 지내던 사람이 있었는데, 그 사람의 친척이 거기서 일한다고 했습니다."

"그래?"

철위강은 여전히 약간의 궁금증이 남았으나, 그보다는 자신이 하려던 얘기를 마저 하고픈 욕심이 더 컸다. 사실은 그가 평소 심중 깊숙이 품고만 있던 생각들이니 하지 않아도 좋을,

혹은 하지 않아야 좋을 얘기일 것이다. 그러나 얘기를 하던 중에 이미 오른 흥이 미처 식지 않고 있었기에 얘기를 마저 마무리 지어야만 속이 후련해질 것 같은 기분이랄까? 철민이 굳이 관심을 보이지 않더라도 말이다.

철위강은 백강에 스며 있는 기득권 세력들의 야욕에 대해 얘기했다. 백강의 최상위인 서열 일위에서 십위까지를 이미 수호천과 잠마련에서 직, 간접적으로 장악하고 있으니, 곧 그들 양대 세력이 백강이라는 강호의 신기조(新基調)를 자신들의 기득권을 지키기 위한 한낱 도구로 전락시켜 이용하고자 하는 욕심이라고 했다. 이어 철위강은 크게 웃으며 말했다.

"하하하! 그러니 아까 그 서열 십일위인 자의 엉뚱함은 얼마나 통쾌한가? 생각해 보게! 그자가 스스로의 서열을 고정시킴으로써 그 상위 열 명의 서열 또한 고정시켜 버린 것이니, 그것은 실질적으로 그들 열 명을 백강에서 분리시켜 버린 셈이 아닌가? 곧 그들 열 명을 유명무실하게 만듦으로써 잠마련과 수호천을 등에 업은 자들은 백강으로 인정하지 않겠다는 무언의 웅변을 하고 있는 게 아닌가 말이야."

그렇거나 말거나. 철민으로서야 수호천이라는 이름을 제외하고는 관심이 가는 얘기가 없었다. 까마귀늙은이가 죽기 직전에 말했던 바로 그 이름이었다. 다만 어쨌든 강호에 관한 얘기이니 한 가지라도 더 들어둬서 나쁠 것은 없다는 정도의 생각이긴 했다. 또한 그런 중에 철위강에 대해서는 지금까지와는 조금 다른 느낌이 들기는 했다. 철위강이 하는 얘기들이 무엇에 관한 것인지 제대로 알아듣지도 못하는 판에, 그것이 옳은 것인지 그른 것인지까지를 분별하는 것은 지금의 철민으로서는 불가능했다. 더욱이 철민 자신의 세상과 철위강의 세상은 너무도 다른 곳이니 말이다.

다만 철위강이 '그의 세상'을 살아가는 가치관과 철학이 결코 얕지 않음을 어렴풋이나마 짐작해 보는 것이었다. 최소한 기껏 회사에서의 성공과 출세만을 추구하던 철민 자신보다는 훨씬 더 그릇이 큰 인물이라고 인정해 주지 않을 수 없었다.

3

삼백 냥의 은자를 두고 철위강은 그 은자가 철민의 것이니 당연히 철민이 가지고 있으라고 하였다. 그러나 철민은 그 은자를 철위강이 계속 맡아 있으라고 굳이 고집했다. 아무래도 그게 편할 것 같았다. 사실 현실에서라면 그것이 대략 '삼천만 원'쯤에 해당하는 거금이라는 걸 철민도 짐작하는 바이지만, 삼천만 원이 아니라 건 '억'이라고 해도 정말로 돈이라는 생각을 하기는 어려웠다. 아직까지는.

어쨌거나 거금이 생겼으니 두 사람이 굳이 풍찬노숙의 예찬론자가 될 필요는 조금도 없는 일이었다. 두 사람은 지난 며칠 동안의 여정에서 좋은 음식과 소위 명주라는 것들을 지나칠 정도는 아닐지라도 부족함 없이 즐겼다. 또한 꽤 괜찮은 숙소를 골라 편안한 휴식을 취하였다. 그야말로 '발길 닿는 대로 풍진강호를 편안하게 주유' 하고 있는 중이었다.

대창(大昌)이라는 이름의 번화한 성도(盛都)로 들어서자마자 철위강이 철민을 이끌고 간 곳은 강호 전체로도 꽤나 명성이 자자하다는 대장간이었다.

한눈에 보기에도 대단한 규모였다. 넓은 공간에는 열 개도 넘어 보이는 화로가 풀무의 바람을 받아 시뻘겋게 달아오른 화기를 토해내고 있었고, 웃통을 벗어젖히고 땀으로 번들거리는 근육 덩치의 사내들이 내려치는 망치 소리가 쉼없이 고막을 자극했다. 그런 광경들을 뒤로하고 철민이 철위강에게 이끌려 간 곳은 바깥에서 들리는 망치 소리가 한참이나 멀게 들릴 정도로 깊숙이 안쪽으로 들어간 곳이었다.

그곳에 작은 대장간이 하나 있었다. 철민이 대장간에 대해서 잘 알지는 못하나, 공간의 크기로 보아서는 기껏 한두 사람 정도가 일하기에 딱 알맞아 보였다.

화로도 하나뿐이었는데 불기를 전혀 느낄 수가 없었고, 더욱이 쇠를 다루는 데 쓰일 법한 다양한 종류의 연장들은 마치 전시라도 해놓은 것처럼 잘 정돈된 채 늘어져 있어서 그 대장간이 본래의 기능을 하지 않은 지가 꽤나 오래되었음을 알 수 있었다.

"무슨 일이시우? 여기는 외인의 출입을 받지 않는 곳인데……?"

늙수그레한 그 목소리는 화로 뒤쪽에서 들렸다. 곧이어 한 사람이 천천히 걸어나왔는데, 주름진 얼굴의 검버섯만으로도 완연한 노인의 모습이었다. 엷은 남빛이 나는 두루마기 같은 것을 걸쳤는데, 철민이 보는 첫인상으로는 왠지 그 비싸 보이는 옷이 노인에게 잘 어울리지 않는 것 같았다. 우선은 인상이 자못 강퍅해 보이는데다, 비록 안쪽으로 곱아든 어깨며 구부정한 허리일망정 젊었을 적에는 제법 기골이 장대하단 소리를 들었겠다 싶은 장골(壯骨)이었기 때문이다.

철위강이 잠시 노인을 살피더니,

"흠!"

하고 목소리를 가다듬고는 철민에게 말했다.

"이분이 바로 당금 강호에서 제일가는 야장(治匠)이시네. 이분의 손끝에서 탄생한 명검만 해도 아마 수백 자루는 족히 넘을 걸세!"

느닷없는 소개이며, 다짜고짜 해대는 칭찬이었다. 그럼으로써 철위강은 자신이 노인을 잘 안다는 듯한 생색을 냈으나, 그것이 다만 넉살이라는 것은 금방 드러났다.

"헐헐헐!"

노인이 서너 개밖에 안 남은 누런 이를 드러내며 웃는데 바람 새는 소리가 섞여 있었다. 그 때문인지 처음의 강퍅했던 데서 금방 사람 좋아 보이는 시골 촌로(村老)의 인상으로 바뀐 노인이 천천히 말했다.

"젊은이가 아무래도 사람을 잘못 보았지 싶소. 노부가 한평

생 대장장이질을 했던 것은 맞으나, 무슨 강호에서 제일간다는 소리는 감히 들어본 적이 없는 그저 평범한 대장장이였을 뿐이고, 더욱이 농사에 소요되는 물건들이라면 몰라도 병장기라곤 평생에 만든 것을 통틀어서 기껏 대여섯 개에 불과한데 어찌 수백 자루의 명검이 탄생하였겠소?"

그러나 노인은 부드러운 중에도 미리 자를 것은 잘라놓는 단호함을 보였다.

"보아하니 강호의 무인들 같은데, 혹시 병장기를 만들려고 노부를 찾아온 것이라면 괜한 걸음을 하였소. 말한 대로 병장기를 만드는 데는 본래부터 재주가 없을뿐더러, 더욱이 이제 죽을 날이 얼마 남지 않은 늙은이에게 무슨 힘이 있어서 다시 쇠를 다룰 수가 있겠소? 헐헐헐! 그러나 기왕에 예까지 왔으니 원한다면 우리 철방의 일꾼들 중에서 솜씨 좋은 자를 소개는 해드리리다."

그러나 철위강은 조금도 아랑곳하는 기색이 아니었다.

"저희가 만들고자 하는 것은 시시한 명검 따위가 아닙니다."

그 여전한 넉살(?)에 노인은 노여워하기보다는 오히려 언뜻 흥미를 보였다. 마치 하루 종일 재미있는 일이라곤 하나도 없던 차에 심심풀이거리가 생겼다는 듯이 말이다.

"헐헐! 명검 따위라……?"

노인이 바람 새는 소리로 중얼거릴 때, 철위강은 봇짐 속에서 주섬주섬 뭔가를 꺼내 바닥에다 늘어놓았다. 바로 두 토막으로 잘려진 철민의 방망이였다. 잠시 살펴보던 노인이 문득 눈을 가늘게 만들며 짐짓 관심을 보였다.

"호? 묘하게 생긴 물건이로군. 그런데 이것이 대체 뭣에 쓰는 물건이오?"

철위강이 대답 대신에 찡긋하고 철민에게 눈짓을 했다.

'네 물건이니 네가 대답을 해라!'

하는 뜻일 것이기에 철민이 어색하게 나섰다.

"그냥… 방망입니다."

"헐헐! 그냥 방망이라……."

노인은 아예 바닥에 쪼그리고 앉더니 이리저리 나무토막들을 돌려도 보고 만져 보기도 하였다. 그러다가 불쑥 뱉었다.

"결이 촘촘한 걸로 보아 꽤나 단단한 목질(木質)인데, 단면으로 보아서는 톱 같은 것으로 썰어낸 게 아니라 단번에 잘라낸 것으로 보이니 누군지 정말로 용한 재주를 지녔군."

그 말에 대해서는 철위강이 냉큼 대답을 하고 나섰다.

"검에 잘린 것이지요."

"흠? 그렇군."

"그래서 아예 쇠로 만들어서 다시는 잘리지 않도록 만들려는 겁니다. 그리고 기왕 만드는 김에 크기도 원래보다 한층 크게 할 생각이고요."

"쇠로 만든다면 지금 이 크기대로라도 꽤나 무거울 텐데 크기를 더 키우겠다고? 헐헐! 그래, 얼마나 더 크게 하려는가?"

"뭐, 일단 굵기는… 이쪽 굵은 부분은 더 이상 굵게 하면 좀 그럴 것 같고, 이쪽 손잡이 부분도… 이대로가 좋겠고… 그렇군요. 굵기는 이대로 하고 대신 길이를 좀 더 길게 하면 되겠네요. 흠! 아우 생각은 어떤가?"

혼자서 실컷 다 정해놓고 나서 불쑥 묻는 말이라 철민이 다시 이렇다 저렇다 간섭(?)하기는 애매했다. 그리고 철위강이 제멋대로 정해 나가는 모양새가 마치 자신이 쓸 물건의 사양을 정한다는 모양새가 아닌가? 철민이 눈만 둥그렇게 뜨고 있자니 철위강은 잠시 생각을 고른 다음에 역시나 제멋대로 다시금 결정을 해나가는 것이었다.

"에이! 한 치가 길면 한 치만큼 유리하다는 말도 있으니 기왕 늘리는 것 확 늘려 버리지, 뭐! 삼 할? 아니, 오 할!"

"헐헐헐!"

노인이 다시 바람 새는 소리로 웃는데, 이제는 아주 흥미롭다는 기색이 완연하였다. 흥미롭기는 철민도 마찬가지였다. 사실은 흥미롭다기보다는 의아한 쪽에 가까웠지만.

쇠로 만드는데다가 그렇게 길이를 늘인다면 그 무게가 대체 얼마나 될 것인가? 철민이 한동안 밤마다 야구연습장에 출입하며 손바닥에 물집이 잡힐 정도로 야구방망이를 휘둘렀던 적이 있기에 방망이의 크기를 대강이나마 수치화할 수 있었다. 굵은 부분의 지름이 대강 7cm에 길이가 90cm쯤 되고, 무게는 1kg에 조금 못 미칠 정도다. 그런데 이제 그 재질을 박달나무에서 쇠로 바꾸고 길이를 오 할 더, 그러니까 한 배 반으로 늘린다면? 물론 철민이 비중(比重)이니 부피니 하는 것들과 접

해본 것이 까마득한 시절의 일이긴 하였지만, 그래도 쇠의 비중이 나무에 비해 적어도 열 배 이상은 될 것이고, 또 길이가 1.5배이니, 기존의 방망이 무게를 간단히 1kg으로 잡으면, 헉! 15kg이다.

15kg짜리 야구방망이를 어떻게 휘두를 것이며, 또한 무엇에 쓸 것인가? 그러나 철민은 이내 그것이 자신이 걱정할 문제가 아니라는 쪽으로 가닥을 잡았다. 어차피 철위강이 제멋대로 정한 물건이니 휘두르든 쓰든, 삶아 먹든 구워 먹든 그에게 알아서 하라고 하면 될 일이 아니겠는가? 그리고 자신의 처지에 15kg짜리 쇠방망이를 휘두른다는 게 상상이 안 되는 것이지만, 철위강쯤 되고 보면 또 젓가락 놀리듯이 가지고 놀 수도 있는 일이 아니겠는가? 뭐, 어쨌든 간에 철위강이 알아서 할 일이었다.

"그렇게 만들어서 무엇에 쓰고자 하는 것이오?"

하고 철위강에게 묻는 노인의 말에 대해 철민은 언뜻 실없는 질문이라는 생각을 했다. 그런데 철위강이 또한 참 '실없는' 대답을 했다.

"예, 제 아우가 쓸 겁니다."

곧바로 옮겨온 노인의 시선이 빤히 쳐다보는 바람에 철민이 선뜻 아니라는 말도 하지 못하고 또한 '실없는' 대답을 하고 말았다.

"예! 그냥… 휘두르기도 하고, 그냥 좀 뭐……."

"허! 휘두른다?"

노인이 반문하고 나서는 곧바로 흐물흐물 웃었다. 그리고는 대장간에 붙은 안채 쪽으로 소리쳐 사람을 부르더니 바깥의 큰 대장간에 가서 물건 하나를 가져오라고 했다. 잠시 후, 일꾼 하나가 가져온 것은 길이가 1.5m쯤에 굵기가 3내지 4㎝쯤 되는 쇠 봉(棒)이었다.

"자! 어디 한번 휘둘러보게!"

쇠 봉을 가리키며 하는 노인의 말에 철민이 그야말로 '벙 찌고' 말았는데, 철위강이 빙글거리며 친절하게도 쇠 봉을 들어 철민에게 건네주었다. 그런데 노인도 철민과 비슷하게 계산을 해본 것일까? 철민이 쇠 봉의 무게를 대강 가늠해 보니 15㎏쯤 되겠다 싶었다.

'이걸 휘두르라고?'

그러나 어쩌랴? 앞서 이루어진 모든 과정이 그랬고, 더욱이 지금 관심 깊게 그에게로 모아져 있는 노인과 철위강의 시선이 또한 그로 하여금 무엇이라도 보여줄 것을 사뭇 집요하게 강요하고 있는 것을.

"웃차!"

들고 있는 것과 휘두르는 것의 무게감은 사뭇 달랐다. 철민이 어설프게 한번 '스윙' 흉내를 내보는 순간, 쇠 봉의 무게는 당장에 몇 배로 늘어나서 손목이 휘청거렸다. 무게가 아니라 원심력이라고 해야 하는 것인가?

그런데 그때였다. 철민이,

'이거 괜한 짓 하다가 어깨가 빠지든지 허리를 삐든지 무슨 탈이 나겠다!'

싫어지는 바로 그 순간에 그의 몸 어딘가에서, 아니, 굳이 어디라고 할 것도 없이 몸 안에서 갑자기,

'이게 뭔 일이지?'

싶게도 기이한 활력 같은 것이 불쑥 솟구친 것이었다. 그러면서 갑자기 무겁다는 느낌이 없어졌다. 쇠 봉이 움직이는 모양새는 무겁고도 둔하였으나, 그런 중에도 제법 속도가 붙어서,

붕! 붕!

하고 바람을 가르는 소리가 나기 시작했다. 지켜보던 노인의 얼굴에 놀랍다는 기색이 어렸다. 잠시간을 더 지켜본 후에 노인은 철민을 멈추게 하고 웃으며 말했다.

"허허! 참으로 대단한 완력일세! 도대체 그 호리호리한 몸 어디에서 그런 괴력이 나오는 건가?"

그러나 노인은 철민의 대답을 기다리지 않고 곧바로 다시 물었다.

"노부가 만든다면 대가는 얼마로 쳐주겠나?"

철위강이 얼른 끼어들며 대신 대답했다.

"마음에만 든다면 까짓 은자가 문제겠습니까? 우리가 가지고 있는 거 전부라도 드리지요."

철위강이 부리는 호기에 노인이 언뜻 이채를 떠올렸고, 철민 또한 두눈을 크게 떴다. 노인이 지긋한 눈길을 철위강에게

로 주며 다시 물었다.

"호? 마음에만 든다면 가진 것 전부를 다 주겠다? 헐헐! 그
래, 젊은이들이 가진 게 모두 얼마나 되나?'

철위강이 덤덤하게 대답했다.

"한… 이백팔십 냥쯤 될 것입니다."

노인이 이번에는 진정으로 놀랐다는 기색이 되었다. 그러나
이내 빙그레 웃음을 떠올리며 말했다.

"배포가 대단하군. 흠! 그렇다면 노부가 한 조건을 걸어도
되겠는가? 물론 젊은이들에게 크게 손해가 갈 조건은 아닐
세."

"물론입니다. 얼마든지 말씀을 하십시오!'

"노부가 물건을 다 만들고 난 다음에 젊은이들이 마음에 들
지 않는다고 하면 노부는 괜한 헛수고만 한 셈이 되질 않겠나?
그래서 하는 얘기인데, 노부가 물건을 만드는 동안에 젊은이
들도 옆에서 만드는 과정을 지켜보는 것일세. 중간 중간에 보
완할 사항이나 추가로 요구할 것이 있다면 말을 해도 좋을 것
이고, 혹은 중간에 영 마음에 안 든다면 당장에 그만두라고 해
도 좋네. 물건이 완성되지 않은 한에는 일절 대가를 받지 않을
테니까 말일세."

철위강이 언뜻 묘한 표정이 되어서는 물었다.

"그리하면 어르신께서 너무 손해를 보시게 되지 않겠습니
까? 만약 공을 들일 대로 들인 상태에서 저희가 일부러 트집을
잡는다면 어찌하시려고요?'

철위강의 어투가 슬그머니 바뀐 것에서 기분이 좋아졌는지 노인이 웃으며 말을 받았다.

"헐헐헐! 손해라고 할 것이 무엇이겠나? 노부가 늙고 의욕을 잃어 죽기 전에는 다시 망치 잡을 일이 없을 줄 알고 있었는데 오늘 젊은이들이 뜻밖으로 노부의 흥미를 돋우었으니, 그럼으로써 노부가 다시 화로의 화기를 느끼고, 풀무질을 하고, 망치질을 하면서 마지막으로 열정을 만끽할 수 있는 기회를 준 것만으로도 대가는 충분하다 할 수 있는 것을."

4

"도대체 무슨 일입니까?"

철민이 따지듯 묻는데는 철위강의 도무지 이해할 수 없는 경제관념에 대한 질책이 섞여 있었다. 그동안 여유를 누리는 중에도 그렇게 낭비라고 할 만큼 은자를 쓴 적이 없는데 참으로 엉뚱하게도, 물론 정말로 그럴 생각은 아닐 것이라고 여전히 믿고는 있지만, 어쨌든 그까짓 쓸모도 없는 쇠방망이 하나에 자그마치 '이천만 원'이 넘는 돈을 지불하겠다는 큰소리를 그처럼 가볍게 친 데 대해서였다.

그러나 철위강은 그저 빙그레 웃음을 떠올리며 담담하게 대답했다.

"아우에게는 내가 쓸데없는 일에 함부로 거금을 쓰려는 것으로 비칠 수도 있겠네. 그러나 나는 진심으로 아우에게 어울리는 무기를 구해주려는 것일세. 무인에게 있어 무기란 곧 생명과도 같은 것일진대, 자신에게 맞는 무기를 얻을 수만 있다면 어찌 은자가 아깝다 하겠는가?'

"아무리 그렇다고 하더라도… 무슨 신검(神劍)이나 명검(名劍)쯤 되면 또 몰라도 기껏 쇠로 만든 방망이라면 얘기가 다르지 않습니까?'

"하하하! 이 사람아, 신검이나 명검이 어디 따로 있다던가?'

"예?'

"아무리 천하에 없는 명검이라고 하더라도 자신에게 맞지 않으면 오히려 흉기가 되는 것이고, 반대로 아무리 볼품없는 것이라고 하더라도 막상 자신에게 가장 잘 맞는 것이라면 곧 천하에서 가장 뛰어난 명기(名器)가 되는 게지. 그리고 지금 만들고자 하는 것은 결코 하찮거나 볼품없는 물건이 아닐세. 우선 그 노야장(老冶匠)이 천하 명장이라는 것은 정말일세. 비록 그 솜씨를 제대로 아는 사람이 없다고는 하나, 내 사부님께서 인정하실 정도이니 믿어도 좋을 것이네. 그리고 오늘 그가 선택한 쇠의 재질만 보더라도 내가 잘못 보지 않았다면 귀하디 귀한 묵강현철(墨鋼玄鐵)이 분명하네. 묵강현철이 어떤 물건인 줄 아는가? 구하기가 지극히 어려워서 그 물건 자체만으로도 보물로 취급받는다네. 또한 천하에서 가장 강한 철이라 그것을 다룰 수 있다는 것만으로도 거장(巨匠) 소리를 듣는다고 하지."

철위강의 표정이 더욱 진지해졌다.

"아우가 실감하든 그렇지 않든 아우는 이미 무인일세. 무인인 이상에는 강해져야만 하는 것일세."

철민이 언뜻 무어라고 반박을 하고 싶었지만, 그때 철위강의 눈빛이 너무 강렬하였으므로 차마 그러지 못했다.

"두 가지만 갖춘다면… 내 장담하건대 아우는 지금보다 몇 배는 더 강해질 걸세. 그 첫 번째가 바로 자네에게 가장 잘 어울리는 무기를 갖는 것일세."

그것을 끝으로 철위강은 다시 말을 이을 기색이 아니었다. 그러나 철민은 여전히 아무 말도 하지 못했다. 철위강의 말 중에, 모르는 사이에 그의 가슴을 뛰놀게 하는 묘한 무엇이 들어 있는 것만 같아서, 그게 과연 무엇인지 그는 지금 곰곰이 되새겨 보고 있는 중이었다.

5

노인, 노야장은 참으로 대단한 열정을 보이고 있었다. 처음 며칠간 철민과 철위강이 대창 성내 구경을 다니며 시간이 나는 대로 그의 작은 대장간을 드나들었지만, 밤낮 어느 때나 그가 대장간을 비우는 것을 보지 못하였다.

며칠이 지나면서부터 노야장은 수시로 철민에게 말을 시켰다.

"젊은이의 완력은 참으로 대단하나, 그래도 처음 요구한 것에서 한 삼 할쯤은 무게를 줄이는 것이 여러 모로 좋지 않을까 싶은데, 어떤가?"

그러나 그 '여러 모'가 무엇인지 철민으로서는 짐작하기 어려웠거니와, 별반 알고 싶지도 않았다. 그리고 15kg이든 10kg이든 그런 쇠방망이를 쓸 용도 자체를 여전히 찾지 못하고 있었다.

어쨌든 그렇듯이, 노야장의 말은 대개 쇠방망이 만드는 것에 대해 이런저런 의견을 구하는 형식이었다. 또한 그렇듯이 철민이 제대로 의견을 낸 것은 한 가지도 없었다. 그저,

"제가 뭘 알겠습니까? 그저 어르신 좋으실 대로 하십시오!"

라고 말한 것 외에는. 그리고 노야장은 '좋으실 대로' 했다. 다만 그런 중에도 철민이 잊을 만하면 하고 또 하는 말이 있었다. 쇠에도 기(氣)가 있다고. 그러니 자신이 쓸 물건이 어떻게 만들어지는지 잘 보아두는 것이 쇠가 가진 기와 교감을 나누기 위해서 반드시 필요하다고.

철민으로서는 가볍게 투덜거릴 만도 했다.

'나 원 참! 정말로 무슨 신검이라도 만든다는 건가? 이러다가 마지막 순간에는 벌겋게 달구어진 방망이에다 내 피를 뿜으라고 시키는 건 아닐까?'

땅! 땅! 따당!

쉬지 않고 이어지는 망치질 소리. 철민의 귀에 그 소리는 이제 익숙하다 못해 들리지 않으면 오히려 불안할 정도가 되어 있었다.

방망이의 굵은 부분 안쪽에는 축소된 형틀이 넣어졌고, 그 위로 얇은 철판이 한 장씩 입혀지며 수없이 망치질이 가해졌다. 그리고 그 위로 다시 한 장의 얇은 철판이 입혀지고, 또 입혀지고, 그런 과정들이 반복되고 있었다. 노야장의 말로는 안쪽에 입혀지는 철판은 무른 재질이고, 바깥쪽으로 나올수록 단단한 재질을 입히고 있다고 했다. 그리고 가장 바깥쪽에는 묵강현철 중에서도 가장 강도가 높은, 그래서 그야말로 천하에서 가장 강한 쇠가 입혀질 것이라고 했다.

　그러거나 말거나, 철민은 여전히 쇠방망이 자체에 대해서는 크게 생각이 없었다. 다만 노야장이 일에 열중해 있는 모습은 꽤나 보기에 좋아서, 철민으로 하여금 때때로 작은 감동에 빠져들게 만드는 데가 있었다. 철민이 그 모습을 구경하다가 덩달아서 시간의 흐름을 잃어버릴 때가 있을 정도였다. 그 덕분에 보름여의 시간이 조금도 지루한 줄 모르고 훌쩍 지나갔다.

　어느 날, 그 작은 대장간에서는 망치 소리가 문득 멈추었다. 그리고 수만 번, 아니, 수십만, 수백만 번일지도 모를 망치질에 단련된, 그러나 참으로 볼품없는 그 쇠방망이는 화로 속으로 던져졌다. 방망이 안쪽에 들어 있는 형틀을 녹이기 위함이라고 했다. 그리고 파랗다 못해 차라리 순백으로 타오르는 불꽃 속에서 한나절을 묵묵히 견딘 다음에 쇠방망이는 다시 꺼내어졌다, 이전보다 더욱 볼품없는 모습으로.

　"어떤가?"

　완성되었다면서, 표면만 좀 손질하면 끝이라고 하면서 노야장이 철민에게 물었다.

뭔 말이 필요할까? 참 볼품없다, 참 길기도 하다, 참 크다, 참 못생겼다, 참 마음에 안 든다 따위들이 '그놈'에 대한 철민의 첫인상이었다. 다만 노야장의 권유대로 그 만들어지는 과정을 대부분 지켜본 탓이지 크게 낯설지는 않았고, 왠지 익숙한 느낌이 나기도 했다, 웃기게도. 혹시 이런 게 노야장이 말했던 그 '교감'이라는 건가? 쇳덩어리하고의?

'그놈'이 식는 데만도 꼬박 하루가 걸렸다. 물론 철민에게 피를 뿜으라는 강요 같은 건 없었다.

다음날, 다 되었다는 소리에 철위강이 성급한 호기심을 내비치며 선뜻 쇠방망이에 손을 대려는 것을 노야장이 얼른 제지했다.

"어허! 주인과 먼저 온기를 나눠야지!"

철위강이 머쓱해하였고, 철민은 별로 내키지 않는 체 '그놈'을 들어보았다. '온기'? 아직 덜 식었는지 놈에게서는 미지근한 온기가 느껴지긴 했다. 뭐 그렇다고 '나눌' 것까지는 없었지만 말이다. 어림잡아 10㎏쯤 될까? 야구방망이의 열 배쯤 되는 무게였다.

'이걸로 대체 뭘 하라는 거야?'

하는 묵은 반발이 다시금 고개를 치켜드는데 철위강이 슬쩍 변죽을 울렸다.

"관운장은 팔십두 근짜리 청룡언월도를 수수깡처럼 휘둘렀다지 않는가? 아우의 힘이 관운장보다 셌으면 셌지 결코 약하지 않다는 것은 이 형이 잘 알고 있네. 그러니 처음 한동안엔 좀 어색하더라도 조금 다루다 보면 금방 익숙해질 것이야."

실없는 변죽에 대해 철민이 또한 다분히 '실없는' 비판을 떠올려 보았다.

'팔십두 근이면 도대체 몇 킬로나 되는 거야? 뻥을 쳐도 정도껏 쳐야지!'

그러면서도 철민은 '그놈'을 한번 가볍게(?) 휘둘러보았다. 어쨌든 방망이니까. 방망이는 휘둘러야 제 맛일 테니까.

웅!

정말로 그런 소리가 났는지, 아니면 다만 느낌이었는지 하여튼 소리가 난 것 같았다.

'이놈 봐라?'

제법 괜찮았다. 느낌이. 철민이 이번에는 제대로 한번 '스윙'을 돌리자,

붕!

아니 '붕!' 보다는, '우웅!' 하는 소리에 더 가까운 것 같기도 하고, 하여간 뭔가 좀 '있는 것' 같은, 그래서 크게 싫지는 않은 그런 소리를 내며 놈이 힘차게 허공을 갈랐다. 방망이의 끝부분에 묵직하게 실리는 힘이 느껴졌다. 원심력? 그리고 묵직해질수록 놈은 손바닥에 착 달라붙었다.

'이놈, 이거! 생각보다는 제법 괜찮네?'

6

'그놈'은 조금 더 괜찮아졌다. 노야장이 아주 간단히 '표면 만 좀 손질한' 덕분이었다.

　자세히 들여다보면 놈의 몸체 전반에는 엷게 무늬가 드러나 있었다. 좀 전까지만 해도 없던 것이다. 솔바람에 일렁이는 호 수의 잔물결같이 잔잔히 퍼져 나가는 형상도 있었고, 파도가 치는 듯이 제법 기세 좋게 물결치는 듯한 형상도 있었다. 그것 들은 은은한 광택 속에 있었다. 광택이라고 해서 딱히 빛이 난 다는 것은 아니고, 손때처럼 반들거린다고 할까? 어쨌든 덕분 에 놈에게서는 처음의 투박한 느낌이 많이 없어졌고, 좋게 말 하자면 역시 뭔가 있는 좀 '있는 것' 같은 품격이 엿보이기도 했다. 살짝.

　철민과 '그놈'에게 번갈아 눈길을 주며 흐뭇한 미소를 짓고 있는 노야장에게 철위강이 품속의 전표와 은자들을 모두 꺼내 건넸다. 그러나 노야장은 처음부터 은자를 바라고 한 일이 아 니었다며 간단히 손을 내저었다. 그에 철위강이 '다문 얼마라 도 받으시라!'고 하였으나, 노야장은 그 또한 굳이 사양하였 다.

　다만 노야장이 한 가지 부탁이 있다며, '그놈'의 이름을 자 신이 짓게 해 달라고 했기에 철위강이 철민에게 물어볼 것도 없이 얼른 허락(?)했다. 얼마든지 그렇게 하시라고.

　노야장이 철민에게 '그놈'을 들고 있게 한 채로 작고 끝이 날카로운 연장으로 '그놈'의 손잡이 쪽 바닥 면을 엷게 한 꺼 풀 긁어냈는데, 그러자 거기에 무슨 글자가 각인되어 있었다.

매봉(魅棒)

"미안하네. 허락도 없이 노부가 미리 이름을 새겨놓았네. 헐헐헐! 젊은이가 허락해 주지 않는다고 해도 언젠가는 이 이름이 빛을 보기를 바라는 욕심이 들어서였네."

"그래도 매봉이라는 이름은 좀 그렇지 않습니까?"

방금 전에 '얼마든지!' 라고 흔쾌했던 철위강이 지금은 또 못마땅하다는 빛으로 중얼거렸다. 사실 철민은 그때까지만 해도 그 이름의 뜻을 정확히 알지 못했다. 봉(棒)은 그렇다 치고, 매(魅)는?

노야장의 변(辯)이 있었다.

"삐쭉삐쭉한 쇠바늘만 붙여놓는다면 영락없이 도깨비방망이의 형상이 아닌가? 헐헐헐! 그러나 어찌 형상만 보고서 이름을 지었을 것이며, 더욱이 각인까지 했겠는가? 들어보게! 방망이란 것에도 참으로 여러 종류가 있지 않겠나? 무기로서의 방망이, 음식을 만드는 방망이, 빨래를 하는 방망이, 관의 육모방망이처럼 권력을 대변하는 방망이. 어디 그뿐인가? 사내의 몸에 달린 육(肉) 방망이 또한 방망이라고 하지 않는가? 그렇게 본다면 방망이 하나에만도 얼마나 많은 의미를 둘 수 있단 말인가? 그러나 매봉이라는 이름에 무슨 대단하거나 거창한 의미를 두고자 한 것은 아닐세. 그저 노부가 마지막으로 이 세상에 남기는 이 물건이 기왕이면 어떤 특정한 용도와 힘, 욕심 따위에 구애받지 않고 자유롭게, 마음대로 휘둘러지는 그런 방망이가 되었으면 하는, 죽을 때가 다 되어서도 철이 못 든 늙은이의 허튼 상상을 담아봤을 뿐이네. 이름 그대로 도깨비방망이처럼 말일세. 헐헐! 그러나 너무 개의치는 말게! 이 방망이는 어디까지나 자네의 것이니 말일세.”

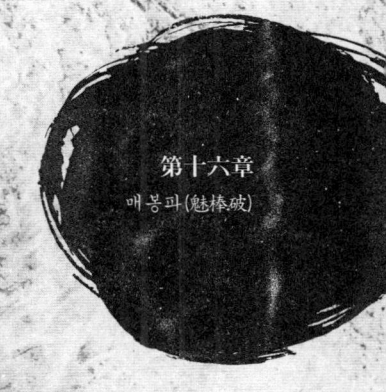

第十六章

매봉파(魅棒破)

몽상가

1

　대창을 떠난 철민과 철위강은 다시 목적지를 정하지 않고 발길이 닿는 대로 이곳저곳을 떠돌아다니고 있는 중이었다. 그 점에 있어서는 두 사람의 생각과 의지가 얼추 비슷하게 통하기도 하였다. 우선 철민은 강호라는 곳이 어떤 곳인지 그 실체를 어느 정도까지라도 파악해 봐야겠다는 필요성을 느끼고 있었다. 그리고 철위강은 한 가지 큰일과 관련하여 곧 사문으로 돌아가야만 하는데, 이번에 사문으로 돌아가면 다시 강호로 나오기까지 일 년이 걸릴지 십 년이 걸릴지 기약하기 어려웠다. 그래서 지난 십 년간의 강호 행도를 일단 정리해야 할 필요성이 있는데다, 더욱이 철민과의 인연을 정말로 소중히 여기는 터라 그와의 추억 또한 가능한 한 많이 남기고 싶어하는 마음이었다.

그렇게 천하의 절경과 명소, 그리고 강호의 사람들이 살아가는 다양한 모습들을 두루 돌아보는 여정 중에 두 사람은 더욱 긴밀하게 친밀함을 키워가고 있었다.

철민에 대해 철위강이 요즘 들어 한껏 매료되고 만 것이 하나 있었다. 바로 철민이 매봉을 휘두르는 모습이다.

철민이 처음에는 무게 스무 근(斤)에, 길이가 사 척(四尺) 반(半)에 이르는 그 한 자루 매봉을 가지고 다니는 것조차 성가셔 하였다. 어떨 때는 봇짐의 아래쪽에 가로로 찔러 넣고 다니기도 하고, 또 어떨 때는 아무래도 무게가 엉덩이 쪽으로 처져서 걷기에 불편하다며 그 위치를 봇짐의 위쪽으로 올려보기도 하고, 그러다가 길이 때문에 거추장스럽다며 그냥 어깨에 메어보기도 하고, 손에 들고 다니기도 하고, 또 혹은 지팡이처럼 짚고 다니기도 했는데, 어떻게 해도 영 마땅치 않다고 했다. 그렇더라도 그 물건에 이름도 물어보지 않은 노야장의 성의와 정성이 깃들어 있기 때문인지 차마 버린다는 소리는 못하였다.

그런데 그렇게 며칠쯤 지나고 나서부터는 그 성가신 물건과도 어느 정도 익숙해졌는지, 시간 날 때마다 심심풀이라도 되는 듯이 휘둘러보곤 하였다. 물론 처음에는 그 모습이 영 어색하고 왠지 불안해 보이기까지 하였다. 그리고 다시 며칠이 지난 뒤에는 그 휘두름에 제법 틀이 잡혀 볼만하다 싶어졌고, 또 다시 며칠 뒤에는 능히 자유롭게 다루는 모습을 보였으니 그 때까지가 다 합하여 열흘 안팎 만이었다.

철위강은 그런 일이 결코 쉽지 않다는 것을 너무도 잘 알고 있었으니, 나날이 실로 대단한 발전을 이루어내고 있는 철민의 '심심풀이'에 대해서 놀라고 매료되지 않을 수가 없었던 것이다.

"휘두르는 모양새가 제법 그럴듯해 보이는데, 거 기왕 휘두르는 김에 어디 제대로 한번 휘둘러보게."

관도를 걷다가 잠시 쉬는 중에 습관처럼 이리저리 매봉을 놀리고 있는 철민을 보며 하는 철위강의 말이었다.

"제대로 휘두르라고요? 어떻게 휘둘러야 제대로 휘두르는 겁니까?"

짐짓 무슨 소린지 모르겠다는 철민의 시늉에 대해 철위강이 간단히 대답했다.

"그냥 하던 대로! 그러나 최대한 빠르게!"

철민이 가볍게 미간을 좁혔다. 그러나 철위강의 표정이 진지한 것을 보고는 싫다는 소리는 하지 못하겠던지 관도 가운데쯤의 바닥이 평평한 곳으로 자리를 옮겨서는 힘차게 매봉을 휘두르기 시작했다.

붕! 붕!

좌에서 우로, 다시 우에서 좌로 매봉이 허공을 가르는데, 그 소리가 제법 세찼다.

그때 철위강이,

"좀 더 빠르게!"

하고 외쳤는데, 다분히 불만스럽다는 투였기에 철민이 잠시 주춤하였다가는 매봉에 더욱 힘을 가하였다.

붕! 붕! 붕!

매봉이 내는 바람 소리가 좀 더 매서워졌다. 그러나 철위강은 계속 닦달을 했고, 나중에는 아예 고함을 질러댔다.

"더 빠르게! 지금 눈앞에서 화살이 날아온다고 생각해 보게! 그렇게 느려서야 어떻게 화살을 쳐낼 수 있겠나?

이쯤 되면 호되게 질타를 하는 수준이었다. 그에 철민이,

'내가 뭘 잘못했나?'

하는 의아함과 함께 한편으로,

'갑자기 화살이 왜 날아와? 그리고 화살이 날아오면 피하면 될 일이지 왜 꼭 그걸 방망이로 쳐내야 하나?'

하는 반발까지 생겨나는 것이었다. 그렇다고 당장에 방망이를 집어 던질 수는 없는 노릇이었다. 철위강의 기세가 너무도 등등하였기에.

"더!" "더!" "더!"

붕! 붕! 붕! 붕!

관도 한복판에서 벌어지는 난데없는 광경에 마침 저쪽 모퉁이를 돌아 나오던 사람 하나가 화들짝 놀란 시늉이더니 얼른 다시 되돌아가 버렸다.

2

그냥 한번 해보라는 줄로 알고 시작했더니 철위강의 요구는 끈질기고도 집요했다. 사뭇 지나치게.

"더!" "더!"

무시로 외쳐 대는 철위강의 고함 소리는 이제 철민의 귓전에서 뱅뱅 맴돌았다. 마치 환청처럼. 하긴 지난 며칠 동안 틈만 나면 질러대는 소리이니 아주 귀에 못이 박힌 것이리라.

"복부!"

"다리!"

'눈앞으로 날아오던 화살'은 이제 '배나 다리 쪽으로' 날아오기도 했다. 위에서 아래로 급하게 스윙 궤적을 바꾸는 일은 생각보다 간단하지가 않았다. 무리한 동작에 팔과 어깨와 허리가 제각기 놀았고, 꼬이기까지 하는 바람에 민망한 모양새가 되기 일쑤였다. 그러나 철민은 여전히 속으로만 삭이고 있었다.

'아, 글쎄! 화살이 날아오면 잽싸게 피하면 될 일이지 언제 그걸 방망이로 쳐내고 있냐고. 미련스럽게.'

웅! 웅!

매봉이 내는 소리는 어느 때부터인가 은은한 울림을 담은 것처럼 변해 있었다. 철위강의 요구도 점점 더 복잡해지고 있었다.

"좌(左)!" "우(右)!" "상(上)!" "하(下)!"

철민은 정신없이 움직였다. 팔 힘으로만 휘둘러서는 도저히 철위강의 입이 움직이는 속도를 따라갈 수가 없었다. 철민이 방망이를 집어 던지려면 진작에 집어 던졌어야만 했다. 이제는 지금까지 '해온 짓'이 억울해서라도 계속 성의를 보일 수밖에 없겠다는 심정이었다. 그리고 철위강이 이러는 데는 '뭔가 이유가 있겠지?' 하는 심정이기도 했다. 아직까지는. 어쨌거나 '성의'라도 보이자면 온몸으로 매봉을 다루는 수밖에 없었다.

어떻게 온몸으로 매봉을 다루냐고? 그건 철민 자신도 설명하기 어려웠다. 그냥 몸이 알아서 저절로 그렇게 되고 있는 것이니까. 시간이 갈수록 조금씩 더 자연스럽게.

화살의 숫자가 늘어났다. 하나에서 둘로. 하나가 날아오고 또 하나가 날아오는데, 그 간극이 점차로 좁혀졌다. 그러더니 이윽고는 거의 동시에 날아들었다.

"상하(上下)!" "상좌(上左)!" "우하(右下)!" "우상(右上)!" "좌우(左右)!"

귀신같은 솜씨다. 그야말로 신궁(神弓)이다. 철위강이 입으로 만들어내는 '엿장수 마음대로'의 화살이었다.

우웅! 우웅!

매봉이 내는 소리는 또 변해 있었다. 그리고 매봉이 그려내는 궤적의 모양 또한 사뭇 바뀌었다. 철민이 이 '괴상한 짓'을 시작할 때만 해도 그저 단발성 내지는 단속적(斷續的)이기만 했는데, 이제는 제법 연속적인 것으로 바뀌어 있었다. 마치 춤을 추는 것 같았다. 매봉이 춤을 추는 탓에 철민도 저절로 춤을 췄다.

'도대체 언제까지 이 짓을 계속할 건가?'

반발은 거의 터지기 직전까지 달해 있었다. 그러나 철민은 여전히 터뜨리지 못했다. 역시나 '지금까지 해온 짓이 억울해서', 그리고 '뭔가 이유가 있겠지!' 때문에.

3

"이 미련한 짓을 도대체 왜, 언제까지 하자는 겁니까?"

철민이 마침내 쌓아놓았던 것들을 터뜨려 내며 그 '뭔가의 이유'에 대해 따져 물었을 때, 철위강은 오히려 멀뚱한 표정이었다. 마치,

'아니, 지금 그걸 몰라서 묻나?'

혹은,

'아니, 그것도 모르고 여태 이 짓을 해 왔단 말인가?'

하는 것처럼. 그리고 그는 짐짓 정색하며 말했다.

"내 일전에 말하지 않았던가? 두 가지만 갖춘다면 아우는 지금보다 몇 배는 더 강해질 거라고."

철위강이 그런 말을 하긴 했다. 철민이 실감하든 그렇지 않든 그는 이미 무인이며, 무인인 이상 강해져야만 한다고. 그러기 위해 두 가지를 갖춰야 하는데, 그 첫 번째가 바로 철민에게 가장 잘 어울리는 무기를 갖는 거라고. 기억은 필요 이상으로

또렷했다. 아마도 그때 철위강의 말을 들으며 무언지 모르게 가슴이 뛰놀았던 때문일까?

그런데… 그 첫 번째가 기껏 매봉이며, 그것까지는 또 어떻게 넘어왔던 것이지만, 이제 그 두 번째가 '이까짓 휘두르기'라는 허탈하기 그지없는 현실에 직면해서는 철민의 가슴은 다시금 뛰놀았다. 마구. 이번에는 무엇 때문에 그런지도 확실했다. 실망과 배신감과 분노였다.

"그래, 이까짓 방망이나 휘두르는 걸로 강해진단 말입니까? 이까짓 방망이를 휘둘러서 지난번의 그 검객 같은 고수를 상대할 수 있게 되기라도 한다는 말입니까?"

철민의 말이 사뭇 격해지는데도 철위강은 오히려 담담한 얼굴로 천천히 대답했다.

"능히 그렇게 될 수 있네!"

철위강의 대답이 그토록 명료하다는 것에 대해 철민은 그만 당황스러워지고 말았다. 그때 철위강이 차분히 가라앉은 목소리로 이어 말했다.

"아우가 어떤 의문을 지니고 있는지는 능히 짐작할 만하네. 그러나 말일세. 꼭 빠르고 치밀하고 현란해야만 강한 것은 아닐세. 무공의 이치에는 말일세, 느림으로 빠름을 능히 제압하는 도리도 있고, 단순함으로 치밀함을 능히 제압하는 도리도 있으며, 우직함으로 현란함을 제압하는 도리도 있다네. 간단한 예로, 아무리 빠르고 아무리 현란한 변화라고 하더라도 그 본질을 꿰뚫어 볼 수 있다면 느림으로도 능히 그 빠름을 누를 수 있을 것이며, 단순하고 우직함으로도 능히 그 변화를 잠재울 수 있다는 것이지. 환성에서의 그 검객이 보였던 빠름과 현란함도 마찬가지일세. 그 검객이 발휘한, 아니, 그 검객의 검이 발휘한 빠름과 변화의 본질은 바로 그자의 팔이며, 어깨이며, 허리이며, 다리이며, 나아가 그 검객 자신일세. 하여 만약 그때 아우가 그 검객의 검이 아니라 그 검객 자체를 시종일관 놓치지 않고 직시할 수 있었다면, 상대적으로 아우가 지닌 장점이 훨씬 더 부각이 되었을 것이니, 그럼으로써 그자는 가진 바 재주를 십성 다 발휘해 낼 수 없었을 것이네."

철위강은 진지하였다. 그러나 철민으로서는 이해도, 공감도 하기 어려운 말들이었다. 이미 반발하는 마음이 꺾인 마당에 굳이 새롭게 따져 볼 마음은 생기지 않았다. 철위강이 빙그레 웃으며 말을 이었다.

"그러나 그러한 무공의 도리들은 참으로 정교하고도 심오한 것이어서, 그것들을 성취하기 위해서는 기본적으로 타고난 자질이 있어야 하고, 더하여 어릴 때부터 시작하여 수십 년의 적공이 드는 일이니, 아우가 이제 와서 새로이 시작을 한다는 것은 실로 권할 만한 방법이 못 된다고 하겠네. 그러나 그렇다고 해서 아우가 지금까지 해온 바와 같이 오로지 힘과 임기응변에만 의존하는 것은 이제 그 한계에 도달했다고 봐야 하네. 왜냐하면 아우가 원하든 원하지 않든 앞으로는 지금까지의 상대들과는 차원이 다른 진정한 무공의 고수들이 찾아오게 될 것이기 때문이네. 점차로는 지난번의 그 검객보다도 더욱 강한 자들이 말일세."

"음!"

철민이 자신도 모르게 무거운 침음성을 흘리고 말았다. 그러나 철위강은 오히려 지금까지의 진지함에서 벗어나 짐짓 밝은 표정이 되며 말을 이었다.

"그러나 미리 주눅 들어할 필요는 없네. 내가 아우에게 두 가지를 갖추게 해주려던 것은 결코 즉흥적인 생각이 아니었네. 나름대로는 상당한 고심 끝에야 빠르고 날카로움 대신에 차라리 우직하고 무거운 쪽을 택하고, 정교함 대신에 차라리 방대함 중에서 선택과 집중을 취하는 것이 아우에게 가장 적합한 이치라는 결론을 얻었던 것이네. 물론 처음에는 자신하지 못하였지. 그러나 이제는 확신할 수 있네. 아우의 놀라운 힘과 임기응변, 그리고 매봉의 강력함이 적절하게 조화를 이룬다면 내공이 없어도, 정교한 초식이 없어도 그것들만으로도 아우는 지금보다 몇 배는 더 강해질 수 있다고 말일세."

이해도, 공감도 하기 어렵기는 마찬가지였다. 그러나 철민은 문득 뭔가 알 수 없는 묘한 기분에 가슴이 뛰놀기 시작하는 것 같았다.

'그래, 두 번까지는 속아준다.'

4

철위강은 아예 한적한 장소 하나를 물색했다. 단 며칠간이라도 본격적으로 수련을 한번 해보자는 것이었다. 그 수련에서 철민의 가능성을 보다 정밀하게 진단해 봄으로써 향후에 어떻게 수련의 방향을 잡아가야 할지 구체적으로 수립을 해보자는 것이었다.

"이번에 같이 수련을 해보고 나서 필요하다면 함께 내 사부님을 찾아 뵐 작정도 하고 있네. 그분께서는 이미 무공의 오묘한 경지에 올라 계시니 분명 아우에게 가장 필요한 가르침을 내려주실 수 있을 것이네."

철민은 다시 한 번 생각해 보지 않을 수 없었다. 왜일까? 철위강은 왜 그에 대해 저처럼 무조건의 호의를 보이고 있는 걸까? 언젠가 말했던 것처럼, 다만 호감일까? 호감을 가지는 사람으로서도 딱히 이유를 알기 어려운 종류의 호감이라던 바로 그 호감? 처음 보는 사람인데도 아무 이유 없이, 까닭없이 끌리는 그런 호감? 만약 그런 상대를 한 명도 만나지 못하고 일생을 마감한다면, 참으로 각박하고도 불행한 삶을 살았다는 것이 되는 그런 호감?

과연 그런 호감이 정말로 가능하긴 한 건가? 그렇다고 하더라도, 그것 역시도 사람의 감정일 뿐인데, 사람의 감정치고 영원한 것이 어디 있을까? 좀 더 시간이 흘렀을 때는 얼마든지 바뀔 수 있는 문제가 아닌가? 다만 아직은 그때가 오지 않았을 뿐인가? 그러나 지금까지만으로도 철위강은 충분히 크고 깊은 사람이며 넘칠 만큼 좋은 사람임에 분명하였다. 그가 여태껏 만나본 중에서는 가장 크고 깊고 좋은 사람이었다.

철민이 보기에 철위강은 고수였다. 최소한 그가 본 중에서
는 최고의 고수였다. 그리하여 그의 말을 믿고 싶었다. 그것이
농담으로 하는 허튼소리라고 하더라도 일단은 믿어보고 싶었
다. 더욱이 철위강의 진정에 대해 이미 믿고 있는 다음에야.
그리하여 그도 강자가 되고 싶었다.

당당해지고 싶었다, 철위강처럼. 나아가 힘과 무공이 절대
의 기준이 되는 이 신세계에서, 남의 의지가 아니라 그 자신의
의지대로 살고 싶었다. 어차피 마음대로 벗어날 수도 없는 세
상이라면 말이다.

'피할 수 없다면 차라리 부딪쳐 보는 거다. 피할 수 없다면
즐기라는 말도 있지 않은가?

5

본격적인 수련이라고는 해도 당장은 '본격적'일 것도 없었
다. 다만 날아오는 화살의 수가 조금씩 늘어났고, 날아오는 방
향이 좀 더 세분화되었다는 정도? 여전히 철위강이 말로 만들
어내는 화살이었다.

"무인이 무기를 다룬다고 함은 결국 그 무기를 얼마만큼이
나 자신에게 익숙하게 맞추느냐 하는 것과 같은 의미라고 할
수 있네. 그것은 곧 내공과의 조화 이전의 문제이니, 강호의 여

러 문파에서 제자들에게 무기 다루는 법을 가르칠 때 제자가
어느 정도 익숙해지기 전까지는 결코 내공을 운용하지 못하도
록 하며, 특히 정통 검파의 제자들 중에는 아예 일생 동안 내공
을 익히지 않는 채로 오로지 검파의 합일, 곧 신검합일(身劍合
一)의 경지만을 추구하는 자들도 있다네.”
　철위강의 강의는 귀에 잘 들어오지도 않았다. 철민은 다만,
　‘기왕에 시작한 짓이니 하는 데까지는 해보자!’
　하는 생각으로 오로지 매봉만 휘두를 뿐이었다.

　우웅! 우웅!
　매봉의 소리가 제법 웅장한 척을 하고 있었다. 철민이 ‘오로
지 휘두르다’ 보니 저절로 알아지는 것도 있었다. 역시 힘으로
만 휘두를 게 아니라 흐름을 타야 한다는 것이었다.
　흐름이란? 매봉의 무게와 원심력의 흐름이다. 그 흐름에 거슬
리지 말고 편승하는 것이다. 그럼으로써 매봉이 휘둘러지면서
만들어지는 궤적과 궤적을 연결시키려는 시도를 해보는 것이다.
　그러한 시도가 조금씩 성공하다 보면, 매봉이 그려내는 궤
적도 조금씩은 촘촘해질 것이다. 뭐 그렇다고,
　‘그러다가 언젠가는 정말로 날아드는 화살도 막아낼 수 있
지 않을까?’
　하는 따위의 성급한 공상까지 해볼 필요는 물론 없을 것이
다. 어쨌든 흐름을 타면서부터 그의 내부에서 더욱 기세 좋게
솟구치고 있는, 시원하기도 하고 뜨겁기도 한 활력만으로도

좀 더 힘차게 휘둘러볼 만했다.

6

우우웅! 우우웅!

매봉의 소리가 꼬리가 달린 듯이 점차 길어지고 있었다. 철민을 중심으로 한 공간에는 거뭇거뭇한 그림자가 생겨나고 있었는데, 바로 매봉의 그림자였다.

철위강은 더 이상 말의 화살을 날리지도, 강의를 하지도 않았다. 철민은 이미 '본격적'인 길로 접어들었다. 그 길은 철위강으로서도 가보지 않은 길이었기에, 그가 지닌 무학의 보편적 이치가 계속적으로 준용되리라고 보장할 수는 없게 되었다. 그럼으로써 그는 이제 철민에게 어떤 충고도 하기 어렵게 되었으며, 더욱이 지침을 주는 것은 너무도 위험한 노릇이었다.

7

시간이 흐르고 있었다. 단순하고도 무심하게. 한 시간이 흐르고, 두 시간이 흐르고, 세 시간, 네 시간, 그리고 어느 순간부터 시간은 이상해지고 말았다. 하루, 이틀, 열흘, 일 년, 이 년, 제멋대로 마구 흘러가 버리는 것도 같았고, 어느 순간 흐르기를 거부하고 아예 멈추어 버린 것도 같았고, 혹은 더욱 이상하게 하루, 이틀, 열흘, 일 년, 이 년 흐르다가 다시 거꾸로 이 년,

일 년, 열흘, 이틀, 하루로 되돌아왔다가, 또다시 하루, 이틀, 열흘, 일 년, 이 년 흐르기를 무한 반복하는 것 같기도 했다. 더욱더 이상한 것은 철민 자신이 그런 '이상함'에 대해서는 거의 이상하다고 느끼지 않는다는 것이었다. 그저 꿈결만 같았다.

이윽고 시간은 사라져 버렸다. 오로지 공간만이 존재했다. 도대체 얼마나 길고 광활한지 짐작도 못할, 그러나 틈 하나 없이 꽉 들어찬 몰입의 공간이었다. 그 속에 오로지 철민 혼자만이 존재하였다. 그 속에서도 그는 휘두르고 있었다. 여전히, 무수히, 끝없이.

8

우우우웅!

매봉은 숫제 울음을 토해내고 있었다. 아울러 철민의 주변 허공에는 몇 개의 매봉이 번뜩거리며 돌아다니고 있었다. 무겁고 길고 이상하게 생긴 쇳덩어리 주제에 마치 살아 있기라도 한 것처럼.

철위강은 잔뜩 긴장하여 표정을 굳히고 있었다. 그의 눈빛은 복잡했다. 놀라움과 당황과 기이한 이채와 기쁨과 기대 등등의 느낌과 그것들의 혼재로. 그 '주제도 모르는 무겁고 길고 이상하게 생긴 쇳덩어리' 때문이었다. 마치 살아 있기라도 한 것처럼 몇 개의 몸으로 화해 숫제 울음을 토해내며 번뜩거리며 허공을 누비고 있는 그놈, 도깨비방망이, 매봉 때문이었다.

"그만! 이제 그만하게!"

철위강은 외쳤다.

그러나 철민이 멈추지 않았기에 철위강은 내력을 실어야만 했다.

"그만 멈추라니까!"

마치 거대한 종이 울리는 듯한 사자후의 음파가 사방 십여 장의 공간을 우르르 흔들었다. 공간 안쪽에 있던 나무들에서 나뭇잎이 우수수 떨어질 정도였으니, 사람의 경우에야 귀가 왕왕거리다 못해 고막이 욱신거릴 것이다.

그래도 철민은 멈추지 않았다. 그의 손에서, 아니, 그의 몸 주위에는 여전히 몇 개의 시커먼 그림자가 번뜩거리며 뒤엉켜 있었고, 그것들이,

우우우우우웅!

하고 울부짖는 기세는 오히려 철위강을 위협하는 듯했다.

스르릉!

철위강은 이윽고 도를 뽑아 들었다. 칼집에 들어 있을 때는 그냥 좀 크다 싶더니, 막상 뽑아내니 칼자루까지 근 사 척(尺)에 가까운 길이에 넓고 두툼하나 결코 투박하지 않고 은은히 백광을 두른 도신이 그야말로 거도(巨刀)의 위풍을 당당히 뿜어냈다. 막상 도를 뽑아 들고서도 다시 한 번 망설인 끝에 철위강이,

"탓!"

하는 짧은 기합과 함께 철민이 만들어내고 있는 매봉의 그림자들을 향해 한 칼을 찔러 넣었다. 내력은 배제하였으되 틈을 찌른 날카로운 일초였다. 그러나,

챙!

귀청을 떨어 울리는 쇳소리와 동시에 철위강은 자신도 모르게,

"엇?"

하고 나지막한 경악성을 내지르며 펄쩍 크게 한 걸음을 물러서고 말았다. 그의 도는 매봉의 그림자를 뚫지 못하였거니와 흩뜨려 놓지도 못하였다. 오히려 튕겨나고 만 것인데, 그 반탄력이 실로 만만치 않아서 철위강은 손목에까지 강한 충격을 느껴야만 했던 것이다. 비록 내력을 운용하지 않았다고는 하나 그의 완력이 어떠한 것인데?

"대단하다!"

진정에서 나오는 한마디 감탄을 외친 다음에 철위강은 천천히 내력을 끌어올렸다. 사성(四成)! 과하다 싶긴 했지만 철민에게 약간의 내상을 입힐 것을 각오하더라도 일단은 철민을 멈추게 하는 것이 우선이라는 판단이었다.

파라랏!

철위강의 도가 격렬하게 흔들리며 허공을 여러 갈래로 쪼개냈다. 본래는 일곱 개의 허초(虛招)와 세 개의 실초(實招)가 섞인 수법이나, 지금 철민에게 허초가 필요하지는 않을 것이기

에 열 개의 변화를 전부 다 실초로 전환하여 펼쳐 낸 것이었다. 곧바로,

타타타탕!

울리는 격돌음이 자못 격렬하였다.

"어허라?"

이번에도 저절로 내뱉고 만 철위강의 짧은 외침에 감탄과 호기가 동시에 담겼다. 철민의 매봉은 이번에도 그의 일초를 능히 버티어낸 것이다. 철위강은 반사적으로 내력을 더하였다. 칠성(七成). 그가 이 정도의 내력을 끌어올린 것은 지난 십 년간의 강호 행도를 통틀어서도 드문 일에 속했다.

우우웅!

철위강의 거도가 대번에 부르르 떨며 무겁고도 두터운 울음소리를 토해냈다. 연이어 도신 주변으로는 흐릿한 안개 같은 백광이 뿜어져 나왔으니, 곧 도기(刀氣)의 발산이었다. 도기성형(刀氣成形)이었다. 뿌연 백광이 아지랑이처럼 일렁이며 매봉의 그림자 군을 향해 밀려갔다.

파파파파팡!

격돌의 순간 격렬한 기의 폭발이 있었다.

"아아!"

강력한 반탄력을 흩뜨리며 뒤로 일 장여를 미끄러져 나간 철위강의 입에서 경악인지 탄성인지 모호한 소리가 나지막이 새어 나왔다. 참으로 이해하기 어려운 결과였다. 매봉이 아무리 중병(重兵)이라고는 하지만, 그의 도 또한 강호상에서는 찾

아보기 쉽지 않은 중병에 속하는데다 더욱이 내력으로 도기성형을 이룬 상태가 아니었던가?

한 가지 의혹이 더 있었다. 격돌의 순간에 돌발적으로 엄습해 든 허탈감. 비록 그것이 찰나적인 현상으로 그치긴 했지만, 만약 그의 내공 경지가 깊지 않았다면 순간적인 내력의 흐트러짐으로 인해 필시 가볍지 않은 내상을 입고 말았을 것이다.

그러나 철위강은 이내 수긍하고 또 의혹을 털어버렸다. 철민의 그런 이해하기 어려운 의혹까지 포함한 기이함 때문에, 그가 지금 사문의 중요한 일을 최대한 미루면서까지 철민과 함께하고 있는 것이 아니던가?

그런데 그때였다.

우우우우웅!

매봉이 길게 울부짖는 가운데 그 그림자가 돌연 허공에 자욱하게 수놓였다. 그럼으로써 마치 허공중에다 하나의 벽을 형성하는 듯했다.

'설마 검벽(劍壁)? 아니, 봉벽(棒壁)이란 말인가?'

하는 놀라움과 동시에 철위강은 순간적으로 확 치솟는 한줄기 화기를 느꼈다. 그의 가슴 깊숙한 곳에서 불현듯 솟아오르는 화기였다.

위이이잉!

철위강의 거도가 나직이 포효하였다. 저절로. 아니, 그것은 곧 철위강 자신의 호기였다. 강자로서 또 다른 강자에 대한 본능적인 승부욕이었다. 그의 단전이 꿈틀거렸다. 전신 내력이 분출의 욕구로 요동치기 시작하였다.

그러나 분출 직전의 순간에 철위강은 힘겹게 호흡을 고를 수 있었다. 철민의 매봉이 천천히 그림자들을 거두어들이고 있는 덕분이었다. 그리고 이윽고 드러난 철민의 모습을 보면서 철위강은 그만 허탈해지고 말았다. 폭주하는 내력을 다 쏟아내고서 탈진하고 만 모습을 예상하였건만, 철민은 멀쩡하기만 했다. 다만 멍한 표정이기는 했어도.

10

철민은 길고도 긴 꿈속에서 막 깨어난 느낌이었다. 그러나 깨어는 났으되 그의 눈에 비친 세상은 여전히 '깨어나지 못한' 그곳이었다.

"아우는 진정 불가사의한 사람일세. 이토록 짧은 시간에 이처럼 놀라운 성취를 이루어내는 사람이 있으리라고는 내 들은 바도 없거니와 상상도 하지 못했네."

철위강이 짐짓 놀랍다는 얼굴로 그렇게 말을 건넸지만, 혼미에서 완전히는 깨어나지 못한 철민은 그 말의 진의에 대해 헷갈리지 않을 수 없었다. '이토록 짧은 시간'이라니? 길고 길어 참으로 끝이 없는 듯한 시간이었거늘.

꼬박 반나절이라고 했다. 철위강이 말하기를 믿을 수 없게도 철민이 꼬박 반나절을 먹지도 마시지도, 심지어는 배설조차 하지 않고서 미친 듯이 매봉을 휘둘렀다는 것이다. 물론 철민으로서는 '고작 반나절이었나?' 하는 이의가 강하게 생겼지만.

철민의 몰입이 길어지는 동안에 그것을 지켜보면서 철위강은 정말로 피 말리는 갈등을 하지 않을 수 없었다고 했다. 그대로 두었다간 금방이라도 탈진하여 큰일이 생길 것만 같았고, 그렇다고 말리자니 또 너무나도 안타까웠다는 것이다.

촌각의 삼매경에서 평생을 수련해도 얻지 못할 깨달음을 얻는 것이 무인이라나? 그러한데 장장 반나절 가까이를 이어가는 몰입의 시간을, 그 대오각성의 시간을 차마 깰 수는 없었다나?

그리하던 중에 결국 더 이상은 무리라고 판단을 했다고 했다. 사람의 기력이라는 것이 결코 무진장한 것이 아니어서 아무리 신력을 타고났거나, 혹은 내공이 심후한 자라고 하더라도 한계는 있기 마련이니, 철민 역시 아무리 놀라운 힘과 지구력을 타고났다고 하더라도 반나절간을 꼬박 매봉과 같은 중병을, 그것도 전력으로 휘두르고 나서 어찌 무사할 수가 있으랴.

더 두었다가는 삼매경에서 깨어나지 못한 채로 완전히 탈진하여 죽음에 이르든지, 혹은 죽음은 면한다고 하더라도 반드시 그 후유증이 심대하리라고 말이다.

11

"매봉파(魅棒破)라고 하면 어떻겠나?"

"무얼 말입니까?"

"아우의 그 봉벽(棒壁) 수법 말일세!"

"봉벽 수법이라니요?"

"그게 무엇인고 하니… 쩝! 아닐세! 그냥 아우가 매봉을 휘두르는 재간에 대해, 앞을 가로막는 것이라면 그 무엇이든 부숴 버린다는 의미를 담아서 그렇게 부르면 어떻겠나 하는 거지. 제법 그럴듯하지 않은가?"

"훗! 이까짓 쇠방망이 휘두르는 것에 대단할 게 뭐가 있다고… 너무 거창한 것 같습니다."

"어허! 아닐세, 아니야! 그건 아우가 아직 아우 자신의 능력에 대해 잘 몰라서 하는 소리일세. 두고 보게. 내 추호의 의심도 없이 장담하거니와 이제 얼마 지나지 않아 천하에 매봉파의 이름이 크게 빛을 발하게 될 걸세. 아울러 내 한 가지를 약속함세. 내 이번에 사부님을 뵙게 되면 떼를 써서라도 아우의 매봉파를 꼭 한번 봐주십사 하고 청을 드릴 참이네. 그분이시라면 분명 아우의 매봉파가 다시 한 단계 더 발전할 수 있는 방법을 일러주실 수 있을 것이야. 하하하! 뭐 사실 그러다가 사부님께서 아우의 기이한 재능에 매료되어 나 대신 아우를 직전제자로 삼고자 하실 것이 걱정되지 않는 바는 아니나, 하하하! 뭐, 사실 그것도 괜찮다 싶네. 아우가 잘되기만 한다면 아우의 형인 나야 공짜로 잘되는 것이 아니겠는가? 하하하하!"

第十七章
도전

몽상가

1

철위강과 철민은 사방 백 리 인근에서는 가장 크다는 대도(大都)로 나왔다. 이름난 주점을 찾아, 또한 이름난 명주와 요리를 시켜놓고 거나하게 한잔할 참이었다. 철민이 소기의 성취를 이룬 데 대한 축하와 격려를 하기 위해서였고, 또 철위강은 철민에게 할 말이 있다고 했다.

두 사람이 성내의 번화가에서 꽤나 그럴듯해 보이는 주루 한곳을 낙점하고 안으로 들어섰는데, 아직 술을 마시기에는 조금 이른 시각이어서인지 조용하고 아늑한 안쪽의 좋은 자리를 쉽게 잡을 수가 있었다. 주문을 하고 나서 두 사람은 약속이라도 한 듯이 묵묵히 침묵을 지켰다. 그러던 중에 주문한 술과 요리가 나왔고, 다소간 급하게 술 한잔씩을 목구멍 속에다 털어 넣고 난 다음에야 철위강이 불쑥 입을 열었다.

"사실은 내게 꼭 해야만 하는 일이 있어서 더 이상 아우와 함께할 수가 없게 되었네."

순간 철민은 가슴이 철렁하는 기분이었다. 그러나 기왕의 침묵이 있었던 데다 다시, 지금 철위강의 표정이 너무 무거웠기에 선뜻 입을 열어 물어보지도 못하였다. 도대체 무슨 일이냐고.

"미안하네. 진작에 말을 했어야 하는 것인데 차일피일 미루다 보니… 허허! 아우와의 작별을 조금이라도 늦추고 싶었나 보네."

철민이 그제야 어렵게 물을 수 있었다.

"꼭… 그래야만 하는 일입니까?"

"음! 얼마 전에 사부님께 복귀하라는 명을 받았네. 사실은… 사문의 마지막 진전을 얻기 위한 폐관 수련에 들어가는 일일세. 그러니 감히 따르지 않을 수 없는 막중한 명이라네."

"하면 얼마 동안이나?"

"그건… 기약하기 어렵네. 목표한 만큼의 성취가 반드시 있어야만 폐관을 깰 수가 있으니 일 년이 걸릴 수도 있고 십 년이 걸릴 수도 있는 일이겠으나, 나의 우둔함으로 보아서는 그 이상이 걸릴 수도 있겠지."

"음!"

철민이 침울한 얼굴이 되었고, 철위강 또한 잔잔한 눈길로 묵묵히 철민을 바라보았다. 그러다 철위강은 문득 분위기를 바꾼다는 듯이 빙그레 미소를 떠올리며 물었다.

"일전에 내가 백강에 대해 얘기했던 것 기억하는가?"

"예?"

"백강의 서열 열한 번째에 엉뚱한 자가 하나 있다고 했지?"

"아, 예!"

"그 엉뚱한 자가 바로 나일세."

"아!"

철민이 두눈을 크게 떴다.

"놀랐는가?"

"아, 예! 백강이… 강호의 신진강자들 중에서도 가장 강한 백 명을 말한다고 하지 않았습니까?"

"음?"

"그런데 형님이 바로 그 백강의 한 사람일 거라고는 미처 생각을 못해봤습니다. 더욱이 그중에서도 다시 열한 번째의 서열이리라곤……."

그러나 사실은 철민이 크게 놀란 것까지는 아니었다. 어쩌면 그럴 수도 있겠다고 나름의 상상은 해보았던 일이기 때문이다. 하지만 철위강이 이어서,

"그래? 하지만 아우가 백강 중의 한 사람인 마당에 형인 내가 백강에 드는 것은 당연하다고 해야 하지 않겠는가?"

하고 슬쩍 농을 치듯이 물었을 때는 진정 놀라지 않을 수 없었다.

"예? 제가 백강 중의 한 사람이라니… 그게 무슨 말씀입니까?"

"허허! 아우가 백강 중의 한 사람을 꺾었으니 자연히 그자의 서열이 아우에게로 넘어온 게지."

"아니, 도대체 제가 언제, 누구를 꺾었다고……?"

"일전 환성에서 아우의 나무방망이를 잘라 버린 그 검객 말일세. 그가 바로 백강의 서열 팔십육위에 올라 있는 자였네."

"아아!"

"그자가 누군가의 청부를 받아 아우를 죽이려 한 것이지만, 어쨌든 그자 쪽에서 먼저 아우에게 검을 겨눈 것이 아닌가? 하니 바로 아래 서열에 있는 자가 아니면 도전을 할 수 없으나 위 서열이 도전을 받아들인다면 예외로 한다는 백강의 불문율에 따라 아우는 당연하게 백강의 서열 팔십육위가 된 것이지. 이미 그 당시에 말일세."

"하지만… 그게 어떻게? 그때는 어쩌다 보니 그렇게 되었을 뿐인데… 사실은 제가 도저히 이길 수가 없는 싸움이었는데……."

"하하하! 이미 말하지 않았던가? 강호에서 우연한 결과는 생기지 않는 법이라고? 더욱이 사별삼일(士別三日)이며 괄목상대(刮目相待)라! 선비는 헤어진 지 삼 일이면 눈을 비비고 바라보아야 한다고 하지 않던가? 만약 지금 다시 맞붙는다면 아우가 능히 그자를 상대하지 못하리라는 법은 이미 없는 것이지. 설령 지금 당장은 다소간 버거울지 몰라도 내 확실하게 장담함세! 그리 멀지 않은 장래에는 능히 그자를 상대하고도 남음이 있을 것이야. 아니, 아니지! 그자 정도가 문제겠는가? 아우의 매봉파라면 그자보다 훨씬 더 위 서열이라고 상대하지 못할까?"

철위강이 호기롭게 말하고 술잔을 쭉 비워냈지만, 철민은 문득 딱딱하게 얼굴을 굳혔다.

"저를 위해 하시는 말씀인 줄은 알지만 저는 결코 그런 것을 바라지 않습니다. 물론 제게 그런 능력이 있을 까닭도 없겠지만, 능력이 있다 해도 다시는 누구와도 싸우지 않을 것입니다. 아시지 않습니까? 제가 투장에서 어떤 생활을 했으며 왜 그곳을 도망쳐 나왔는지, 그리고 사람과 사람이 싸운다는 행위에 대해 얼마나 치를 떠는지……."

철위강이 또한 정색하며 차분하게 말을 받았다.

"물론 아우의 사정과 심정을 모르는 바 아닐세. 그러나 말일세. 아우가 백강의 일원이 되었다는 건 기정사실이니 아우가 부정한다고 그것이 사실이 아닌 것으로 될 수는 없네."

"제가 싫다고 해도요? 결코 원하지 않는다고 해도 말입니까?"

"그렇다네. 백강의 승부는 아우가 지금까지 해 왔던 싸움과는 확연히 다르네. 명예가 걸린, 그야말로 사내들 간의 승부일세."

"명예요? 승부요? 전 그런 것 모릅니다. 만약 싸움이 강요된다면 저는 무조건 피하고 도망칠 겁니다."

철위강이 언뜻 표정을 굳혔다.

"피하고 도망치겠다고? 피하고 싶어도 피할 수 없고 도망치고 싶어도 도망칠 수 없는 경우라면, 그때는 또 어떻게 할 것인가? 그렇다네! 아우는 이미 피할 수 없게 되었네. 강호의 소문은 하룻밤 사이에 천 리를 가는 법! 이미 아우에 관한 소식은 강호 천지에 퍼졌을 것이니, 아우는 이제 원하든 원하지 않든 백강의 서열 팔십육위로서의 도전을 감당해야만 하네. 도전은 이미 시작되었고, 시작된 이상 끝을 보기 전에는 결코 멈출 수 없게 되었다는 말일세."

철위강의 목소리에 문득 묵직한 위엄 같은 것이 실렸다.

"하면 과연 어찌할 것인가? 피할 수 없는 싸움을 끝없이 피해 다니다 결국에는 굴욕적인 끝을 볼 것인가, 아니면 다만 한 걸음을 내딛고 끝이 나는 한이 있더라도 당당히 부딪쳐 나아갈 것인가? 사내 아닌가? 피할 수 없는 싸움이라면, 굴욕을 당하기보다는 차라리 온몸으로 부딪쳐서 부서지는 쪽을 택하는 것이 사내가 갈 길이 아닌가?"

"으음!"

철위강의 기세에 눌리고, 말의 내용이 당황스러워 철민이 무거운 탄식을 흘리고 말았다. 그러나 결코 공감할 수는 없었다. 그때 철위강이 느닷없이

"으하하하하!"

하고 대소를 터뜨렸기에, 철민이 더욱 당황하는 한편으로 갑자기 화가 치솟기도 해서,

"형님?"

하고 말끝이 날카로워지는데, 철위강이 짐짓 빙그레 미소를

지으며 말했다.

"나는 그렇게 생각하네. 사내라면 피할 수 없는 상황에 부딪칠수록 오히려 스스로 상황을 주도해 나가고자 하는 배포쯤은 지녀야 한다고 말일세."

철민은 차라리 입을 다물고 있기로 했다. 그는 무인이 아니었다. 강호인도 아니었다. '명예'와 '배포'를 당연히 가져야만 하는 '사내'가 아닌 것이다. '명예'와 '배포'를 지닌 '사내'는 '무인'이며 '강호인'인 철위강이나 되면 될 것이다. 그는 아니었다. 원래부터.

2

술을 오래, 자주 마셔본 사람이라면 그런 경험이 있을 것이다. 술이란 게 어느 정도 취하다 보면 의도하지 않게도 갑자기 멍해질 때가 있다는 것을. 앞에 사람을 두고도 자기만의 생각에 빠지는 것이다. 잠시 그런 사람도 있고 하염없이 그런 사람도 있고.

철민은 멍하니 있었다. 크게 취한 것 같지도 않고, 무슨 골똘한 생각을 떠올리고 있는 것도 아니었다. 그저 멍했다. 그리고 그게 좋았다. 철위강이 몇 번이나 그에게 말을 걸고 있었지만 받아주지 않았다. 그저 멍하니 있고 싶었다.

철위강은 이윽고 포기한 것 같았다. 그는 자신의 술잔과 대화를 나누기 시작했다. 사뭇 진지하게.

"미안하네. 언젠가 진정으로 흉중을 터놓고 말할 날이 오겠지. 사실 난 백강의 내 위 서열들을 두루 한번 건드려 보고 싶었네. 성질 같아서는 서열 십위부터 일위까지를 모조리 격파하여 그자들이 소속된 수호천과 잠마련의 오만을 동시에 꺾어 놓고 싶은 마음이었지. 그러나 함부로 행동하다 잘못하여 내 사문 내력이 밝혀지고, 그리하여 자칫 사명(師命)을 거스르게 될까 두려웠지. 또한 함부로 휘저었다가 자칫 어느 한쪽에 유리함을 주어서 생각지 못한 혼란의 빌미가 될까 우려가 되기도 하였지. 그리된 것이네. 내가 그저 길목이나 지키고 있었던 이유가 말일세. 흐흐훗! 한 일도 없는데 화살처럼 빠른 세월이 어느 듯 십여 년이나 흘러 버렸더군. 백강에 속해 있을 명분도 다했고, 사문으로 돌아갈 때도 되어가는 것 같고, 그래서 그냥 훌훌 털어버리려던 참이었네. 큭! 바로 그때 자네를 만난 것이지. 사실 처음에는 그저 자네의 다소 특이한 면모에 대해 즉흥적인 호기심이 생겼을 뿐이었네. 그런데 금세 나 스스로도 이해할 수 없는 호감을 가지게 되었지. 그리고 동행을 하게 되면서, 자네의 참으로 놀라운 면모들을 보게 되었지. 자네는 참으로 놀라웠네. 전혀 새로운 능력을 가지고 있었지. 아무리 생각해 봐도 무공이라고는 할 수 없고, 그렇다고 무공이 아니라고 전제해 놓고 보면 달리 또 어떻게 정의하기가 어려운 그런 능력이었지. 하여간 여러 모로 사람을 놀라게 만들더군. 핑계 같지만, 내가 자네에게 미안할 일을 생각하게 된 것은 바로 그 때문일 걸세. 그만 자네를 의지하고 무리한 부탁까지 해도 되는 동지로 여기게 되어버린 것이지. 미안하네, 미안해. 참으로 미안하네. 그러나 자네는 참으로 놀라운 능력과 잠재력을 지닌 데다, 더욱이 내가 가진 제약들을 한 가지도 가지지 않았으니 내가 어찌 욕심을 부려보지 않을 수 있겠나?"

3

갑자기 주루 안이 밝아지는 것 같았다. 불을 밝혔다는 것은 아니고, 싱그러운 분위기, 풋풋한 냄새, 그리고 재잘대는 맑은 목소리, 그런 것들 때문이었다.

주루 안으로 들어선 그 네 명의 젊은 남녀에게 철민이 눈길을 주지 않을 수는 없었다. 눈길이 저절로 끌려갈 만큼 훤칠하고 잘생긴 미남미녀들이었기에. 짧은 시간 철민의 평가가 매겨졌다.

청년들은 준수하고, 영준했다.

'준수(俊秀)와 영준(英俊)이 어떻게 다른데?'

하고 묻는다면? 딱히 설명할 수는 없는 일이다. 다만 그냥 느낌이 그렇다고 할밖에는. 둘 중 이십대 후반쯤인 청년은 '준수' 했고, 갓 스물을 넘긴 쪽은 '영준' 했다.

여인들은 고아하고 미태로웠다. 또 실없이,

'고아(高雅)하고 미태(媚態)하고 어떻게 다른데?'

하고 묻는다면? '고상하고 우아하다'와 '발랄하고 애교있다'는 정도? 뭐, 또한 그냥 그런 느낌이란 거다. '고아'는 이십대 중반쯤으로 보였고, '미태'는 스물 아래로 보였다.

　술잔과의 진지하던 대화를 언제 끝냈는지 아까부터 '날름 날름' 숫제 술잔을 잡아먹고 있던 철위강이, 조금 뒤늦게 철민의 시선을 쫓아 그들 이남이녀(二男二女)를 보고는 언뜻 입가에다 희미한 미소를 그려냈다.

　"아는 사람들입니까?"

　철민이 소곤거리듯이 물었다. 철위강이 싱긋 웃으며, 그러나 역시 소곤대듯이 대답했다.

　"대강 짐작은 할 만하네. 사대세가(四大勢家)의 자제들 같군."

　참으로 오랜만에 이뤄지는 대화였다.

　"사대세가요?"

　"강호에서 꽤나 알려진 가문들이지. 그런데 자네, 너무 드러내 놓고 보지는 말게."

　"예?"

　"콧대깨나 높은 친구들 같은데, 괜한 시비라도 생기면 성가실 수 있으니 말일세."

　그런데 철위강의 주의는 조금 늦은 감이 있었다. 얼른 거두어들이던 철민의 시선이 마침 한 쌍의 티없이 맑은 시선과 마주치고 말았기 때문이다.

　그 티없이 맑은 한 쌍의 눈이 담담하게 웃었다. 환하게 피어나는 꽃처럼. 그리고 철민은 끝내 시선을 묶여 버리고 말았다. 철민이 짧은 평가를 내렸던 바, '고아'의 여인이었다. 철민의 시선을 놓아주지 않은 채로 바닥에 닿을 듯 말 듯한 치마자락을 사그락거리며 그녀가 다가왔다. 그 모습이 마치 오래된 미인도의 미녀가 불쑥 그림 속에서 걸어나온 것 같은 착각이 일 정도였다. 그 뒤를 나머지 세 남녀가 당당한 걸음걸이로 따랐다.

철위강은 슬쩍 고소(苦笑)를 짓고 말았다. 그들의 태도가 사뭇 구체적이라 할 수 있었기 때문이다. 마침 주루는 어느 틈에 손님들로 북적대고 있던 터라, 그들 네 명이 함께 앉을 만한 자리가 없었다. 그런 터에 철민과 철위강이 일찌감치 차지하고 있던 탁자가 제법 넓은 것이었으니, 점소이들은 물론 새로 들어오는 손님들에게까지도 눈총을 받을 만하였다. 더욱이 그 위치가 주루에서는 가장 명당이라고 할 만한 곳이 아니던가?

특히 '영준'과 '미태'의 태도는 차라리 노골적이었다. 이를 테면,

'이미 마실 만큼 마신 것 같은데, 그만 일어나면 안 되겠니?'

혹은,

'원한다면 약간의 사례를 할 수도 있으니 그 넓은 자리는 우리한테 양보하고 다른 자리로 좀 옮기면 안 되겠니?'

또 혹은,

'우리가 누군지 모르겠니?'

하는 느낌들이 물씬 엿보이는 것이었다. 그리고 그들이 필시 '그런 대접'에 익숙한 것이리라.

술기운 때문이었을 것이다. 철위강이 짐짓 주변 상황에는 아주 둔감한 채,

"건배!"

를 외치며 철민에게 술을 권한 것은. 두 사람이 '꿋꿋하게' 술잔을 부딪치고 기분을 내는 걸 보고서 '미태'가 이내 뾰로통해졌다. 그리고 슬쩍 그녀를 살피며 '영준'은 곧바로 화가 난다는 표정이 되었는데, 그 화가 금세 또 커져 금방 호통이라도 내지를 듯한 기색으로 번져 갔다. 그러자 '준수'가 나서서 슬쩍 '영준'의 팔을 잡았다.

"아아! 이런, 자리가 없나 보군요?"

그제야 알게 되었다는 듯 철위강이 두눈을 크게 떠 보이며 짐짓 관심을 보였다. 그리고 특유의 털털한 웃음을 지어 보이며 덧붙였다.

"괜찮다면 마침 우리 자리가 제법 넓으니 합석을 하면 어떻겠소?"

"어머! 감사합니다. 그럼 폐를 좀 끼치겠습니다."

선뜻 감사를 표한 것은 '고아'였다. 모습처럼 그녀의 목소리도 참 고아하다고 철민은 생각했다.

'고아'가 탁자의 한 귀퉁이를 차지하고 앉자, '준수'가 아무 이의도 없다는 듯이 순순히 그녀의 맞은편으로 앉았고, 이어 '미태'와 '영준'이 비록 여전히 뾰로통하고 화난 기색이긴 했지만, 어쩔 수 없다는 듯 각기 자리를 잡고 앉았다.

탁자는 여섯 명이 앉고도 그다지 비좁지는 않았다. 그러나

서로 낯선 두 부류가 같은 탁자에 앉아 있는데 어떻게 편하기야 하랴? 철위강과 철민은 말없이 술만 마셨고, 네 명의 젊은 남녀 또한 주문한 음식이 나오기만을 기다렸다.

그런데 '미태'는 '발랄하고 애교있을' 뿐만 아니라 사뭇 맹랑한 구석도 있었다. 뾰로통한 낯빛을 풀지 않고서 쏘아보듯 철민을 응시하곤 하는 것이었다. 철민은 짐짓 모르는 체, 무관심한 체를 했다. 그것은 제법 애가 쓰이는 일이었다. 사실 주변이 환해질 정도의 미남미녀들과 한 자리에 앉아 있다는 것만으로도 철민은 지금 그다지 유쾌한 기분이 아니었다. 아무리 화려한 꽃밭이라도 막상 그 안으로 들어가는 것보다는 적당히 거리를 둘 때에 오히려 제대로 즐길 수 있는 것과 같은 이치랄까?

변덕일까? 철민을 응시하던 '미태'의 얼굴에 갑작스런 호기심이 비쳤다.

"이봐요!"

발랄하고, 애교있고, 맹랑하고, 변덕스럽고, 그런 것들이 다 섞인 목소리였다. 철민이 섣불리 대답을 하지 못하자 그녀가 다시 물었다.

"그건 무엇에 쓰는 물건인가요?"

의자 뒤쪽으로 기대어놓은 매봉을 가리키며 그녀가 물었지만, 철민은 여전히 섣불리 대답을 할 수가 없었다. 여전히 '그런 것들'이 다 섞여 있었기 때문에.

"이것 말이오? 흠! 이건… 도깨비방망이라오."

대신 대답을 하고 나서는 제풀에 웃겼는지 철위강이 싱긋 웃었다. 그런데 그 웃음이 못마땅했을까?

"뭐요? 당신 지금 사람 희롱하자는 거요?"

'영준' 이 탕! 탁자를 치며 나직이 호통쳤다. 여차하면 벌떡 일어설 기세였다.

철위강은 앉은자리에서 천천히 허리를 세웠다. 그리고 또 가볍게 가슴을 내밀고 어깨를 폈다. 그 간단한 자세의 변화만으로도 철위강의 기도는 확연하게 변했다. 대낮부터 주루에 틀어박혀 술이나 푸는 하릴없는 처지에서 단숨에 호랑이와도, 곰과도 같은 거한으로.

'영준' 의 얼굴에 일시 흠칫하는 기색이 스쳤다. 그러나 그는 이내 긴장상태로 들어가며 날카로운 기세를 만들어냈는데, 마치 적을 대하는 듯이 사뭇 정제된 날카로움이었다. 그때 '준수' 가 급하게 '영준' 의 소매를 틀어잡았다.

'준수' 는 정중한 중에도 무거움이 깃든 눈빛으로 철위강을 향해 가볍게 목례를 보내고, 이어 철민을 향해서도 그리했다. 그리고 다시 시선을 돌려 눈빛으로 가볍게 '영준' 을 나무랐다. '영준' 은 못마땅한 기색이었지만 감히 까탈을 부리지는 못하였다.

담담히 바라보고 있던 철위강이 문득 빙그레 웃더니 금세 원래의 '하릴없는 처지' 의 모습으로 돌아가고 말았다. 그럼으로써 탁자 주변에 감돌았던 잠깐의 긴장도 홀연히 해소되었다.

마침 '준수' 등이 주문한 음식이 나왔으므로 그들은 서로에 대해 애써 의식하지 않기로 했다. 그러나 철민과 철위강이 묵묵히 술을 마시고 있는 중에 그들이 하는 얘기가 들리는 것을 억지로 안 들을 수는 없는 노릇이었다. 그것이 무슨 비밀스러운 얘기라도 되는 듯이 나직나직이 소리를 낮추어 하는 얘기들이라고 해도.

천마비(天魔匕)라는 물건에 관한 얘기였다. 오랫동안 종적을 알 수 없었던 그 물건이 얼마 전에 갑자기 무림에 출현하였는데, 놀랍게도 잠마련에서 그것이 자신들의 소유임과 도난당했음을 주장하며, 물건을 되찾기 위해 대대적인 인력을 강호에 풀었다는, 대충 그런 얘기들이었다.

바쁜 일이 있는지 '준수' 등은 얘기를 나누는 중에도 부지런히 음식을 먹었다. 사실 두 여인은 얼마 먹지도 않고 반 넘게 남겨놓은 채로 젓가락을 내려놓았지만. 어쨌든 식사를 마치자마자 그들은 곧바로 자리에서 일어섰고, '준수'가 대표로 철위강과 가볍게 목례를 나누고는 곧장 객잔을 떠났다.

4

철민과 철위강은 이미 술에 발동이 걸린 터였고, 또 기왕에 작정하고 마시기로 한 자리였으므로 술과 안주를 더 시켰다.

먹고 마시는 중에 철민이 자연스럽게 아까는 묻지 못했던 몇 가지 궁금한 것들에 대해 물었다.

"아까 그들은 누굽니까?"

"왜, 미녀들에게 관심이 있나? 어느 쪽인가? 나이 든 쪽? 아니면 어린 쪽?"

"참, 형님도. 제가 무슨 사춘기도 아니고, 무슨 그런 유치한 말씀을 다 하십니까?"

"사춘기? 그게 뭔데?"

"허! 사춘기도 모른다는 겁니까? 허, 참, 나! 하긴! 뭐, 그냥 그런 게 있습니다."

아까 그들끼리 주고받는 말 중에서 철위강이 알아낸 이름들을 철민이 애초에 '평가' 했던 것과 대비시키면 이랬다. 즉, '준수' 는 공손일준(公孫一俊), '고아' 는 백리소란(伯理小蘭), '영준' 은 영호헌(英豪軒), '미태' 는 화문희(華文嬉).

"그중 백리소란은 강호삼미(江湖三美) 중의 하나일세."

"강호삼미요?"

"허! 강호삼미도 모른다는 건가? 허, 참, 나! 하긴! 뭐, 그냥 그런 게 있다네."

"젭!"

"큭! 강호에서 가장 아름답다는 세 명의 미녀이지. 강호가 좀 넓은가? 그중에서 세 손가락에 꼽혔으니 얼마나 대단하며, 그런 미녀를 오늘 우리가 이렇게 가까이에서 봤다는 것은 또 얼마나 대단한 행운인가? 흐흐흐! 우리는 오늘 지극한 눈의 호사를 한 셈이지."

"크허허! 그래서 형님이 아까는 그렇게 고분고분했던 겁니까?"

"뭣이라, 고분고분? 허! 이 사람이? <u>흐흐흐흐</u>!"

두 사람이 시답지 않은 농담으로 한바탕 낄낄거리고 나서, 철민이 다시 물었다.

"그런데 천마비는 또 뭡니까?"

"한 자루의 비수일세. 천 년 전이라던가 이천 년 전이라든가, 뭐 하여간 까마득히 오래전에, 영원한 마의 조종(組宗)으로 추앙받는 천마(天魔)라는 인물이 있었는데, 그 천마의 신물이라고 하더군. 거기에 무슨 천마의 광세마공이·숨겨져 있다던가, 천마의 무덤 위치가 그려져 있다던가? 그런 따위의 전설을 수북이 달고 다니는 물건이지."

"형님은 별로 흥미가 없으신가 봅니다?"

"흥미가 없다기보다 전설이란 게 다 그렇고 그런 거 아니겠나? 솔직히 천마가 실존했었는지 아닌지, 실존했다고 하더라도 과연 마의 조종이니 무슨 영세제일이니 할 만큼 대단한 인물이었는지 내 눈으로 직접 확인을 해본 것도 아닌데, 고작 비수 한 자루에 얽힌 무슨 전설 따위를 어떻게 믿겠나? 그리고 전설이 사실이라면, 지난 천 년이나 이천 년간 천마비를 소유했을 숱한 사람들은 전부 다 바보라서 여태 그 누구도 그 비밀을 밝혀내지 못했겠는가? 결국 전설은 그냥 전설일 뿐이란 거지. 뭐, 그 비수가 예리하다는 점은 사실인 모양이더군."

"아?"

철민의 괜한 추임새에 철위강이 피식 웃고 나서 말을 이었다.

"보통 사람이 쓰면 바위에 비수를 박을 수 있고, 검기 발현이 가능한 무인이 쓰면 쇠를 무 자르듯이 할 수 있다는 거야."

"호? 그야말로 신검(神劍)이군요?"

"신검? 뭐, 하여간 좋은 물건이라고는 할 수 있겠지. 그런데 다만 그런 날카로움 때문에 가치가 있는 거라면, 검강을 구현할 수 있는 초절정 급(超絶頂級) 이상의 고수들에게는 그저 하찮은 물건일 뿐이겠지."

"아! 초절정 급! 흠! 그런데 검강이란 게 어떤 겁니까?"

"검의 경지 중에서 가장 강력하여, 검강의 경지에 달하면 한 자루 검으로 세상의 무엇이든 다 파괴할 수 있다고 하지."

'무슨 광선검(光線劍) 같은 것인가?'

철민은 언뜻 영화에서나 나옴 직한 물건을 떠올렸다. 그러나 입 밖에까지 낼 말은 결코 아니었다.

5

두 사람이 주루를 나왔을 때는 이미 한참이나 밤이었다. 그러나 바깥은 제법 환했다. 보름달이었다. 천공 높이 걸린 만월이 휘영청 온 세상을 밝히고 있었다.

철위강은 거나하게 취했고 철민도 얼큰하게 취했지만, 몸을 가누지 못할 정도는 아니었다. 그러나 두 사람은 취한 기분을 만끽하며 어깨동무를 하고서 짐짓 갈지자걸음을 흉내 내며 걸었다. 그러나 그들은 얼마 걷지도 못하고서 멈춰 서야 했다. 그들의 앞, 길 한가운데에 죽립을 쓴 사내 하나가 서 있었고, 그자를 피해서는 갈지자걸음을 계속 걸을 수가 없었기 때문이다.

사내의 죽립(竹笠)은 햇빛이나 비를 가리기에는 작아 보여서 다만 얼굴을 가리기 위한 것 같았다. 과연 그럼으로써 사내의 인상이나 나이를 당장에는 짐작해 보기가 어려웠다. 그러나,

"나는 백강의 한 사람으로서 상위 서열에 도전하고자 하오."

맑으면서도 깊은 맛이 있는 그 목소리에서는 사내에게 어느 정도의 연륜이 있다는 사실을 짐작해 볼 수가 있었다.

그러나 철민은 이내 그것보다 훨씬 더 중요한 몇 가지의 사실을 다시 짐작해 볼 수가, 아니, 직감해야만 했다.

백강! 상위 서열! 도전! 그러한 단어들은 방금 전까지만 해도 그저 언젠가 한 번쯤 스쳐 들었던 것들에 불과했는데, 그 별 관심 없던 기억의 조각들이 한순간에 철민의 뇌리 속에서 번개처럼 빠르게 재구성되고 있었다. 그리고 무엇보다도 사내의 허리에 걸린 한 자루 검, 그 것을 눈에 담는 순간 한 가닥의 섬뜩한 무형의 예기(銳氣)가 이미 몸에 와 닿고 있는 듯했다. 그리고 철민이 가지게 된 찰나의 결론은 '두렵다!' 는 것이었다.

'아아! 지난번과 같은 요행은 다시 통하지 않을 것이다.'

이번에야말로 죽고 말 것이란 공포와는 조금 다른 두려움이

었다. 물론 궁극적으로야 그런 공포로 이어질는지는 모르겠지만, 적어도 지금 당장에는 차라리 막막해지는 것이었다. 아무것도 모를 때는 이판사판의 각오라도 해볼 수 있었는데, 이제 무공의 위력이 어떠하며 검의 위력이 어떠하다는 것을 안 다음에는 그런 만용조차도 내볼 수 없는 막막함이랄까?

부르르!

철민의 어깨가 저절로 떨렸다. 떨림의 느낌이 찰나에 온몸으로 번져 나가면서 연이어 더 큰 떨림이 일어나지 않을까, 그래서 이윽고는 감당하지 못하여 스스로 무너져 버리면 어떻게 하나 하는, 또 다른 종류의 두려움이 틈을 주지 않고서 바짝 뒤쫓아 밀려왔다. 바로 그때 철위강이 그의 곁에 우뚝 버티고 섰고, 순간 철민의 떨림은 극적으로 진정되었다.

혼자가 아니라는 든든함이 생기더니, 이내 다시 간사하게도 어쩌면 저 사내가 도전하겠다는 상대가 그가 아닌 철위강일 수도 있다는 생각이, 아니, 사뭇 간절한 바람까지 생겨나는 것이었다.

'든든함' 덕분이었는지, '혹은 간사함' 내지는 '간절함' 때문이었는지, 어쨌거나 철민은 문득 자세히 죽립의 사내를 바라볼 수가 있었다. 아니, 관찰까지 해볼 수가 있었다. 사내의 허리에 걸린 한 자루 검, 기세, 그리고 예기. 그리고 다시금 직감할 수 있었다. 사내가 확실히 지난번 환성에서의 그 검객 못지않은 고수라는 사실을.

그러던 중에 철민은 문득 또 다른 한 가지를 추가로 확인할

수 있었다. 사내가 아닌 바로 그 자신에게서. 바로 지금 이 순
간에는 그가 좀 전만큼은, 그리고 예전 그때만큼은 상대에게
위압당하지는 않고 있다는 사실이었다.

그럼으로써 철민은 확연히 안정을 찾을 수 있었다. 이번의
안정은 철위강의 든든함에 기대지 않은, 순수하게 그 자신으
로부터 비롯된 안정이었다.

6

"몇 위요?"
"팔십칠위!"
짧은 문답 끝에 철위강은 싱긋이 웃었다.
"백강 간의 정당한 승부라면 제삼자(第三者)가 개입할 수는
없는 노릇이지."
하고는 훌쩍 물러나 버리는 철위강의 돌연함에 대해 나머지
두 사람 모두 일순 당황한 기색들이 되고 말았다.
철민의 당황이, '팔십칠'이라는 숫자를 듣는 순간 그가 잠
시간이나마 가져보았던 '간사하다고 할 수밖에 없는 바람'이
그야말로 물거품처럼 허망하게 사라져 버렸다는 사실 때문이
라면, 사내의 당황은 아마도 철위강이 너무도 순순히 물러났
다는 것 때문일까? 그러나 당황은 길지 않았다. 더욱이 사내에
게는.
치잉!

죽립사내는 곧바로 검을 뽑아 철민에게 겨누었다. 한 가닥 예기가 곧장 미간을 찔러드는 섬뜩한 느낌에 대해 철민은 놀라거나 뒤로 물러서는 대신에 매봉을 마주 들었다. 그리고 천천히 휘두르기 시작했다.

붕! 붕!

설렁설렁 힘들이지 않는 휘두름이었다. 그럼으로써 철민의 온몸 근육과 감각들이 빠르게 매봉의 움직임에 동조되어 갔다.

마치 미끄러지는 것처럼 사내가 다가설 때, 그럼으로써 그 한 자루 검으로부터 뿜어지는 무형의 기세가 급격히 강해져서 아직 몇 걸음이나 떨어져 있는데도 벌써부터 얼굴에 따끔거리는 느낌이 닿고 있었지만, 철민은 당황하지 않고 매봉에만 더욱 집중했다. 그리고 한순간, 철민은 자신의 내부에서 뜨겁기도 하고 차갑기도 한 기이한 활기가 폭발하듯이 솟구침을 느꼈다.

매봉의 움직임이 한층 빨라졌다. 아니, 빨라졌다는 것으로만 매봉의 변화를 말하기에는 뭔가 적당치가 않았다. 차라리 두터워졌다고 해야 할까?

우웅! 우웅!

매봉이 이윽고 바람 가르는 소리가 아닌, 저만의 특유한 울음소리를 토해내기 시작할 때 철위강은 미간에 만들어놓고 있던 세로 주름을 비로소 폈다. 만약 다른 사람이 보았다면, 저렇게나 무거운 쇠방망이를 격돌도 하기 전부터 혼자서 저리도 무식하게 휘둘러대고 있으니 참 미련하다 했을 광경이다. 그

렇지 않은가? 상대가 계속해서 검을 겨누고만 있으면, 얼마 안
가 철민이 제풀에 지쳐 버리고 말지 않겠는가? 그러나 철위강
은 알고 있었다. 저렇게 반나절을 휘두르고 있어도, 아니, 한나
절을 그러고 있어도 철민이 끄떡없을 것이라는 사실을. 그리
고 철민이 아직 제대로 '무식한' 것도 아님을.

파파파팟!

검광이 번뜩이더니 일순간 대여섯 개나 되는 검화(劍花)가
피어나며 곧장 철민에게로 쇄도해 들었다. 그 쾌속한 속도와
현란한 변화는 철민이 눈으로도 미처 다 따라잡지 못할 정도
였다. 하여 철민은 차라리 그것들을 넓게 포함하는 대략의 방
향과 범위를 잡아놓고 그 범위 안에서 전력으로 매봉을 휘두
르는 쪽을 택하였다.

우우우웅!

매봉의 울음소리가 길어지는 것과 동시에,

채채채챙!

하고 격렬한 쇳소리가 터져 나왔다. 순간 사내의 신형이 번
뜩하며 뒤로 미끄러져 나갔고, 반사적으로 철민은 스스로의
몸 상태를 훑었다. 괜찮았다. 찔리거나 베인 느낌은 없었다.
상대의 쾌속함과 현란함을 제대로 보지도, 따라잡지도 못하였
지만, 어쨌거나 능히 막아는 낸 것이다. 그와 차원이 다른 고수
인 상대에 대해 더 이상 속수무책이지도, 농락당하지도 않은
것이다. 다만 매봉을 휘두르는 것으로써 그것이 가지는 길고
무겁고, 두터움만으로도 제반의 열세와 부족함을 능히 극복해

낸 것이다.

"허!"

철위강은 자신도 모르게 나직한 탄성을 흘려냈다. 한차례의
접전 후 죽립사내가 확연히 조심하고 경계하는 기색이 된 데
반해, 철민에게서는 언뜻 약간의 자신감까지를 엿볼 수 있었
기 때문이다.

철민은 기다리지 않고 오히려 앞으로 나아갔다. 천천히, 점
차로 빠르게, 이윽고는 맹렬하게.

우우웅! 우우웅!

매봉이 한층 기세를 올리며 연신 긴 울음소리를 토해냈다.
그러나 기세가 비록 맹렬하다지만 기껏 일직선의 맹목적인 진
보(進步)일 뿐인 철민의 돌진에 대해 검사(劍士)로서 당연히 다
양한 보법을 수련하였을 사내가 간단히 피하지 못할 리는 없
었다. 그런데도 사내는 전혀 피할 기색이 아니었다. 사내는 오
히려 중단세(中段勢)를 취하며 검극을 철민의 가슴 정면으로
향하였다. 사내의 검이 파르스름한 빛으로 빛나기 시작하였
다. 그리고 그 순간 달려온 철민의 매봉과 그대로 격돌했다.

타타타탕!

사내는 튕기듯 뒤로 물러났고, 철민은 그 자리에 멈추었다.
철위강의 두눈이 부릅떠졌다.

철민은 별다른 감상을 가질 것도 없이 퍼뜩 매봉부터 살폈
다. 지난번 그 단단하다는 박달나무로 만들어진 그의 방망이
가 무슨 수수깡이라도 된다는 듯이 싹둑 두 토막으로 잘려 나

갔던 것처럼 이번에도 또한 그렇게 되지는 않았을까?

그러나 그야말로 '쓰잘머리' 없는 걱정에 불과했다. 매봉은 멀쩡했다. 놈의 표면 전반에 드러난 그 은은한 무늬조차도 무사했다. 물론 '솔바람에 일렁이는 호수의 잔물결같이 잔잔히 퍼져 나가는' 형상들과 '파도가 치는 듯이 제법 기세 좋게 물결치는 듯한' 형상들 하나하나가 다 무사한지까지는 알 방도가 없었지만. 어쨌든 놈은 무사하다 못해 오늘따라 약간은 오만하게도 은은한 광택 같은 것까지 뽐내고 있는 듯 보였다. 뭐, 그래 봐야 기껏 오래된 손때처럼 반들거리는 것에 불과하지만.

사실은 멀쩡해야 마땅한 것 아닌가? 물론 철민이 곧이곧대로 믿은 적은 솔직히 한 번도 없었지만 말이다. 뭐, 천하에서 가장 귀하고 강한 묵강현철(墨鋼玄鐵)로 만들었다느니 하는 등등의 이야기 말이다. 그렇더라도 어쨌든 쇳덩이가 아닌가? 그러니 무슨 검기가 어쩌고 검강이 어쩌고 '뻥'을 치지만, 어쨌든 상대의 검도 한낱 쇳덩이일진대, 아무리 명검이라도 그렇지, 나무를 자르고 또 혹은 바위를 자르는? 아니, 부수는 것까지는 또 어찌어찌 믿어준다고 해도 어떻게 쇠로 쇠를 자를 수가 있단 말인가? 뭐, 정말로 신검이라면 몰라도. 신검이야 초월적 존재인 신이 만든 거니까 쇠로 쇠를 자른다면 자르는 것이지, 한낱 인간으로서야 무슨 토를 달고 말고 할 것인가?

뭐, 따지자는 건 아니다. 그냥 그렇다는 거다. 그냥 '쓰잘머리없는 걱정'에 불과했다는 거다.

7

미동도 없이 서 있는 사내의 모습에서, 더욱이 부러진 채 반검(半劍)이 되어 있는 그의 검에서 죽립 안에 감춰져 있는 사내의 두눈이 아마도 멍한 빛을 띠고 있을 것이라고 철민은 잠깐 상상해 보았다. 그러나 사내는 딱히 부상을 입은 것 같지는 않아 보였다.

철민 또한 매봉을 바닥에 늘어뜨린 채로 멀거니 사내를 바라보고 서 있었다. 지금으로서는 그가 달리 할 수 있는 일이 없기도 했다. '쓰잘머리' 없는 고민밖에는. 만약 상대가 부러진 검을 팽개치고 맨손으로 덤빈다면, 그때는 매봉으로 상대를 해야 하나, 아니면 같이 맨손으로 상대를 해야 하나? 뭐, 맨손이라도 손해 볼 건 없을 것 같았다.

붙잡고 뒹구는 것이야 어차피 그가 늘 비장의 한 수로 써먹어왔던 바가 아니던가? 그런데 지금 이런 고민까지 해야 하나? 이게 고민이긴 한 건가? 철민은 갑자기 혼란스러워졌다. 온 신경을 집중해서 팽팽히 긴장하고 있다가 갑자기 느슨하게 풀려버린 것처럼, 갑자기 '긴장과 고민'이, 그리고 '상황과 상상'이 뒤죽박죽으로 섞이고 마는 것만 같았다.

철위강은 슬며시 미간을 좁혔다.

'혹시 무슨 문제가 생겼나?'

갑작스럽게 산만해 보이는 철민의 모습에 와락 걱정이 드는 것이었다. 철민이 기대를 훨씬 웃도는 놀라운 무위를 선보인

만큼, 한편으로 미처 생각지 못한 어떤 미묘한 문제에 돌연하
게 봉착할 수도 있는 문제였다.

그러나 철민의 혼란도, 철위강의 걱정도 오래 끌 필요는 없
었다.

"내가 졌소."

나직하나 분명한 목소리였다. 그리고 가볍게 고개를 숙여
보이더니 죽립의 사내는 곧바로 신형을 날렸고, 두 번의 도약
으로 완전히 시야에서 사라져 버렸다.

철위강이 갑자기 달려가서는 와락 철민의 어깨를 감싸 잡았
다. 그 굳건한 손아귀의 느낌 속에는 굳이 감추지 않은 흥분이
진득이 녹아 있었다.

비록 철위강의 흥분에는 공감하지 못했지만, 철민에게도 감
회가 없을 수는 없었다. 시원함이랄까? 후련함이랄까? 혹은 통
쾌함일까? 그런 가운데 뭐라고 정의하기는 참으로 어려운, 기
묘한 흥분이 녹아드는 것 같기도 했다. 그것은 그가 지금까지
겪어왔던, 결코 적다고는 할 수 없는 싸움들에서는 한 번도 경
험해 보지 못했던 특별한 종류의 느낌이었다.

'이런 것이 강호의 승부라는 것인가?'

第十八章
천마비(天魔匕)

몽상가

1

"도저히 이대로는 헤어질 수가 없을 듯하이!"

아무래도 아쉬운지 철위강은 조금이라도 작별의 순간을 늦추려고 하였다. 밤에 작별하는 것은 기분을 너무 우중충하게 만드니 차라리 찬란한 아침 햇살을 맞으며 남자답게 호쾌하게 작별을 맞자고, 그리고 아침 해가 떠오를 때까지는 달빛이 가장 멋진 곳에 가서 밤새 술을 마시자고 그는 철민에게 제안을 했다.

작별이 서글프기야 철민도 더했으면 더했지 조금도 덜하지 않았기에, 두 사람은 마침 눈에 뜨인 어느 주점에서 몇 병의 독주와 육포 말린 것을 조금 샀다.

두 사람은 걸었다. 술에 취하고 몽롱한 달빛에 취해 망망대해를 나아가듯이 하염없이, 하염없이.

2

"이곳일세! 내가 아는 한 사방 천 리 안에서 달빛이 이곳보
다 더 멋진 곳은 없네."

철위강이 문득 멈추며 하는 소리에 철민이 또한 문득 사방
을 돌아보았다.

산이었다. 아니, 산이라도 하기에는 좀 낮아 언덕이라고 해
야겠다. 그 꼭대기였다. 꼭대기이되 딱히 정점을 지목하기는
애매한, 그저 완만하고 평평한 곳이었다.

그러나 휘영청 빛나는 달과 그 빛의 언저리에서 총총히 빛
나는 수많은 별을 품은 검은 하늘이 위로 있고, 아래로는 멀고
가깝게, 그리고 높고 낮게 굴곡을 이룬 거대한 회색의 대지가
끝없이 펼쳐진, 그야말로 꼭대기에 그들은 서 있었다.

"아름답지 않은가?"

하염없는 시간 중에서 철위강이 문득 물었을 때, 철민은 마
침 멀리 찬연하게 일렁이고 있는 빛의 물결을 발견하고 있는
중이었다.

"호수가 있나 보군요? 아아! 참으로 신비로운 광경이군요."

"후후! 밤에만 볼 수 있는 광경일세. 사실 낮에 본다면 황량
하고 볼품없는 광경일 뿐이지."

"아!"

"운이 좋았지. 언젠가 우연히 이곳을 지나가는데 마침 밤이 었고 오늘처럼 달빛이 참으로 밝았지 않겠나? 홋! 사람들은 낮의 아름다움에만 관심이 많지, 낮에 아름답지 못하더라도 밤에는 아름다울 수 있다는 생각 같은 건 아예 하려고 하지를 않거든? 하하하! 덕분에 우리가 오늘 이렇게 호젓하니 이런 절경을 독점하는 행운을 누리는 것이겠지만 말일세."

두 사람은 술병을 하나씩 들고 앉았다. 더 이상 말은 없어도 좋았다. 술 한 모금과 천지간에 가득한 달빛, 술 두 모금과 찬연하게 일렁이는 호수. 더 이상 좋은 것을 바란다면 욕심이리라.

이제 곧 새벽이 되면 모든 것은 사라지리라. 술병도 빌 것이고, 달빛도 사라질 것이고, 호수는 찬연함을 잃어버릴 것이다. 그리고 두 사람도 각자의 길로 갈 것이다. 문득 아련히 한 조각의 애상이 밀려왔기에 철민은 가느다랗게 한숨을 내쉬며 망연히 먼 곳으로 시선을 옮겼다.

철민은 문득 이상한 느낌을 받았다. 시야에 가득한 것은 여전히 휘영청한 달빛과 찬연히 빛나는 호수, 그리고 온통 회색빛으로 창백하게 질린 듯이 펼쳐진 대지뿐이었다. 그러나 눈에 보이지 않는 뭔가 이상한 느낌이 분명히 끼어들어 있었다. 뭔가 조급한 듯하고, 혹은 불안하고 초조해지는 듯한.

망연한 모습으로 자신의 세계에 빠져 있던 철위강도 마침 어떤 느낌을 받은 모양이었다. 문득 허리를 곧게 세우고 가만히 귀를 기울이는 모습이었다. 물론 그것이 천리지청술(千里地聽術)이라는 걸 철민은 알지 못했다.

"이거, 오늘이 우리 형제가 작별하는 날인 줄을 다들 아는 모양일세. 그러니 이토록 많은 일이 한꺼번에 생기는 거겠지?"

철위강은 짐짓 대수롭지 않다는 듯이 말했다. 그러나 그의 얼굴에는 미처 숨기지 못한 긴장이 떠올라 있었고, 이어지는 목소리 또한 완연히 무거워지고 있었다.

"무슨 일인지는 모르겠으되, 지금 일단의 무리가 사방을 포위한 채 이곳으로 접근해 오고 있는 중일세. 상당한 숫자이고 절제된 기척으로 보아 조직적으로 조련을 받은 자들 같네. 아마도 뭔가 오해가 있는 것 같지만, 어쨌거나 상황으로 볼 때 저들이 지금 목표로 삼고 있는 게 우리라는 점은 분명해 보이니 우리는 일단 피하고 봐야겠네."

"이미 포위가 되었다면… 더욱이 이곳은 사방이 다 트인 곳인데 어디로 피할 수 있겠습니까?"

"걱정 말게. 이곳에서 우리가 취할 수 있는 행운이 월하(月下)의 절경뿐인 것은 아니니 말일세. 자, 가세! 마침 멀지 않은 곳에 우리 두 사람이 잠시 은신하기에 맞춤한 장소가 하나 있네."

철위강이 이끄는 대로 허리를 숙이고 기척을 죽인 채로 언덕을 조금 내려가자 바짝 말라 있는 채로도 제법 무성하여 아마도 여름철에는 빽빽한 덤불과 덩굴로 사람이 접근하지도 못하였을 것 같은 풀숲이 자못 넓게 펼쳐져 있었다.

"이곳일세."

철위강이 소곤거린 것은 그들이 마른 풀숲을 조심스럽게 헤치고 나아가 그 가운데쯤에 이르렀을 때다. 그러나 그가 가리킨 곳은 '은신하기에 맞춤한 장소'는커녕 작은 돌무덤 따위도 없는, 다만 사람 하나 앉으면 딱 맞을 평평한 바닥일 뿐이었다.

그런데 철위강이 그 바닥을 움켜잡듯이 하고서 조심스레 들어 올리니 큼직한 뗏장이 통째로 떨어져 나왔다. 그리고 그 아래로 사람 하나가 들어갈 만한 공간이 수직으로 뚫려 있는데, 안쪽은 시커먼 암흑이어서 얼마나 깊은지 대중하기가 어려웠다.

"나는 잠깐 처리하고 올 일이 있으니 먼저 내려가 있게."

하는 철위강의 말에 철민이 생각할 것도 없이 고개를 저었다.

"아, 아닙니다. 그냥 여기서 기다리고 있겠습니다."

철위강이 싱긋 웃으며 고개를 끄덕였다.

"알겠네. 그럼 잠시만 기다리고 있게."

말과 함께 철위강의 신형이 번뜩하며 눈앞에서 사라지는데, 그 표연함에 철민은 자신도 모르게 절레절레 고개를 흔들고 말았다.

잠시 뒤, 달빛 창백하던 언덕 주변 여기저기에서 난데없이 불길이 치솟더니 이내 언덕을 온통 뒤덮은 바짝 마른 풀로 번지며 맹렬하게 사방으로 확산되기 시작했다.

팟!

가벼운 미풍과 함께 철위강이 다시 나타났다. 다시 봐도 참
으로 귀신같은 몸놀림이었다.

3

탁! 탁!

캄캄한 어둠 속에서 작은 불꽃 몇 개가 짧게 명멸했다. 그리
고 이내 무언가로 옮겨 붙은 듯 벌겋게 피어올랐고, 순간 사방
이 환하게 밝아졌다.

잠깐 눈이 부셨으나 그것이야 빛 한 점 없던 어둠 속에서 갑
작스런 불빛의 출현이라 그런 것이고, 철위강의 손에 들린 대
나무 통의 끝에서 발갛게 타들어가는 그 작은 불빛의 밝기란
그저 가까이에 있는 사물의 형체를 볼 수 있을 뿐, 조금 떨어진
곳은 여전히 분간할 수 없는 어둠의 영역으로 남겨두는 그런
정도에 불과했다.

그 암흑의 공간은 아주 완만하게 아래로 내려가는 형태로
연결되어 있는 듯했다.

"도대체 이런 곳은 또 어떻게 알게 된 겁니까?"

묻는 철민의 목소리가 조금은 떨려 나왔기 때문인지 철위강
이 짐짓 호기로운 웃음소리를 앞세워 대답했다.

"하하하! 그러게 내가 운이 좋은 사람이라고 할밖에. 사실은
처음에 우연히 이 언덕을 발견했을 때도 오늘처럼 달빛에 취

해 홀로 술을 마시고 있었는데, 취해서 깜빡 잠이 들었다 깨어 보니 문득 으슬으슬 한기가 들지를 않겠나? 문득 보니 온 세상 이 하얗도록 서리가 내리고 있더란 말이지. 그래, 어디 근처에 잠시 지붕 삼을 곳이 없나 하고 무작정 바위틈 같은 곳을 찾아 헤매다가 뜻밖에도 이 수직 동굴을 발견했지. 사람의 손길을 타지 않은 천연의 동혈인데, 그 입구에다 내가 약간의 손질을 해서 은폐를 시켜놓은 것일세. 뭐, 그때야 다른 생각이 있었던 건 아니고. 좀 유치하지만, 왜 그런 것 있지 않은가? 다른 사람 은 아무도 모르는 나 혼자만이 아는 장소를 가지고 싶은 욕심 같은 것 말일세. 하하하! 그런데 그 유치한 짓이 오늘 이렇게 쓰일 줄은 꿈에도 생각하지 못했지. 어쨌든 덕분에 우리 형제 는 또 하나의 특별한 추억을 더할 수 있게 되지 않았나?"

허리를 굽혀야 했던 동굴은 얼마 내려가지 않아 철위강이 말했던 것처럼 두 사람 정도는 허리를 펴고 나란히 설 수 있을 만큼 넓어졌다. 그리고 바로 이어 동굴의 끝부분에 도달했을 때였다. 철민은 돌연히 놀라,

"헉!"

하고 짧은 경악성을 토해내고 말았다. 동굴의 막다른 곳에 무언가가 있었는데, 언뜻 보기에 사람이 벽에 기대앉아 있는 것 같았다. 그리고 그가 잘못 보지 않았음은 철위강이 급하게 그의 앞을 막아섬으로써 확인이 되었다.

"선객(先客)이 계셨군!"

짐짓 여유를 부리며 철위강은 예의 그 불씨가 담긴 대나무 통을 앞으로 기울여 조심스럽게 동굴 벽면에 기댄 물체를 살폈다. 그런 다음에 가볍게 혀를 차며 말했다.

"쯧! 죽은 시체일세. 죽은 지 얼마 되지는 않은 것 같고, 전신 여러 군데에 상처를 많이 입었는데, 아마도 시차를 두고서 여러 종류의 병장기에 당한 것 같네. 흠! 그리고 보니 바깥의 무리는 이 사람을 추적해 온 것일 수도 있겠는걸? 그런데 이 사람은 이처럼 깊은 상처를 입은 몸으로 어떻게 이 동굴을 찾을 수 있었던 것일까?"

그러나 철위강은 이내 스스로의 짐작을 내놓았다.

"하긴, 나 또한 우연히 이곳을 발견하였듯이 다른 사람이라고 그러지 못하란 법은 없겠지."

바깥에서는 지금 한창 일대에 대한 수색이 벌어지고 있을 것이 분명하였기에 그들이 물러날 때까지 두 사람은 어쩔 수 없이 동굴 안에 머물러 있어야만 했는데, 철민은 영 꺼림칙하기만 하였다.

비록 멀찍이 거리를 두고 떨어져 앉기는 했지만, 어쨌든 좁은 공간에 시체와 함께 있는 것이니 마음이 편할 리는 없었다. 문득문득 뒷덜미가 섬뜩해지기도 하는 것이었다. 그런데 바로 그때였다.

우우우우!

아주 희미하게 무슨 소리가 들렸는데, 순간 철민은 전신에 소름이 쫙 끼쳤다. 쭈뼛하고 머리털이 곤두서는 듯했다. 철위강이 덩달아 긴장한 얼굴이 되며 물었다.

"왜 그러는가?"

"방금 무슨 소리 못 들었습니까?"

"소리? 무슨 소리 말인가? 난 아무 소리도 못 들었는데?"

못 들었다니? 이 좁은 공간에서 철위강에게는 들리지 않고 그에게만 소리가 들릴 리는 없지 않겠는가?

'환청인가?'

철민이 쑥스럽고 창피한 생각이 들기도 해서 괜히 아랫배에다 힘을 주어 보는데, 바로 그때 다시 무슨 소리가 들렸다.

우우우우우우!

이번에는 보다 분명하고 길게 울리는 소리였다.

"저… 저 소리 말입니다."

철민이 소리는 지르지 못하고 대신 손바닥으로 귀를 세우는 시늉까지 해가며 강조하여 말하였지만, 이번에도 철위강은 영문을 모르겠다는 듯이, 그리고 걱정스럽다는 듯한 반응을 보였다.

"허! 도대체 무슨 소리가 들린다는 것인가?"

순간 철민은 다시금 전신에 소름이 쫙 끼쳤다. 정말로 자신에게만 들린다는 말인가? 귀신이 곡할 노릇이었다. 귀신? 그리고 보니 은은하게 울렸던 그 소리는 마치 호곡성(號哭聲) 같기도 했다. 그 왜 있지 않은가? 공포영화 같은 데서 하얀 소복 입은 여인네가 한밤에 무덤 앞에 꿇어앉아 목 놓아 슬피 우는 울음소리 같은 것.

철위강이 침착하게 다시 물었다.

"소리가 계속해서 들리는가?"

"예."

"어느 쪽에서 들리는지 분간할 수 있겠나?"

철민은 다시 귀를 기울였다.

우우우우우우!

그런데, 맙소사! 시체였다. 시체가 울고 있었다.

"저… 저 시체에서……."

철민의 목소리가 이윽고는 부들부들 떨려 나왔다. 그러나 철위강은 오히려 성큼성큼 시체를 향해 다가갔다. 그리고는 거침없이 시체를 뒤지더니 이내 두 가지의 물건을 찾아냈다. 시체의 품속에 들어 있던 한 권의 얇은 책자와 소매 속에서 꺼낸 한 자루의 비수였다. 그때 철민이 외쳤다.

"그것입니다. 바로 그 비수, 비수가 울고 있는 것 같습니다."

그랬다. 철위강의 손에서 비수는 확연히 급한 소리를 토해내고 있었다.

우우우우! 우우우우우우!

다급하고 애절하게 울고 있는 것이라고, 이유를 알 수 없었지만 철민은 그렇게 느꼈다.

"받게!"

철위강이 불쑥 건네는 바람에 철민이 엉겁결에 비수를 받아들었는데, 그 순간 아주 기이한 느낌이 전해졌다.

찌릿!

뭐랄까? 한줄기 전류가 몸을 관통하는 느낌이랄까?

"지금은 어떤가?"

철위강이 물었다. 그리고 보니 소리가 멈추었다. 비수는 더 이상 울지 않았다, 마치 이제는 얌전해진 것처럼.

"다시 내게로 줘보게."

철위강의 말에 철민이 비수를 건넸다. 그러자 비수는 곧바로,

우우우우! 우우우우우우!

하고 예의 그 다급하고도 애절한 울음소리를 토해내기 시작하는 것이었다.

"아아! 다시 우는데요?"

"그래? 그럼 다시 받게."

"아아! 울지 않습니다."

철위강이 묘한 표정을 지어 보이더니 이내 짧은 일성을 토했다.

"허!"

그 소리에 믿기 힘들다는, 그러나 믿지 않을 수도 없다는 탄성과 탄식이 동시에 섞여 있었다. 철위강이 이어 말했다.

"세상에는 스스로 주인을 선택하는 기물(奇物)이 있다기에 다만 헛되이 전해지는 이야기인 줄로만 알았더니 정말로 그런 게 실재한다는 말인가?"

그리고 철위강은 철민이 쥐고 있는 비수를 새삼 자세히 살

피며 다시 혼잣말처럼 중얼거렸다.

"길이 일곱 치에 묵광을 발하는 비수라……. 그리고 스스로 주인을 선택하는 기물이라는 거지? 가만, 그렇다면… 설마 이것이 바로 그 전설의… 천마비(天魔匕)란 말인가?"

"예?"

철민이 저도 모르게 흠칫 놀라며 반문하였으나, 그것에 개의치 않고 철위강은 문득 자신이 들고 있던 그 한 권의 얇은 책자를 서둘러서 살펴보았다.

"어디 보자. 신투비록(神偸秘錄)이라……. 제법 거창한데? 가만, 강호의 도둑이라면 그들 세계에서도 나름의 영예를 따지는 터에 함부로 신투 운운하지는 못할 것인데? 신투… 신투라……. 그럼 혹시 무영신투(無影神偸)?"

"무영신투요?"

철민이 다시금 반사적으로 끼어들고 말았다.

"음! 강호에는 제법 유명세를 타는 도둑들이 몇 있는데, 그중에서도 신투라 불리는 사람은 단 한 사람뿐이지. 바로 무영신투일세. 그는 손재주와 경공, 그리고 은신법 등 도둑질에 필요한 여러 가지의 재간이 놀라운데다, 무공까지도 녹록하지 않아서 일설에는 황제가 사는 궁궐까지도 제집처럼 드나든다고 하더군. 그런데 아무래도 그가 이번에는 좀 지나친 욕심을 부린 모양일세. 감히 잠마련이 자신들의 것이라고 주장하는 물건을 건드렸으니 말일세. 그로 인해 결국은 이렇게 목숨까지 잃고 만 것이고."

"그럼… 이 사람이 천마비를 훔쳤고, 바깥의 무리는 이 사람을 추격해 온 잠마련의 무사들이라는 겁니까?"

"그런 것 같네."

철민이 안 그래도 영 꺼림칙하던 중에 그 비수가 바로 그처럼 대단하다는 천마비라고 하니 더욱 마음이 불편해지고 말았다. 그때 마침 천마비가,

웅!

하고 희미하게 울었다. 그런데 그것이 마치 자신에 대해, 그런 마음을 먹는 철민에 대해 서운함을 토로하는 것 같아서 철민은 저도 모르게 고소를 짓고 말았다. 철위강이 보고 있다가 차분하게 말을 꺼냈다.

"예로부터 신병(神兵)은 진정한 주인을 만났을 때 울음소리를 내어 맞이한다고 하더군. 뭐, 나로서는 여전히 믿기 힘든 것이 사실이지만 어쨌든 그 기물이 아우의 손에까지 들어간 것을 단순히 우연이라고 치부하기도 어렵다는 생각이 드네. 아마도 사람으로서는 결코 짐작하지 못할 어떤 운명적 인연이 있었기에 그 기물이 지금 아우의 손에 쥐어져 있는 것이겠지. 그렇다면 기왕에 이리되었으니 그 물건은 아우가 취하도록 하게."

철위강의 권유에 대해 철민이 처음에는 아니라고 말하려고 했지만, 그럴 것이면 차라리 형님이 가지라고 말하려고 했지만, 그런 생각들은 이상하게도 금방 없어졌다. 대신에, 그런 것일까? 이 이상한 한 자루의 비수는 과연 나를 주인으로 선택한

것일까? 왜? 나의 무엇을 보고? 하는 생각들로 머릿속이 혼란스러워지는 것이었다. 그때 철위강이 신중한 얼굴로 덧붙였다.

"그러나 명심하게. 이제부터 되도록이면 그 물건은 바깥에 드러내 보이지 않는 게 좋아. 흔히들 강호에서 보물을 얻는 것은 기연이자 악연이라고 한다네. 그리고 보물을 가졌다는 이유만으로 하루아침에 공적(公賊)으로 몰려 버리기도 하지."

그러나 철위강은 이내 설렁설렁한 얼굴로 돌아갔다. 그리고는 슬쩍 그 한 권의 책자, 신투비록을 슬쩍 들어 보이며 말했다.

"아우가 보물을 얻었으니, 그럼 나는 이 비록이나 챙겨볼까? 혹시 쓸 만한 무공이라도 적혀 있으려나? 어디 보자."

그러나 철위강은 그 몇 장 되지도 않는 책자를 건성건성 넘겨보고는 픽 웃으며 철민에게 휙 던져주었다.

"이건 뭐 순 일자(日字)에다, 장소에다, 물목(物目)뿐인데? 에라! 기분이다. 가지는 김에 아우가 몽땅 다 가지도록 하게."

철민이 얼떨결에 받아 들긴 하였는데, 살펴볼 필요도 없이 그에게도 또한 조금도 소용될 물건이 아니었다. 읽을 수가 없으니 말이다.

슬그머니 시신의 옆에다 책자를 가져다 두고 오는 철민에게 철위강이 싱긋 웃으며 어깨를 으쓱해 보였다.

4

지난밤 그토록 눈부신 달빛 속에서, 그처럼 황홀한 야경을 이루었던 언덕 일대는 온통 시커멓게 변해 있었다. 그래도 다행인 것은 아침 햇살이 찬란하다는 것이었다.

"가세. 저기 호수가 있는 곳까지 함께 가서 거기에서 헤어지도록 하세."

철위강이 짐짓 밝은 투로 말하며 앞장을 섰다.

호수는 가까워 보였지만, 막상 가보니 제법 먼 거리였다. 두 사람이 걸어온 것만도 벌써 오 리(五里)는 넘었다. 그러나 두 사람에게는 결코 멀게 느껴지지 않는 거리였다. 오히려 끝내 도달하지 않았으면 하는 바람마저 있었다.

그런데 호수에 가까워졌을 무렵이다. 갑자기 앞쪽에서 몇 개의 신형이 빠른 속도로 달려오기에 두 사람이 걸음을 멈추고 바라보던 중에, 철민이 문득 놀라며 말했다.

"엇? 저 사람들은?"

'준수', 아니, 공손일준과 그 일행이었다. 바로 어제 주점에서 만났던 그 미남미녀들 말이다. 철민이 크게 반가울 것까지는 아니었지만, 그래도,

'세상이 넓고도 좁은 곳이라고 하더니 겨우 하루 만에, 그것도 이런 곳에서 저들을 다시 만날 줄이야.'

하는 잠깐의 감회 정도를 떠올리며 옆에 선 철위강을 돌아보는데, 무슨 일인지 철위강은 사뭇 굳은 표정이 되어 있었다.

그에 철민이 언뜻 철위강의 시선이 향하고 있는 곳을 보았는데, 마침 공손일준 등의 뒤쪽 멀리서 달려오고 있는 일단의 무리를 발견할 수 있었다. 삼사십은 족히 되어 보이는 숫자였고, 의심할 여지없이 급박하게 쫓고 쫓기는 정황이었다.

"제기랄!"

한마디 갈라진 소리를 뱉어낸 철위강이 급하게 철민의 소맷자락을 잡아챘다. 그리고는 재빨리 돌아서서 냅다 뛰기 시작하는데, 그 방향이 공손일준 일행이 달려오는 방향과는 직각으로 꺾이는 쪽이었다. 그들과 멀어지겠다는 의지임에 확실하였으므로 철민이 와중에도,

"형님?"

하고 일말의 의혹을 담아서 불렀다. 그러나 철위강은 빠르게,

"말은 나중에 하고 일단 뛰기나 하게!"

하고 내뱉고는 철민의 소맷자락을 더욱 세게 잡아당겼다. 철민이 더는 묻지 못하고 전력을 다해 달리기 시작했다. 그러는 중에 철민이 퍼뜩 떠올린 생각은, 바로 어젯밤의 그 무리일 수도 있겠다는 것이다. 그렇다면 지금 그의 품속에 천마비가 있으니 그들과 맞닥뜨려서 좋을 일은 결코 없었다.

그런데 얼마간 뛰다가 힐끗 뒤를 돌아본 철위강이 다시금,

"제길!"

소리를 내뱉었다. 철민이 또한 힐끗 돌아다보니 공손일준 일행이 어느 틈엔지 방향을 바꾸어서 그들의 뒤를 쫓아 달려

오고 있는 중이었다. 그러니 그 일단의 무리 또한 그 뒤를 쫓아오는 것은 당연하였다.

철위강이 달리는 속도를 배가하였는데, 순간 철민은 입을 딱 벌리고 말았다. 이건 달리는 것이 아니라 아예 날고 있다.

팟! 팟!

철위강이 한번 땅을 박찰 때마다 철민의 과장된 느낌일지는 모르지만 한 걸음에 족히 오륙 미터씩은 날아가고 있는 것 같았다. 그러니 철민으로서야 숫제 매달려 가는 모양새가 되고 만 것은 당연하였다.

그러나 놀라운 것은 놀라운 것이고, 철민은 이내 미안하기 짝이 없는 심정이 되고 말았다. 또다시 철위강에게 짐이 되고 있는 것이다. 아닌 게 아니라, 공손일준 일행은 어느새 바로 가까이까지 쫓아오고 있었다. 그 뒤의 무리 또한 바짝 거리를 좁히고 있었음은 물론이고. 모든 것이 '남들 다 하는 경신법' 도 할 줄 모르는 철민, 오로지 그 때문이었다.

철민이 어느 순간부터 뛰는 방법을 달리하여서 철위강이 도약할 때와 박자를 맞추듯이 시늉이나마 힘껏 도약을 해보려 시도한 것은 어디까지나 철위강을 조금이라도 덜 힘들게 해주고픈 마음에서였는데, 그 순간 그의 몸속에서는 기이한 활력이 솟구쳤다. 매봉을 휘두를 때, 그리고 그가 평소 이상의 힘을 쓸 때마다 불쑥불쑥 솟구치곤 하는 바로 그 기이한 활력이었다.

휙! 휘익!

철민의 얼굴을 바람이 확! 확! 스쳐 갔다. 두 사람이 달리는 속도가 한결 빨라진 때문이리라.

철위강이 힐끗 철민을 돌아보았다. 말을 하지는 않았지만 그의 얼굴에는,

'어허라?'

하는 의혹과 놀람이 그대로 드러나 있었다.

5

삐이이이익!

앞쪽으로부터 돌연 울린 그 휘파람 소리는 어찌나 뾰족하고 날카로운지 고막이 '쨍!' 하고 울릴 정도였다. 순간 철위강은 급하게 신형을 멈춰 세웠다. 앞쪽을 주시하는 그의 안색이 사뭇 무거워 보였다.

어쨌든 그 때문에 공손일준 일행이 이어서 멈춰 섰고, 그 틈에 바로 뒤까지 추격해 온 무리는 재빨리 산개하며 그들을 반원형의 형태로 에워쌌다.

무리가 완전히 포위하지 않고 앞쪽을 틔워놓은 이유를 철민은 금방 알 수 있었다. 앞쪽에서 새롭게 이십여 명의 무리가 나타나더니 쾌속하게 달려오고 있었다. 그들 새로운 무리 중에는 좀 전 휘파람 소리의 주인도 있을 터였다.

"이런 곳에서 다시 만나게 되다니… 어쨌든 반갑소!"

철위강이 공손일준을 향해 건네는 뒤늦은 인사였다. 거칠어진 호흡을 고르던 중에 목례를 보내는 공손일준의 입가에 고소가 맺혔다.

철위강이 그들 일행을 빠르게 일별하고는 다시,

"우리는 바쁜 일이 있어서… 인연이 있다면 다음에 또 봅시다! 그럼, 살펴가시오!"

하고 말하였는데, 곧바로 작별 인사였다.

철민이 당황스러운 마음에 힐끗 공손일준 등을 보게 되었는데, 하필이면 백리소란과 딱 눈길을 마주치고 말았다. 얼른 시선을 돌렸지만, 그 잠깐의 마주침으로도 그녀의 눈빛에서는 다급함과 도움을 호소하는 듯한 느낌이 서려 있는 것만 같았다.

그러나 그때 철위강이 소매를 잡아당기며 휘적휘적 앞으로 걸어가는 바람에 철민 또한 곧바로 걸음을 재촉하지 않을 수 없었다. 철위강이 그처럼 얼렁뚱땅 해서라도 일단 이곳을 벗어나려는 이유와 필요를 철민도 짐작하지 못할 것은 아니었으므로.

그렇게 두 사람이 일단 반원형의 포위를 벗어나서, 그때쯤 달려오던 기세를 멈추고 느긋하게 걸어오고 있는 앞쪽의 무리를 다시 피해 나가는 쪽으로 방향을 틀 때였다.

"멈춰라! 우리의 허락 없이는 누구도 가지 못한다!"

특이한 목소리였다, 철민이 언뜻 '중성(中性)'을 떠올렸을 만큼. 칼칼하고 날카로운 중에도 너무 가늘다는 느낌이 드는 것도 특이하다고 하겠지만, 그다지 큰 것 같지 않으면서도 시키는 대로 따르지 않으면 안 될 것 같은 기이한 위압이 느껴지는 그런 목소리였다.

어쨌든 철민은 자신도 모르게 멈춰 서고 말았다. 그럼으로써 여전히 그의 소맷자락을 끌고 있던 철위강 또한 멈춰 섰다.

무리 중에서 노인 하나가 그들에게로 다가왔는데, 어깨너머로 치렁하게 늘어뜨린 하얗게 센 백발이 인상적인 그의 걸음은 주변의 분위기와 어울리지 않는다 싶을 정도로 사뭇 느긋하기만 했다. 철민의 귀에 희미하고도 가느다란 소리가 전해진 것은 바로 그때였다.

[이제 내가 길을 뚫을 것이니 아우는 나를 바짝 따라붙도록 하게. 혹시 나를 놓치는 경우에는 무조건 북쪽을 향하고 달리도록 하게. 전력을 다해 무조건 달려야 하네.]

마치 바로 귓가에다 대고 속삭이는 듯한 그 목소리는 분명 철위강의 것이었다. 그리고 그 목소리에 무거운 긴장이 서려 있었기에 철민은 다른 생각을 할 여지없이 곧바로 고개를 끄덕였다. 그리고 나서야 의문이 뒤따랐다.

'북쪽? 북쪽이 어느 쪽인데?'

그러나 물어볼 수는 없었다. 철위강은 뒤를 돌아보지도 않고 있었다. 아니, 돌아볼 여유조차 없는 것 같았다. 굳건하게 버티고 선 그의 뒷모습에서조차 사뭇 첨예하게 일어선 긴장을 읽을 수 있었다.

철위강은 한차례 짧게 호흡을 골랐다. 곧장 치고 나갈 작정이었다. 그러나 그는 돌연 멈칫하고 말았다. 불현듯이 떠오르는 것이 있었기 때문이다. 길게 기른 백발, 지극히 창백한 얼굴, 그런 창백함에 심히 부조화스럽다 싶은 붉은 입술. 새삼 특이하다 싶은 노인의 모습에서였다.

'설마 그자란 말인가?'

놀람에 이어 곧바로 가벼운 자책이 뒤따랐다.

'혈염마(血艷魔)! 아아! 왜 진작에 그 마두(魔頭)일 거라는 생각을 하지 못했단 말인가?'

혈염마라면 이미 수십 년 전에 강호에 그 흉명(兇名)을 날린 바 있는 거마(巨魔)이며, 비록 잠마련의 요직에 들지는 않았으나 그 무공만으로 따진다면 잠마련 중에서도 능히 강자의 대열에 그 이름을 올려두고 있는 자였다.

물론 철위강이 그 정도에 지레 위축될 것은 아니었다. 일대일의 상황이었다면 오히려 승부를 걸었을 그다. 그러나 결코 쉽게 여길 승부는 아니라는 점에서 철위강이 좀 더 일찍 혈염마를 알아보고 다른 방법을 강구하지 못한 데 대해 자책을 하는 것이었다.

물론 철민의 매봉파에 대해서는 이제 어느 정도 믿는 바가 있었다. 그러나 한 손으로 열 손을 대적하기는 어려운 법! 철위강이 혈염마와 일전을 치른다면 당장에 다른 데 신경을 써

줄 형편이 못 될 것인데, 그때에 매봉과 외에는 달리 수단이 없는 철민이 어떻게 적들의 포위에서 안전할 수 있을 것인가?

더욱이 전후의 사정과 저들이 입고 있는 청색의 무복을 볼 때 무리는 바로 잠마련의 청랑단(靑狼團)이었다. 그 구성원들 각각의 무력으로 보자면 일류무사 이하여서 잠마련의 사대전투 조직 중 최하위라고는 하지만, 총 이천 명이라는 거대 규모와 잘 조련된 집단전투력으로 인해 실질적으로는 잠마련의 주력이 되는 집단이다. 게다가 그들의 운용 단위가 각기 일백 명으로 구성된 대(隊) 단위인 것을 감안하자면, 지금은 대략 오십여 명에 불과하지만 그리 멀지 않은 곳에 적어도 일대(一隊)를 이루는 나머지 오십여 명이 더 있을 것이고, 더 나쁜 경우로는 또 다른 일대가 있을 가능성도 생각해 보지 않을 수 없는 일이었다.

7

붉은 입술의 노인은 무겁게 버티고 선 철위강을 응시하면서 천천히 그 붉은 입술을 축였다, 마치 먹잇감을 눈앞에 둔 맹수가 입맛을 다시듯이. 철민은 숨이 다 막히는 듯했다. 붉은 입술의 노인과 철위강은 조금의 움직임도 없이 서로를 노려보기만 하고 있었지만, 두 사람이 뿜어내는 무형의 기세는 이미 치열한 격돌을 일으키고 있는 듯하였다.

만약 그때 상대편 진영에서 청년 하나가 앞으로 나서며 공손일준 등에게 차갑게 외치는 소리가 아니었더라면, 철민은 철위강의 곤두선 긴장에 숫제 몰입되어 버렸을지도 몰랐다.

"본 공자는 다만 잠깐의 협조를 당부했을 뿐인데, 당신들은 어찌하여 그토록 황급히 도망을 친 것이오?"

강호란 곳엔 전부 미남들만 있나 싶을 정도로 역시 눈에 확 띄는 미남청년이었다. 그렇다고 하더라도 철민이 청년에 대해 느낀 첫인상은 조금 안 좋았다. 눈꼬리가 아주 약간 아래로 처졌고, 또한 입술이 얇은 편이어서일까? 그러나 그런 것들이야 보기에 따라서는 오히려 청년을 더 잘생겨 보이게 만드는 매력이 될 수도 있는 것이겠고, 실은 청년이 지금 그와는 적대적인 입장이기 때문일 것이다. 어쨌거나 청년은 좀 음침해 보이는 데가 있었다.

"우리와는 관계없는 일이라고 거듭 해명하지 않았소?"

공손일준이 차분한 목소리로 반박하자 청년 '음침' 이,

"하하하하!"

하고 소리 내어 웃고 나서 다시,

"당신들 동네에서는 해명이 통하지 않으면 꽁지가 빠져라 줄행랑부터 치고 보는 게 관례요?"

하며 조롱 투로 되받았다. 그러나 공손일준은 격동하지 않고 침착한 투로 대꾸했다.

"당신들이 사리를 따져 보지도 않고 다짜고짜 핍박부터 가하려 하니 충돌을 피하고자 했을 뿐이오."

"호? 당신이 공손세가의 장자인 공손일준임을 이미 알고 있소. 본 공자가 어디서 들으니, 강호 일각에서 당신을 일컬어 장차 강호에 협의(俠義)를 널리 떨칠 재목이라 하여 벌써부터 군자검(君子劍)이라고 부른다고도 하더군. 하면 지금 그 소리도 혹시 군자연하는 소리는 아닌지 모르겠소?"

'음침'이 다시금 비틀어서 조롱하였으나, 공손일준은 가볍게 미간을 찌푸렸을 뿐 여전히 침착함을 잃지 않았다. '음침'이 잠시 틈을 두었다가는 싱긋 웃으며 다시 말했다.

"우리 잠마련에서 귀한 보물을 도난당했다는 사실은 이미 강호 천지가 다 알고 있는 바이니, 당신들 또한 모른다고는 하지 못할 것이오. 본 공자는 수하들을 이끌고 보물을 훔친 도적을 뒤쫓고 있는 바, 마침 이 근처에서 그자의 흔적이 끊어졌소. 하면, 입장을 바꿔서 당신들 같으면 이곳 근처를 배회하는 사람들에 대해, 그들이 누구라도 일단은 조사해 보지 않을 것이오? 사정이 그러하거늘, 당신은 어째서 본 공자의 당연한 조치를 두고 핍박이라고 억지를 부리는 것이오?"

'음침'의 '억지'가 그런 데까지 이르렀을 때, 진작부터 얼굴을 벌겋게 물들이고 있던 영호헌이 더는 참지 못하겠던지 거친 기세로 외쳤다.

"그것을 어떻게 당연한 조치라고 할 수 있소? 하면 귀하는 우리가 귀 련의 물건을 훔친 도적이라고 의심이라도 한다는 말이오?"

'음침'이 피식 실소하고 나서 짐짓 궁금하다는 듯이 물었다.

"호오? 그대는 또 누구인가?"

"나는 영호헌이오."

"오호라! 영호세가에 어린 잠룡이 하나 있다더니 바로 그대였군. 이거 미처 몰라봐서 미안하군."

"나는 당신이 알아봐 주기를 바라지 않으니, 당신은 내가 물은 말에 대답이나 하시오."

"하하하! 그런가? 그럼 그러지. 물론 그럴 리는 없으리라고 본 공자도 생각하고 있네. 강호 유수 가문의 자제들인 그대들이 그럴 수야 없는 일이라고… 믿고는 싶네. 그러나 사람의 속을 누가 다 알 것인가? 더욱이 아무리 명문세가라고 하더라도 그 식솔이 백이면 백 모두 다 영웅호걸에 인의협객일 수는 없는 일이 아니겠나? 그 식솔들 중에 한둘쯤은 도적의 방수일지도 모르는 일이 아니겠나?"

"당신이 지금 감히… 우리를 모욕하는 것인가?"

영호헌은 치미는 분노를 참지 못해 부르르 몸을 떨고 말았다. 그때 차분하게 지켜보고 있던 공손일준이 '음침'을 향해 물었다.

"당신이 우리에게 바라는 협조가 구체적으로 무엇을 말하는 것이오?"

"몸수색이오. 몸수색을 해서 혐의를 둘 만한 물건이 나오지 않는다면 즉시 보내드리겠소."

"설마 여인들까지 몸수색을 하겠다는 것이오?"

'음침'이 짐짓 정색을 하며 말했다.

"본 련에서는 이번 일에 실로 엄청난 인력과 노력을 투자하고 있소. 그런 만큼 본 공자 또한 맡은 바 임무에 대해 추호라도 방심할 수 없는 입장임을 양해해 주시기 바라오."

"결국 우리를 모욕하는 것으로도 모자라 여기 두 분 소저까지 희롱하겠다는 것이로군."

공손일준의 눈빛이 차갑게 가라앉았다. 그리고 그는 문득 가슴을 쭉 펴며 우렁차게 외쳤다.

"그러나 내가 이 자리에 있는 한 당신은 결코 그렇게 하지 못할 것이다. 나 공손가문의 공손일준, 그대에게 한 수 가르침을 청하는 바이다."

지금까지 진중한 모습이기만 하던 공손일준에게서 문득 확연하게 늠름하고도 용맹한 기개가 드러나자, '음침'의 눈빛에 일시 이채가 떠올랐다. 그러나 그는 이내 차갑게 조소했다.

"하하하! 한 수 가르침을 청한다고? 나와 비무(比武)라도 하자는 건가? 하하하하! 참으로 아쉽군! 그러나 이 몸은 지금 맡은 바 임무가 너무도 막중한지라 함부로 군자연하며 그대와 어울려 주지 못함을 너그러이 양해하라!"

이어 '음침'은 크게 외쳤다.

"이자들을 제압하라! 반항한다면 죽여도 무방하다!"

사방의 무사들이 곧바로 포위망을 좁혀들었다. 공손일준이 일행을 돌아보며 급하게 외쳤다.

"모두 내 주위로 모여!"

백리소란 등이 곧바로 검을 뽑아 들고 공손일준의 곁으로
움직여 작은 원진(圓陣)의 형태를 짰고, 곧바로 밀어닥친 무사
들과 한바탕의 난전으로 돌입했다.

쟁! 채챙! 채채챙!!

병기 부딪치는 소리와 날카로운 기합 소리 등이 어지럽게
어우러지는 가운데, '음침'이 혈염마와 철위강이 대치하고 있
는 쪽을 향해 크게 외쳤다.

"노사(老師)는 언제까지 그러고 있을 것입니까?"

그것이 신호라도 된 듯 그쪽의 두 사람이 동시이다시피 마
주 쏘아갔다.

펑!

격렬한 폭음이 이는 가운데 두 사람의 신형이 각기 반대쪽
으로 튕겨 나가는가 싶더니 곧바로 허공에서 몸을 뒤집어 다
시 부딪쳐 갔다. 그리고 요란한 폭음이 연이어 터지며 두 사람
은 가히 용쟁호투의 한판 치열한 공방을 벌이기 시작했다.

펑! 퍼펑! 퍼퍼펑!

8

쾅! 콰쾅! 콰콰쾅!

철민은 철위강과 노인의 격전에서 눈을 떼지 못하였다. 말
로만 듣던 장풍이 난무하는 중에 번개같이 움직이는 두 사람
의 신형은 철민이 미처 따라잡지 못할 정도였다. 가히 환상적

인 재주들이었고, 그야말로 고수들의 대결이었다.

철민이 아예 넋을 잃고 있는 중인데 누군가 갑자기,

"조심해요!"

하고 뾰족하게 외치는 소리가 들렸다. 철민이 화들짝 놀라 고개를 돌리는 순간, 목 뒤와 오른쪽 옆구리 부분이 마치 무언가 날카로운 것에 찔린 듯이 뜨끔하였다.

언제 다가왔는지 '음침'이 바로 뒤에서 무표정하게 그를 응시하고 있었다. 철민이 뒤늦은 적대감을 떠올리는 것과 함께, 촉박한 긴장과 경계가 그의 온몸으로 확 퍼져 나갔다. 동시에 철민은 눈짓만으로 재빨리 옆구리의 통증 부위부터 살폈다. 그런데 딱히 이상은 없었다. 상처가 난 것도 아니고, 좀 전 그 잠깐의 뜨끔함이 금세 사라지고 난 이후에는 아무런 통증의 징후도 없었다. 뒷목 부위에 조금 뻣뻣하다는 느낌이 남아 있었지만 그것 역시 이상이라고 할 것까지는 아니었다.

'이자가 나한테 뭔 짓을 한 거지?'

철민이 오히려 당황스럽기도 해서 자신을 찌른 자를 빤히 쳐다보자, '음침'은 문득 피식 실소하였다. 그 웃음이 담고 있는 의미가 꼭,

'뭐 이런 멍청한 놈이 다 있어?'

하는 것이었다. 그리고 그는 철민이 지팡이처럼 짚고 있는 사뭇 이상하게 생긴 쇠방망이를 한번 흘깃 쳐다보고는 더 이상 신경을 쓸 가치도 없다는 듯이 철위강과 혈염마의 격전이 벌어지는 쪽으로 아예 몸을 돌려 버렸다.

백리소란의 얼굴에 언뜻 안타까움과 실망이 교차했다. 좀
전에 소리를 쳐서 철민에게 위험을 알린 것은 바로 그녀였다.
그러나 그녀 또한 이내 철민에게서 시선을 거둘 수밖에 없었
다. 그녀는 지금 포위당한 채 절박하게 격전을 치르는 중인 것
이다.

　'뭐지?'
　철민은 다시 한 번 스스로의 상태에 대해 의문을 가져 보았
다. 그리고 이내 한 가지 기억을 더듬을 수 있었다. 까마귀늙
은이, 가슴 어디쯤에 가해진 강한 충격, 온몸으로 퍼져 나가는
찌릿찌릿한 느낌, 그리고 갑작스러운 전신의 마비.

　'점혈? 그때와는 조금 다르긴 하지만, 어쨌든 혈도를 짚어
서 움직이지 못하도록 만들었다?'

　철민이 막 그런 결론에 이르렀을 때다. 문득 목에 차가운 느
낌이 들어 보니 시퍼런 칼날이 그의 목에 대어져 있었다. 그
치 떨리는 섬뜩함은 대번에 철민의 몸을 얼어붙게 만들고 말
았다.

　"멈춰라!"

　'음침'이 날카롭게 외쳤다. 그리고 이어 희미한 득의의 미
소를 떠올렸다. 철위강의 움직임에서 대번에 작은 파탄이 일
어남을 발견한 것이다. 그가 다시 외쳤다.

　"당장 멈추지 않는다면 이자의 목에 구멍이 뚫리는 걸 보아
야 할 것이다!"

곧바로 철위강의 움직임이 크게 위축되었다. 그러나 백중지세의 격투를 벌이고 있는 중에 멈추고 싶다고 그 혼자서 일방적으로 멈출 수 있는 건 아니다. '음침' 또한 그런 사정을 짐작하지 못할 리는 없을 것이건만 그는 짐짓 상황을 즐기려는 듯했다.

"아무래도 이자의 목숨은 별로 값어치가 없는 모양이로군. 그렇다면 일단 몇 군데쯤 가볍게 부숴놓고 볼까?"

검을 거두어들인 '음침'이 돌아보지도 않고 뒤로 손을 뻗어 철민의 오른쪽 어깨를 움켜잡았다. 그러자 당장에 철위강의 움직임에서 다급함이 일었고, 곧이어,

쾅!

하는 격렬한 폭음과 함께 그의 신형이 주르륵 뒤로 이 장여를 미끄러져 나갔다. 그러고도 휘청거리며 다시 두 걸음을 더 물러난 다음에야 겨우 신형을 바로 세운 철위강의 얼굴은 창백하게 변해 있었다.

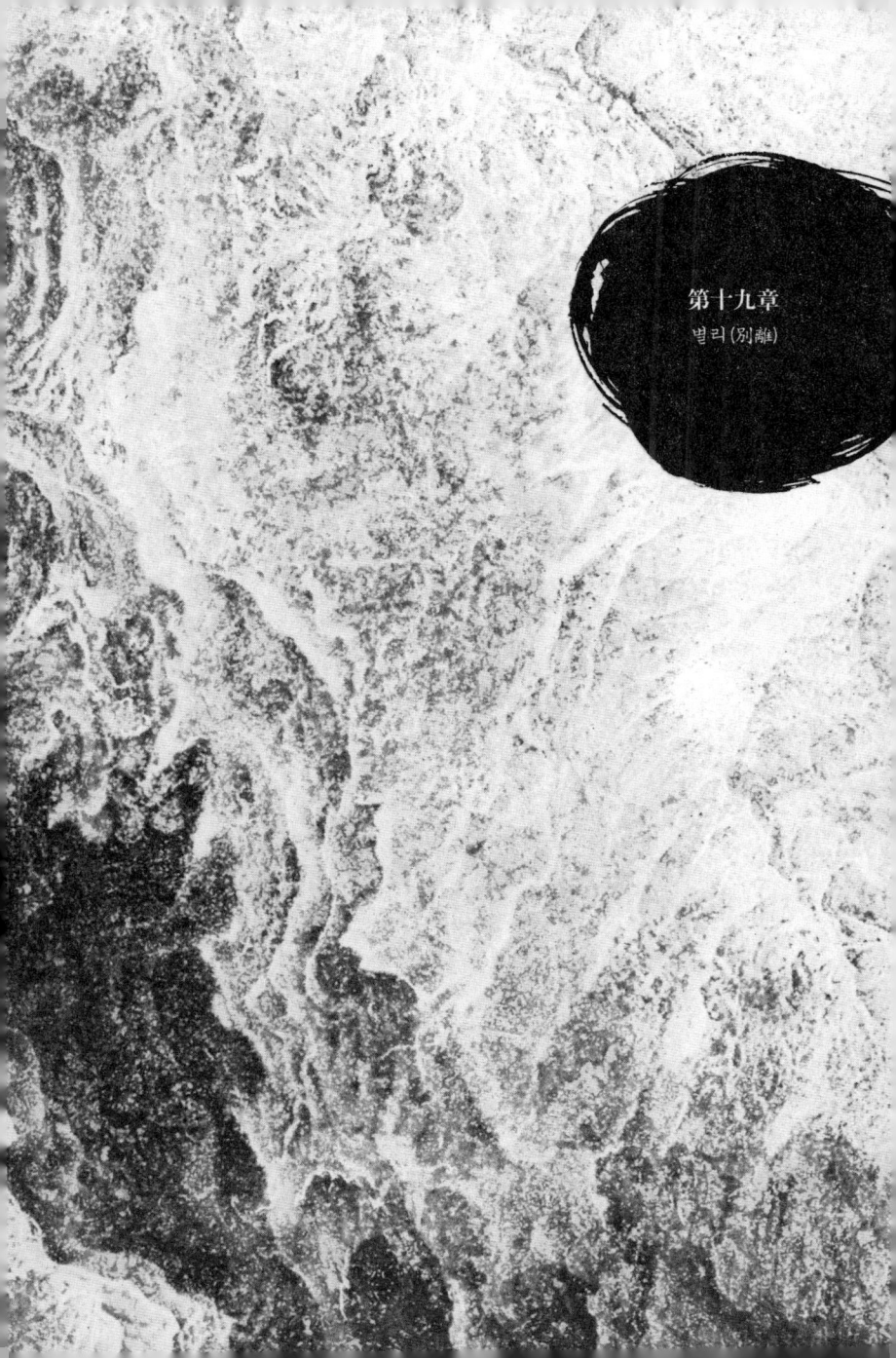

第十九章
별리(別離)

몽상가

1

미안하고 부끄럽다.

철위강의 낭패한 모습을 보는 철민의 심정이 딱 그랬다. 그
간 철위강이 그에게 보여준 진정과 배려가 어떤 것이었는데,
자신은 이제 헤어지는 마당에 와서까지도 이게 뭐란 말인가?
못나도 너무 못나지 않았는가?

그런데 자책을 넘어 자괴의 심정으로까지 추락하던 중에 철
민은 문득 이상한 현상 하나를 발견했다. 그 자신의 몸 상태에
대해서.

'어라? 움직이는데?'

철위강의 두눈이 문득 커지는 것을 보는 순간, '음침'은 뭔

가 잘못되었다는 것을 직감하고 홱 고개를 돌렸다. 그리고 전혀 뜻밖의 광경을 목격하고 말았다. 이중(二重)으로 마혈을 봉쇄당한 자가 제 마음대로 고개를 가로젓다가 그와 시선이 마주치는 순간 흠칫 멈추는 광경이었다.

그러나 '음침'은 미처 놀랄 틈도 제대로 찾지 못하였으니, 와중에 어떤 조치를 취할 틈은 더욱이 없었다. 철민이 와락 그를 껴안았기 때문이다.

"이, 이놈이……?"

'음침'이 경악하는 중에 갑자기 얼굴 하나가 확 다가왔다. 아니, 다가오는 정도가 아니었다. 그대로 들이박아 왔다. '음침'이 반사적으로 피해보려고 용을 써보았지만 그의 어깨와 허리가 마치 철벽에 갇힌 것처럼 꼼짝도 할 수가 없었다.

그나마 '음침'이 할 수 있었던 것은 겨우 고개를 옆으로 트는 정도였다. 그 덕에 그의 우뚝하고도 선명한 윤곽의 콧대가 으스러지는 사태는 면할 수는 있었지만, 대신 관자놀이에 사정없는 충격을 받아야만 했다.

쾅!

몇 개의 별이 반짝거렸고, '음침'은 순간적으로 정신 줄을 놓고 말았다. 그리고 그가 다시 정신을 되찾았을 때는 그의 목이 상대의 양팔이 만든 고리 안에 단단히 갇혀 있었다.

상황 인식이 된 즉시 '음침'은 내공을 끌어올렸다. 간단히 상대의 팔목을 꺾어버릴 작정이었다. 그러나 그건 다만 그의 '작정'일 뿐이었다. 상대의 손목을 움켜잡긴 했으나 꺾어버리기는커녕 상대의 양팔이 만들고 있는 고리를 풀어내지도 못하였다. 상대의 '고리'는 숫제 꼼짝도 하지 않는 것이었다. 참으로 엄청난 완력이었다.

'어디서 이런 괴물 같은 놈이……?'

뒤늦게 드는 경각심을 탓하며 '음침'은 내력을 최대한으로 끌어올렸다. 그런데, 그래도 마찬가지였다. 역시나 '괴물'의 팔은 꼼짝도 하지 않았다. 오히려 더욱 세게 죄어들었기에 그는 호흡마저 가빠졌다. 또한 그런 때문인지 내력이 제대로 이어지지 않고 순간순간 끊어지는, 그가 한 번도 경험해 보지 못한 현상이 일어나고 있었다. 그런 때문인지 그는 금세 무기력해졌다.

쿵!

한순간 '음침'은 머리가 휑하니 울릴 만큼의 강한 충격을 받았다. 연이어 충격 부위에 간지러운 느낌이 들더니 그 느낌은 이내 뺨을 타고 흘러내렸다. 피가 흐르는 것이리라. 머리가 터진 것이리라. '음침'이 이를 악물고 보니, 바로 눈앞에 쇠방망이 하나가 거꾸로 서 있었다.

순간 '음침'은 인정하지 않을 수 없었다. '괴물'이 마음만 먹는다면 다음번에는 단순히 머리에서 피가 나는 정도가 아니라 아예 자신의 머리통이 박살나 버릴 수도 있다는 현실을. 인정은 곧 포기로 이어졌다. 어이없는, 참으로 어이없고도 황당한 상황이지만, 그러나, 엄연한 현실이었다.

이런 상황에서 매봉은 확실히 거추장스러운 데가 있었다. 그리고 철민에게 '음침'의 목숨을 위협할 수단이 매봉만 있는 것은 아니었다.

철민은 매봉을 바닥으로 던져 버리고 대신 품속에서 비수를 꺼내 '음침'의 머리에다 들이댔다. 목이 아니라 머리에다 들이댄 것은 조금 이상했지만, 그가 여전히 한쪽 팔로 '음침'의 목을 제압하고 있었기 때문에 그러는 편이 보다 용이했다.

매봉으로 머리를 박살 내겠다고 위협하는 것보다는, 비수로 머리에다 구멍을 내겠다고 위협하는 것이 좀 더 실감나는 위협이 될 것이라고 철민은 믿었다. 더욱이 보통 비수가 아니었다. 보통 사람이 써도 바위쯤에는 어렵지 않게 '콱!' 박아 넣을 수 있고, 고수가 쓰면 쇠를 무 자르듯이 '서걱!' 할 수 있다는, 그야말로 특별 비수가 아닌가? 그런데,

"아!"

"천마비다!"

"저자가 천마비를 가지고 있다!"

갑자기 사방에서 탄성과 탄식, 웅성거림이 흘러나왔다. 그리고 그때 철위강의 표정이 크게 난감하다는 듯 변했지만, 철민은 사방의 동요를 살피느라 그것은 미처 보지 못하였다.

2

혈염마는 잠깐의 혼란을 겪고 있는 중이었다. 천마비를 보

는 순간의 반가움과 마침내 찾았다는 안도, 그리고 이내 지금
의 상황을 잘 이해하기 어렵다는 애매함. 별로 특별할 것도 없
어 보이는 자에게 꼼짝없이 제압당해 있는 저 청년이 누구이
던가?

청년의 이름은 섭문(葉文)이었다. 비록 강호에서의 활동은
많지 않았지만 그의 자질과 능력은 능히 후기지수의 소리를
들을 만하였다. 우선 그의 무공이 어떠하다는 것은 그가 강호
신진백강에 속해 있으며, 그중에서도 최상급인 서열 십위에
올라 있다는 사실만으로도 달리 구구한 설명은 필요없을 것이
다.

물론 강호신진백강이니 뭐니 해서 어린놈들끼리 무슨 서열
을 정하고 하는 유치한 짓거리에 대해서야 혈염마로서는 크게
관심을 두지도 않는 것이지만, 어쨌든 섭문이 젊은 축 중에서
는 힘깨나 쓴다고 봐도 되지 않겠는가? 그러니 혈염마로서는
섭문이 지금 왜 저러고 있나 하는 당혹스러움이 없을 수 없는
것이었다.

하여간에 섭문이 지금 뭔가 곤란한 지경에 처해 있는 것만
은 틀림이 없어 보였다. 자존심이 강하다 못해 오만하기까지
한 평소 그의 성정으로 보아 저런 창피와 모욕을 자청하여 당
하고 있을 리는 없을 테니까.

그렇다면? 무슨 수를 취해야만 했다. 다른 것은 다 무시한다
고 하더라도, 섭문이 부련주(副聯主)가 사십 줄에야 겨우 얻은,
애지중지 죽고 못사는 독자라는 사실만큼은 절대로 무시할 수

없었다. 만약 섭문에게 무슨 사고라도 생긴다면 그 뒷감당이
엄두가 나지 않았다.

3

"허허!"

철위강은 차라리 실소하고 말았다. 철민이 불쑥 천마비를
꺼내 보인 것은 참으로 생각없다 싶지만, 그래도 얼마나 대견
한가? 대책없던 낭패의 상황을 대번에 뒤집어놓았으니 말이
다.

성큼성큼 철민에게로 걸어가는 철위강에게서는 이미 칼자
루를 쥔 자로서의 여유가 감돌았다. 혈염마가 곤혹스러움을
감추지 못하며 멀찍이 철위강을 따라붙었고, 사방의 청랑대들
은 조금씩 포위망을 좁혀들었다. 그 때문에 공손일준 일행도
자연히 철민이 있는 곳으로 밀려오게 되었다.

그때 철민의 천마비가 조용히, 그리고 아주 가볍게 슬쩍 움
직였고, 혈염마와 청랑대는 일시에 흠칫 움직임들을 멈추고
말았다. 섭문의 이마에 가느다란, 그러나 선명하게도 붉은 혈
선(血線) 하나가 그어져 있었다.

"끙!"

혈염마는 울화를 토해내고 말았다. 섭문이 인질로 잡혀 있
는 한에는 상대에게 끌려 다닐 수밖에 없는 처지라는 걸 새삼

실감한 것이다. 그런데 그 순간에 혈염마는 문득 궁여지책 하나를 떠올렸다.

"이 중에 백강에 속하는 자가 없느냐?"

약간의 내력이 실려 또렷하게 퍼져 나가는 혈염마의 그 물음은 누구를 특정하여 하는 것이 아니었다. 철위강에게 하는 것이기도 했고, 사대세가의 자제들에게 하는 것이기도 했다.

화문희는 언뜻 영호헌과 공손일준을 바라보았다. 그랬다. 그들 두 사람이야말로 백강에 속해 있었다. 영호헌이 서열 구십오위, 그리고 공손일준이 이십칠위에 이름을 올리고 있었던 것이다.

아무도 대답이 없자 혈염마가 다시 말했다.

"노부가 듣기에 백강에는 하나의 불문율이 있어서 어떤 서열자에게 도전하는 것은 바로 그 아래의 서열자만이 자격을 가진다고 하더군. 그런데 만약에 그 불문율을 어기는 자가 있다면 백강 전체의 응징을 받는다고 하였지."

그때 철위강이 문득 고개를 주억거리더니 돌연 대소하며 크게 말했다.

"그렇군! 그리고 보니 저자가 바로 잠마련의 섭문이라는 자였군. 백강의 서열 십위!"

공손일준 등이 크게 놀라는 기색이 되고 마는데, 철위강은 조금 싱글거리는 투로 다시 말을 이어 갔다.

"군이 해명할 필요는 없는 일이겠지만, 내가 본시 오지랖이 제법 넓은데다 잘못된 일을 보면 바로잡지 않고는 참지 못하는 성미라 안 되겠소. 귀하가 갑자기 백강의 불문율을 언급하는 얄팍한 의도를 내 짐작 못할 것은 아니나, 하하하! 그것이야 어디까지나 백강의 순수한 승부에나 어울리는 것이 아니겠소?"

혈염마의 붉은 입술이 가볍게 씰룩였다. 그러나 철위강은 그가 끼어들 틈을 주지 않고서 짐짓 고개를 갸웃하며 곧바로 덧붙였다.

"아니지? 그러고 보니… 이것 참! 하필이면 십일위와 십위가 딱 맞닥뜨렸으니… 허허! 이런 묘한 일이 있나?"

철위강의 그 말이 의미하는 바에 대해서는 장중의 모두가 잠시간 새겨보고 나서야 문득 놀랍다는 반응들을 보일 수 있었다. 혈염마가 서둘러 물었다.

"무슨 소리냐? 지금 저 애송이가 백강의 서열 십일위란 뜻이냐?"

철위강이 짐짓 자랑스럽다는 얼굴로 명쾌히 대답했다.

"물론이오. 저기 내 아우가 바로 백강의 서열 십일위요."

놀라는 사람들을 위해—물론 이번에 가장 크게 놀란 사람은 바로 철민이었다—철위강은 간단한 경위를 덧붙였다.

"사실은 얼마 전까지만 해도 백강의 십일위는 바로 나였소. 내 아우는 팔십육위였고 말이오. 그런데 무인으로서의 승부욕은 형제라고 해서 예외가 될 수는 없었소. 아우는 내게 도전 의사를 비쳤고, 나 또한 기꺼이 그것을 받아들였소. 그 결과는 명백한 나의 패배였소."

철위강이 짐짓 숨을 돌린다는 듯이 말을 끊었지만, 누구도 끼어들지 않았다. 그에 철위강은 느긋한 투로 다시 말을 이었다.

"그러니 어떻게 되는 것이겠소? 역시 백강의 불문율에 의해 나와 내 아우의 서열은 서로 바뀐 것이니 내 아우가 백강의 십일위가 된 것이오. 흠! 그러니까… 지금 저들 두 사람의 승부는 지극히 정당한 승부인 것이오. 참으로 우연하게도 말이오."

혈염마가 두눈에 언뜻 날카로운 광망(光芒)이 서렸다. 그러나 그도 당장에는 철위강의 말에 대해 반박할 말을 찾기는 어려운 기색이었다.

"닥쳐라! 이따위 비열하고도 치졸한 수법이 어떻게 정당한 승부가 된단 말이냐?"

울분에 가득 찬 외침을 토해낸 것은 바로 섭문이었다. 여전히 철민에게 목을 잡힌 채로 안쓰럽게 질러낸 외침이었다.

그런데 철위강은 의외이게도 섭문의 울분에 대해 순순히 공감한다는 듯했다.

"정당하지 못하다? 뭐, 그럴 수도 있겠군. 그럼 어떻게 하나? 흠! 내 아우에게는 아까운 기회를 놓치는 일이 되겠지만 다음에 다시 한 번 승부를 봐야 하나?"

섭문이 악물린 잇소리를 다시 토해냈다.

"다음이 아니다! 지금 당장이다!"

그리고는 섭문이 다시,

"놓아라, 이놈!"

하고 벽력같이 호통치며 철민의 '고리'에서 벗어나려 온 힘을 다해 발버둥을 쳤다.

순간 철민이 당황스러운 얼굴로 철위강을 보았다. 그러나 철위강은 간단히 고개를 가로저었고, 철민의 당황도 곧바로 사라졌다. 또한 그럼으로써 섭문의 발버둥은 아무런 소용도 찾지 못하였다. 철위강이 빙그레 웃으며 말했다.

"백강의 승부를 이런 환경에서 치른다는 것은 아무래도 바람직하다고 할 수 없으니 우리는 역시 다음을 기약하는 것이 좋겠소."

"어떻게 하겠다는 것이냐?"

혈염마의 날카로운 물음에 철위강이 웃음기를 거두지 않은 채로 대답했다.

"우리는 이만 가보도록 하겠소. 그리고 당신들의 섭 공자는 잠시 우리가 데려가겠소. 서로간의 불상사를 피하기 위한 방편일 뿐이니 반 시진쯤 후에는 온전하게 풀어줄 것을 약속하겠소."

혈염마는 잠시간 빠르게 계산을 굴려보는 눈치이더니 이내 음산하게 웃으며 말했다.

"흐흐흐! 좋다. 그렇게 하도록 하마! 그러나 그 반 시진 동안 너희들은 한 발짝이라도 더 멀리 도망쳐야 할 것이다. 노부는 사실 백강의 승부 따위에는 그다지 관심이 없다. 그러나 노부와 직접 관련된 은원이라면 아무리 작은 것이라 해도 반드시 이자를 붙여 갚아주는 사람이니 만약 노부의 손에 잡히는 날에는 산 채로 지옥을 경험할 각오를 해야만 할 것이다."

"하하하! 그렇게까지 염려를 해주니 나도 한마디 해야겠소. 만약 반 시진이 되기 전에 당신들 중 하나라도, 그리고 지금 선 자리에서 한 발짝이라도 움직인다면 당신네 섭 공자는 천마비가 과연 얼마나 날카로운지 스스로의 몸을 통해 확인하게 될 것이오."

"이런 찢어 죽일 놈! 네놈이 감히!"

혈염마가 붉은 입술 사이로 차갑게 분노를 뱉어낼 때였다.

"저기요! 우리도 함께 가는 거죠?"

맑고 고운 가운데 사뭇 조급한 기색이 담긴 목소리 하나가 두 사람의 살벌한 대화 사이로 끼어들었다. 화문희였다.

철위강은 간단히 고개를 끄덕였다.

"그럽시다. 이쪽으로 오시오!"

그 한마디에 화문희와 그 일행은 청랑단으로부터 아무런 제지도 받지 않고 철위강의 곁으로 올 수 있었다.

삐익! 삐이익! 삐이익!

철위강이 문득 입술을 오므려 짧게 휘파람 소리를 내기 시작했다. 그리고 그가 약간의 간격을 두고서 대여섯 번이나 휘파람을 불었을 때다. 숲속에서

삐이! 삐이이!

하고 새소리 같기도 하고 사람이 내는 것 같기도 한 소리가 두어 번 짧게 울렸다. 그러자 철위강은 만족스럽다는 듯이 담담하게 미소를 떠올렸다. 그리고는 성큼성큼 걸어가서 대뜸

섭문의 서너 군데 혈도를 짚더니 철민에게서 그를 건네받아서
는 마치 짐짝처럼 번쩍 들어 올려 어깨에다 둘러맸다. 이어,

"하하하하!"

하고 낭랑한 소리로 웃어젖히며 앞장서서 걷기 시작했다.
참으로 거침없고 당당하며 여유가 넘치는 모습이었다.

철위강과 그 일행이 사라져 가는 모습을 지켜보면서 혈염마
는 몇 차례나 안색을 바꾸었다. 그러나 그는 막상 움직여 볼
엄두까지는 내지 못하였다.

고요해진 숲 속 메마른 나뭇가지 사이로 파고드는 햇살이
눈부셨다. 그리고 숲은 완전히 깨어났다.

효로로롱!

삐이이익!

숲 속 여기저기서 색색의 소리들이 울렸다. 새들이 지저귀
는 소리였다. 그리고 그 소리들이 조금도 구애받음 없이 자연
스럽고 자유롭다는 것에서 혈염마는 문득 그때까지 그를 옭아
매고 있던 한 가닥의 의심을 떨쳐 버릴 수가 있었다. 그는 즉
시 명령을 내렸다.

"놈들을 쫓아라!"

청랑단의 선두가 길가 덤불 속에 처박혀 있는 섭문을 발견
한 것은 숲을 벗어나서 얼마 되지 않은 지점이었다. 혈염마가
급히 혈도를 풀어주자, 섭문은 상처 입은 맹수처럼 갈라진 목

소리로 으르렁댔다.

"놈들을 잡으세요! 반드시 산 채로 잡아야 합니다! 내 손으로 직접 한점 한점 살을 저며서 죽일 것이니까!"

혈염마는 가볍게 미간을 좁혔다. 그러나 당장은 간단히,

"알겠네!"

하고 대답하였다.

4

획! 휘익!

철민의 얼굴로 바람이 제법 세차게 스쳐 갔다. 느낌으로는 한번 땅을 찍을 때마다 삼사 미터씩은 가뿐히 건너뛰고 있는 것 같았다. 이렇게 하는 것이 경신법인가 보다 싶었다. 옆을 돌아보니 나란히 달리고 있던 철위강이 슬쩍 엄지손가락을 세워 보였다. 잘하고 있다는 칭찬이리라.

옆에서는 공손일준과 백리소란이 나란히 보조를 맞추면서 달리고 있었는데, 힐끗 철민을 보는 두 사람의 눈빛에는 잠깐 자못 이채롭다는 빛이 서렸다. 영호헌과 화문희는 오십여 미터쯤 앞서서 달리고 있었는데, 자꾸만 뒤를 돌아보는 영호헌에게서는 재촉하는 기색이 뚜렷했다.

앞쪽에서 쾌속하게 달리고 있던 영호헌과 화문희가 돌연 신형을 멈추었다. 그들의 앞쪽에 이십여 명쯤이나 되는 무리의 모습이 보였기 때문이다. 공손일준과 백리소란이 달리던 속도

를 배가하며 앞으로 쏘아나갔다.

"숙부님, 그간 강녕하셨습니까?"

공손일준이 허리 숙여 깍듯이 인사할 때, 그 이십여 무리 중에서 단정한 용모를 지닌 초로의 인물 하나가 앞으로 나서며 반갑게 맞이하였다.

"오랜만일세! 안 보는 새에 조카는 신수가 더욱 헌앙해졌고, 또 우리 질녀들은 더욱 아름다워져서 눈이 다 부실 지경이로군!"

그들은 바로 사대세가의 한곳인 영호세가의 인물들이었다. 즉, 세가의 가주(家主)이자 영호헌의 부친이기도 한 영호상(英豪祥)과 가주와 같은 항렬로 세가의 핵심 고수들인 팔당주(八堂主) 중 네 명, 부당주(副堂主) 네 명, 또 영호헌과 같은 항렬로 세가의 젊은 고수 열 명으로 이루어진 호가십영(護家十英) 등이었다.

5

영호상은 영호헌으로부터 그들이 바삐 쫓기고 있는 곡절에 대해 간단히 듣는 중에 연신 놀라는 기색을 감추지 못하였다. 철위강과 철민이 강호신진백강의 상위 서열이라는 사실과 더욱이 철민이 천마비를 가지고 있다는 사실 등에 대해서였다.

그러나 막상 그들을 쫓고 있는 자들이 바로 잠마련이라는 사실에 대해서 영호상은 경계를 할망정 크게 걱정을 하지는 않았다. 청랑단에 대해서야 잘 알고 있는 바이지만, 그 수가 일대(一隊)의 절반 정도에 불과하다고 하였다.

그리고 그들을 지휘하는 섭문이라는 자가 백강의 서열 십위라고 하지만, 이미 철민이라는 그저 평범한 정도에 불과해 보이는 청년에게 간단히 제압당한 바 있다고 하니 그 또한 크게 염두에 둘 만한 대상은 아닐 것이었다. 그 외에 꽤 고수로 보이는 늙은이 하나가 있다지만, 섭문이라는 젊은 청년의 지휘를 받는 정도면 기껏해야 절정급의 고수 정도로 보면 될 것이란 판단이 서는 것이었다.

하면 지금 자신들은 세가의 최고 정예고수인 당주급 여덟 명과 호가십영, 게다가 공손일준 등까지 있으니 만약에 저들과 맞닥뜨린다고 하더라도 전력에서 밀리지는 않을 것이다. 물론 잠마련과의 충돌은 결코 바람직하지 않은 일이지만 말이다.

그러나 영호상은 그 '꽤 고수로 보이는 늙은이' 가 바로 혈염마일 줄은 미처 상상하지 못하였다.

그 '늙은이' 가 혈염마임을 유일하게 아는 철위강 또한 굳이 나서서 그 사실을 말해주지는 않았다.

철위강이 어디로 가시는 길이냐고 물은 데 대해 영호상은 사대세가가 격년마다 정기적으로 여는 회합인 사가정회(四家

定會)에 참여하기 위해 형주(衆州)로 간다고 하였다. 그에 철위
강이 문득 반색을 했다.

"아! 그거 참 잘되었습니다. 저희도 그쪽 방향으로 가는 중
이었는데, 마침 제게 피치 못할 급한 사정이 생긴지라 강호의
사정에 밝지 못한 아우를 혼자 보낼 걱정이 이만저만이 아니
었습니다. 크게 폐가 되지 않는다면 인근의 대처(大處)까지만
이라도 제 아우가 동행할 수 있도록 부탁을 드려도 되겠습니
까?"

영호상은 짐짓 흔쾌하게 승낙을 했다.

"우리와 방향이 같다면 그렇게 하도록 합시다!"

"아! 정말 감사합니다."

철위강이 영호상에게 허리 숙여 감사를 표하고 난 다음에
공손일준에게 다시 한 번 부탁의 말을 했다.

"공손 공자께도 부탁을 좀 드리겠소."

공손일준이 언뜻 당황하는 기색이었으나, 곧 정중하게 대답
했다.

"이미 큰 도움을 받은 처지이니 제가 할 수 있는 일이라면
무엇이든 기꺼이 할 것입니다."

철위강이 홀로 떠나는 길에 철민이 배웅 차 따라나섰다. 그
러나 얼마 따라가지도 않아서 철위강은 철민의 등을 떠밀었
다.

"이제 그만 가보게. 원래 작별은 짧을수록 좋은 법이라네."

"형님!"

철민이 진정 아쉬워하며 불렀지만 철위강은 그대로 돌아섰다. 그 다음에는 돌아보지 않고 빠르게 신형을 쏘아 가서 금세 길 모퉁이 너머로 사라져 버렸다.

"힘내세요!"

어깨를 늘어뜨린 채 힘없이 돌아오는 철민이 안되어 보였던지 화문희가 짐짓 밝은 목소리로 위로하였다. 그런 화문희에게 영호헌이 슬쩍 눈총을 주었다.

6

영호상은 출발을 지시했다. 괜한 여유를 부리다가 잠마련의 무리와 정말로 맞닥뜨려서 좋을 일은 조금도 없을 것이다.

호가십영을 필두로 모두가 경신법을 발휘해 경쾌하기 달리는 중에 철민은 이내 곤란한 지경에 처하고 말았다. 비록 그가 '경신'에 대해 약간의 눈을 떴다고는 하나, 그것이야 흉내일 뿐 제대로 된 경신법과는 한참이나 거리가 먼 것이지 않던가? 철민이 나름으로는 열심히 땅을 박찼으나 애쓰는 것에 비해 속도는 그렇게 빠르지가 못했다.

마침 앞쪽에서는 다정히 쌍을 이룬 영호헌과 화문희, 그리고 공손일준과 백리소란이 여유있고도 멋진 모습으로 바닥을 차며 쭉쭉 미끄러져 나가고 있었기에 그 광경을 보며 철민은 새삼 철위강의 부재가 실감이 났다.

자꾸만 뒤처지고 있는 철민을 돌아보면서 영호상은 의아해하고 있는 중이었다. 도무지 경신법의 기초조차 되어 있지 않은 몸놀림이었다. 거의 뜀박질을 하는 수준이라고 해야 했는데, 그렇게 해서야 얼마나 버틸 수 있을지 의문이었다. 그러나 역시 일단은 조금이라도 더 멀리 벗어나고 보는 것이 우선이라는 생각이었으므로 그는 좀 더 두고 보기로 했다.

그런데 영호상은 얼마 안 가서 다시금 의아한 심정이 되었다. 처음과는 사뭇 다른 종류의 의아함이었다. 대략 십 리(十里)쯤 달려왔을까? 경신법으로는 그리 멀다고 할 수 없지만, 뜀박질로는 제법 먼 거리다. 그런 까닭에 철민은 처음에 비해 한참이나 더 뒤로 처져 있었다. 그런데 언뜻 이해하기 어려운 점은 바로 철민의 여전한 속도였다. 달리는 속도를 유지하고 있다는 것은 아직 지치지 않았다는 것이리라.

'내공?'

영호상은 언뜻 그런 생각을 떠올렸지만, 이내 고개를 가로저었다. 영호헌에게 이미 들은 말이 있기도 하거니와, 그가 지금껏 살펴본 바로도 철민에게서는 내공을 익힌 기색 같은 것은 조금도 찾아볼 수가 없었다. 그러니 그가 겉보기와는 달리 상당한 능력을 가지고 있다는 것은 아마도 제법 수준이 있거나 특별할지도 모를 어떤 외공에 기반을 둔 능력일 것이다.

"정지! 잠시 쉬었다 간다!"

영호상이 일행을 멈추도록 한 것은 결국 철민 때문이 아니라 그때쯤 조금씩 지친 기색을 보이기 시작하는 화문회 때문이었다.

뒤늦게 철민이 힘껏 달려와서 합류하자 공손일준이 빙그레 웃으며 자신의 물주머니를 건넸다. 마침 철민이 갈증을 느끼던 터라 벌컥벌컥 달게 들이켜다 보니 물주머니를 다 비워 버리고 말았다. 미안한 마음에 철민이 머쓱해 있는데 옆에서 누군가 또 하나의 물주머니를 가만히 건네기에 돌아보니 백리소란이 잔잔하게 웃고 있었다. 그 미소가 참 곱다는 생각이 문득 드는 바람에 철민이 더욱 머쓱해져서는 물주머니를 받지도 못하고 그렇다고 사양하지도 못한 채로 어정쩡하게 서서 눈만 끔벅거릴 뿐이었다.

화문회가 두눈을 동그랗게 만들며 백리소란을 보았다. 공손일준도 설핏 백리소란을 돌아보았지만, 그녀의 표정이 그저 담담하기만 한 것을 보고는 이내 빙그레 웃고 말았다.

그때 영호헌이 다가와 자신의 물주머니를 대신 건넸기에 철민이 그제야 충분히 마셨다며 사양하는 것으로써 어색한 상황을 수습할 수 있었다.

"철 형은 어디 출신입니까? 혹 사문을 물어봐도 괜찮겠습니까?"

영호헌이 옆으로 앉으며 묻는데, 철민은 왠지 껄끄러운 느낌이 들었다. 대답하기 곤란한 질문도 그랬지만 이상하게도 계속 자신에 대해 날을 세우고 있다는 느낌이 드는 걸 보면, 아무래도 타고난 기질 상으로 무언가 맞지 않는 구석이 있는 모양일까?

"원래가 궁벽한 시골 태생인데다 정식으로 무공을 배워본 적도 없는 처지입니다."

철민이 궁색한 대답을 내놓는데, 영호헌은 처음부터 그런 데 관심이 있지도 않았다는 듯이 곧바로 화제를 돌렸다.

"그것… 있지 않습니까?"

"예?"

"천마비 말입니다. 그게 정말로 그렇게 신비한 물건입니까?"

영호헌이 이번에야말로 정말로 궁금하다는 듯한 표정이었기에 철민이 더욱 껄끄럽기도 했거니와 막상 뭐라고 대답할 말이 마땅하지도 않아서,

"글쎄요. 뭐 특별히 신비하다기보다는… 아직은 저도 잘 모르겠네요."

하는 정도로 말을 아꼈다. 그러나 영호헌이,

"저기… 잠깐만 구경 좀 해보면 안 되겠습니까? 그냥 잠깐 한번 보기만 하겠습니다."

사뭇 간절한 듯이 청을 하였기에 철민이 내키지는 않으나 차마 매정하게 거절할 수가 없어서 소매 속에서 천마비를 꺼내려 하였다. 그런데 그 때였다.

"헌 제(軒弟)!"

"철 공자!"

하고 부르는 소리가 동시이다시피 나왔는데, 바로 공손일준
과 백리소란이었다. 이어 공손일준이 영호헌을 향해 정색을
하며 말했다.

"철 형을 곤란하게 만들지 말게!"

영호헌이 불만스럽다는 듯이 대꾸했다.

"아니, 저는 잠시 한번 보기만 하겠다고 한 것인데, 그것이
철 형을 곤란하게 만들 것까지야 뭐가 있겠습니까? 솔직히 이
런 기회에 강호의 다시없는 보물이라는 천마비를 한번 자세히
구경해 보고 싶은 마음이야 다들 마찬가지 아닙니까?"

영호헌의 그러한 반발에 대해 공손일준은 곁눈질로 저쪽의
영호상의 눈치부터 먼저 살폈다. 그러나 그때 영호상은 그저
담담한 미소를 짓고 있을 뿐이어서 딱히 그들의 작은 논쟁에
는 개입할 의사가 없어 보였다. 영호상의 그 같은 방관이, 혹시
그 자신도 영호헌의 말에 대해 어느 정도 공감한다는 뜻일 수
도 있는 일이기에 공손일준은 문득 난감해지는 기분이었다.
더욱이 그때 화문희까지 나서서,

"그래요, 저도 궁금해요. 기왕 말이 나온 김에 우리 다 같이
구경 좀 해 보도록 해요. 잠깐 구경만 하는데 닳을 것도 아니
잖아요?"

하고는 다시 철민을 향해,

"호호호! 전 특별히 살짝 만져 봐도 되죠?"

하고 짐짓 애교까지 부리는 바람에 공손일준은 더욱 난감해
지고 말았다. 그때였다.

"희 매(嬉妹), 그래서는 안 되는 거야."

고운 목소리는 백리소란이었다. 부드럽게 화문희를 나무란 다음에 그녀는 이어 철민에게도 차분하게 당부를 했다.

"철 공자, 강호는 워낙 이목이 번잡한 곳이니 보물을 잘 간수하여서 결코 함부로 남의 눈에 띄지 않도록 하세요."

그러자 지켜보고 있던 영호상이 문득 나서며 가볍게 영호헌을 꾸중했다.

"질녀의 말이 옳다. 헌이 너도 앞으로는 형과 누이를 본받아 작은 언행(言行)일지라도 늘 신중할 수 있도록 부단히 노력해야 하느니라."

영호헌이 철민을 힐끗 한번 쏘아보았으나, 이내 부친에게 공손히 고개를 숙여 보이고는 다른 쪽으로 물러났다.

영호상이 담담하게 아들의 뒷모습을 바라보고 있다가 문득 오른쪽 먼 곳으로 시선을 돌렸다. 그쪽에서는 마침 하나의 신형이 이쪽을 향하여 치달려오고 있는 중이었는데, 상당한 신법의 소유자인 듯 빠르게 거리를 좁혀오고 있었다.

"아! 형님!"

철민이 반갑게 외치며 앞으로 맞아 나갔다. 달려오고 있는 사람이 바로 철위강인 까닭이었다.

사실 철위강은 떠나기 전에 마지막으로 인근 사방의 정세를 한 바퀴 살피기로 했는데, 아무래도 걸리는 것이 있어서였다. 그리고 과연 그의 우려가 사실로 확인되었기에 급급히 철민에게로 되돌아온 것이었다.

"내 쓸 일이 있어 그러니 천마비를 잠시 좀 빌려주게."

인사를 나눌 틈도 없이 철위강이 급하게 뱉어낸 느닷없는 말에 대해 사람들은 철민이 보일 반응에 대해 지극한 호기심을 가지지 않을 수 없었다. 과연 줄까? 아무리 의형제라고 하더라도 강호인이라면 누구나 목숨을 걸 회대의 보물을 선뜻 건네줄 수 있을까? 그런데 철민의 반응은 사람들을 허탈하게 만드는 것이었다.

"예!"

철민이 추호의 망설임도 없이 대답하며 곧바로 소매 속에서 천마비를 꺼내 선뜻 철위강에게 내밀었기 때문이다. 그가 차라리 약간의 멈칫거림이라도 보였다면 사람들이 허탈한 마음까지 들지는 않았으리라.

"혹시 지금 울고 있는가?"

천마비를 받아 들고 잔잔한 눈빛으로 철민을 보던 철위강이 문득 물었다. 이건 또 무슨 얘기인가? 사람들이 의아해할 때, 철민은 오히려 가볍게 웃으며

"예, 그러네요."

하고 대답하였다. 그에 철위강이,

"그럼 됐네."

하고 희미한 미소를 떠올리고는 선뜻 천마비를 품속으로 갈무리하였다. 이어 영호상을 향해 정중히 읍하고, 다시 공손일

준에게 포권을 해 보인 철위강은 답례를 받지도 않고서 곧바로 허공으로 신형을 뽑아 올렸는데, 간단히 이 장 높이로 도약해 오른 그의 신형은 그야말로 쏜살같이 허공을 가로질러 가 버리는 것이었다. 그러한 경신 재간은 사뭇 놀라운 것이어서 영호상조차도 언뜻 감탄을 금치 못하는 기색이었다. 그때 철민의 귓속으로는 한 가닥의 전음이 흘러들고 있었다.

[잠마련의 추격이 강화되고 있네. 이제 내가 천마비를 미끼로 해서 그들을 유인해 볼 것이지만, 만약의 경우에 아우는 무조건 북쪽을 향하고 달아나게. 이곳에서 북쪽으로 구백 리(里) 떨어진 곳에 회강(回綱)이라는 곳이 있는데, 바로 수호천이 있는 곳이네. 그곳에 아우가 아는 사람이 있다고 했고, 또한 그곳이야말로 당금 강호에서 가장 힘이 강한 곳이니 어떠한 위협으로부터도 안전을 확보할 수 있을 것이네.]

"어느 쪽이 북쪽입니까?"

철위강이 사라진 쪽을 멍하니 바라보고 있던 철민이 문득 공손일준에게 물었다. 뜬금없다 할 질문이었으나 공손일준은 사방을 한번 둘러본 다음에 한쪽을 가리키며 부드럽게 대답해 주었다.

"저쪽… 큰 산봉우리가 솟은 쪽이 바로 북쪽이오."

철민이 고개를 끄덕이며 그쪽으로 시선을 주어 방향을 가늠해 보았다.

7

"조금 지체한 까닭에 남은 일정이 빠듯해질 것 같으니 이제부터는 걸음에 좀 더 박차를 가해야겠는데… 아무래도 자네가 걱정일세. 자네의 걸음걸이로는 우리와 속도를 맞추기가 힘에 겨울 것 같으니 말일세. 흠! 이러면 어떻겠는가? 내 자네 의형에게서 인근의 대처(大處)까지만 동행을 좀 해달라는 부탁을 받았는데, 마침 가양(稼暘)이라는 성도가 바로 지척이니 자네는 여기에서 우리와 헤어져 그곳으로 가게. 그곳에서 휴식도 취하고 원기도 좀 보충한 다음에 다시 길을 나서는 것도 좋지 않겠나?"

영호상의 그 말은 좀 전까지만 해도 전혀 그런 기색을 비추지 않았었기에 모두에게 뜻밖의 말이었다. 공손일준이 또한 당혹스러운 기색으로,

"숙부님!"

하고 나서려 했으나, 영호상은 가만히 손을 들어 공손일준의 말이 이어지는 것을 막았다. 영호상의 그런 단호함으로 인해 공손일준은 물론이고 백리소란이나 다른 누구도 감히 이의를 제기하기는 어려웠다. 그때 영호헌이 철민에게로 슬쩍 다가와 나직한 투로 말을 건넸다.

"철 형 한 사람 때문에 우리 모두가 중요한 약속에 지체되는 것을 바라지는 않을 것 아니오?"

그렇게까지 말이 나왔으니 철민으로서는 달리 할 말이 있을

리 없었다. 이곳까지 동행하게 해주신 것만으로도 감사하다는 말밖에는.

호가십영을 필두로 영호세가의 사람들이 이미 출발을 하였는데, 공손일준과 백리소란은 차마 철민을 혼자 남겨두고 가지는 못하여 계속 머뭇거리고 있었다. 그런 두 사람 때문에 저만큼이나 갔던 영호헌과 화문회가 되돌아와서 두 사람에게 빨리 가자고 재촉을 하였다.

그때 공손일준이 문득 결심한 듯이,

"철 형, 저와 함께 갑시다. 제가 가양까지 모셔다 드리겠소."

하며 선뜻 철민의 팔을 잡았다. 그러자 백리소란이 또한 철민의 다른 한 옆으로 서며 결연히 말했다.

"저도 함께 가겠어요."

그때였다. 앞쪽에서 영호세가의 당주 한 사람이 빠르게 신법을 펼쳐 다가와서는 근엄한 얼굴로 공손일준 등에게 독촉의 말을 전했다.

"네 사람에 대해 가주님의 질책이 있으셨네. 엄히 꾸중할 말씀이 있다 하시니 즉시들 가세."

순간 철민의 팔을 잡고 있던 공손일준의 손에 힘이 풀렸고, 백리소란 또한 침울한 기색이 되고 말았다. 그에 철민이 담담히 사례하며 오히려 권했다.

"두 분의 온정은 고맙습니다. 그러나 두 분께 계속하여 폐를 끼칠 수는 없습니다. 가양이라는 곳이 이곳에서 가깝다니 저 혼자서도 충분히 갈 수 있습니다. 그러니 걱정 마시고 서둘러서 일행을 따라가십시오."

그런데 그때였다. 백리소란이 갑자기 놀란 목소리로 뾰족하게 외쳤다.

"저쪽을 보세요!"

모두가 놀라 돌아보자 갑작스럽게 나타난 한 떼의 무리가 그들을 향해 질주해 오고 있는 중이었다. 오십여에 달하는 청의의 무사들이었다.

"잠마련이다!"

화문희가 놀라 외쳤고, 동시에 영호헌이,

"뛰어!"

소리치고는 냅다 달리기 시작했다. 또한 공손일준과 백리소란이 급한 김에 양쪽에서 철민의 옷자락을 잡아끌며 달렸다. 그런 중에 앞쪽에서는 영호세가의 사람들이 신속하게 방어 진형을 구축하고 있었는데, 영호상을 중심으로 하여 좌우 양쪽으로 날개를 벌리는 형상이었다.

영호헌과 화문희가 진형 뒤로 넘어갔고 뒤이어 공손일준과 백리소란이 철민을 부축한 채로 또한 진형을 통과할 즈음, 침착하게 상황을 주시하고 있던 영호상의 안색이 돌연 어두워졌다. 좌측 전방에서 다시 한 무리가 출현했는데, 청의(靑衣)의 동일한 복색만으로도 잠마련의 무리임이 분명했다. 그리하여 적의 숫자는 순식간에 백여 명에 달하고 있었다.

마침내 가까이 근접해서 완만한 호형(弧形)을 그리며 포진

한 청의 무리의 앞으로 두 사람이 나섰을 때 영호상의 안색은 더할 수 없이 무거워지고 말았다. 적의 전력은 그가 판단하고 있던 것과는 판이했다.

오십이라던 청랑단의 숫자가 졸지에 백 명으로 늘어났다. 영호상은 자신의 태만에 대해서도 자책하지 않을 수 없었다. 잠마련의 청랑단이 일대(一隊) 백 명 단위로 운용되는 조직이란 걸 왜 간과했더란 말인가? 더욱이 그들은 집단전투에 강한 전투 조직이다. 하면 지금 세가의 전력으로 그들을 능히 감당할 수 있으리라는 보장은 없는 것이다.

낭패는 또 있었다. 철민에게 어이없이 제압을 당했다는 섭문이라는 청년의 지휘를 받는다 해서 대수롭지 않게 흘려들었던 바로 그 '꽤 고수로 보이는 늙은이'이다. 그가 바로 그 마두일 줄이야. 길게 기른 백발에 창백한 얼굴, 그리고 선명하도록 붉은 입술. '늙은이'는 바로 혈염마였다. 혈염마는 명실공이 초절정 급의 고수였다. 영호상 자신도 초절정의 초입 경지에 올라 있긴 하지만, 혈염마의 무위에는 감히 비교할 수 없음을 스스로 인정하지 않을 수 없는 것이다.

영호상의 등줄기로 한 방울의 식은땀이 또르르 굴러 내렸다.

"수장(首長)이 누구인가?"

혈염마의 날카로운 목소리에 영호상이 차분하게 대답했다.

"영호가의 가주 영호상이오."

혈염마가 뜻밖이라는 듯이 잠시 영호상을 살폈으나, 이내 형형한 눈빛을 발하며 말했다.

"가주가 저간의 사정을 모르고 있다고 생각지 않으니 길게 말하지 않겠소. 노부 등은 본 련에서 도난당한 천마비의 행적을 쫓고 있는 중인데, 유력한 용의자가 지금 가주의 일행 중에 있소. 일단 그자를 우리에게 넘겨주시오!"

혈염마의 말투가 바뀌었다는 데서 약간의 위안을 얻으며 영호상은 짐짓 담담하게 반문했다.

"천마비라니요? 허허! 이게 도대체 무슨 갑작스러운 영문인지부터 차근히 말씀을 하시는 게 바른 순서라 생각되오만?"

순간 혈염마의 두눈에서 날카로운 안광이 쭉 뿜어져 나왔다.

"만약 쓸데없이 시간을 끌려 한다면 가주에게 천마비를 강취하려는 흑심이 있다는 것으로 간주하고 즉시 조치를 취할 것이오."

영호상이 또한 마주 표정을 굳혔다.

"귀하는 잠마련의 힘을 믿고 사람을 너무 핍박하려 하는구려. 그러다 만약 천마비가 우리에게 없는 것이 명백해진다면 그때는 또 어찌하려고 이러시오?"

혈염마가 나직이 음소를 뱉으며 대답했다.

"흐흐흐! 그때는 천마비의 행방에 대해 누군가 노부에게 말을 해주어야겠지. 그렇지 않으면 가주를 포함해서 여기에 있는 그 누구도 험악한 꼴을 면하지 못하게 될 테니까."

천천히 영호세가의 사람들을 훑어보는 혈염마의 전신에서 섬뜩한 살기가 서서히 피어올랐다. 동시에 사방을 둘러싸고 있던 일대의 청랑단이 일제히 포위망을 좁혀들었다. 그런 가운데 첨예한 살기가 파도처럼 일어나고 숨을 턱턱 막히게 만드는 압박감이 산악처럼 밀려드니, 영호세가 사람들은 저마다 움츠리며 주춤주춤 뒤로 물러나고 말았다. 그때였다. 누군가 돌발적으로 외쳤다.

"천마비는 여기에 없소! 그 물건은 좀 전에 다른 자가 가지고 갔소!"

영호헌이었다. 혈염마가 즉시 캐물었다.

"그자가 누구냐? 그자는 어디로 갔느냐?"

그 서슬에 영호헌이 당황하여 머뭇거리다가 문득 곁에 선 철민을 지목했다.

"이자의 형이오. 그러니 그가 어디로 갔는지도 이자가 알 것이오."

공손일준이 뒤늦게,

"헌 제!"

하고 당혹스럽게 외쳤으나, 영호헌은 그를 외면해 버렸다. 그런 영호헌의 옆얼굴이 벌겋게 달아오르고 있었다.

철민은 막상 그러한 상황들에 대해 마치 자신과는 무관한 일이기라도 한 듯 잘 실감이 되지 않고 있는 중인데, 문득 한 가닥의 희미하면서도 다급한 목소리가 귓가에 속삭였다.

[철 공자, 달아나세요. 지금 달아나지 않는다면 다시는 기회

가 없을 거예요. 어서요.]

전음이었다. 철민이 흠칫하여 돌아보니 백리소란이 그를 보며 빠르게 눈을 깜빡거리고 있었다. 그 아름다운 한 쌍의 눈에 다급한 안타까움이 가득하였으므로 철민은 다른 생각을 할 조금의 여지도 없이 곧바로 달리기 시작했다.

"놈이 달아난다! 놈을 잡아!"

혈염마를 내세우고 그 뒤에서 내내 철민을 노려보고 있던 섭문이 가장 먼저 소리쳤다. 곧바로 백여 명의 청랑단이 일제히 앞으로 전진해 왔고, 반사적으로 영호세가의 사람들이 일제히 검을 뽑아 앞으로 겨누었다. 일촉즉발의 순간,

"멈춰라!"

사방의 대기를 우르르 떨어 울리는 일성대갈에 양측의 움직임이 주춤하였다. 혈염마였다. 그는 우선 급하게 철민을 뒤쫓아 가려는 섭문의 소맷자락을 강하게 움켜잡은 다음, 다시 영호헌을 지목하며 영호상에게 물었다.

"저 아이의 말이 모두 사실이오?"

영호상은 간단히 고개를 끄덕여 대답을 대신하자 혈염마는 차갑게 덧붙였다.

"만약 거짓이라면 영호가는 결코 무사하지 못할 것이오."

영호상이 그런 말까지 듣고서는 곧바로 반발했다.

"지금 본 가주를 겁박(劫迫)하는 것이오?"

"흐흐흐흐."

혈염마는 다만 나직이 소리 내어 웃었다. 그러나 소리로만

웃을 뿐 막상 표정은 차갑게 굳었고, 안 그래도 붉은 입술은 마치 금방 피가 배어날 듯이 진홍빛으로 변했다.

영호상은 이내 혈염마에게서 시선을 거두고 말았다. 그리고 그때쯤 오십여 장 멀리서 달려가고 있는 철민을 힐끗 보며 가볍게 입술을 달싹였다.

[반 각쯤 전에 저자의 형이 와서 천마비를 가져갔는데, 그는 곧장 정동방(正東方)을 향해 갔소. 그리고 본가는 저들 형제와는 아무런 상관이 없소.]

혈염마는 비로소 살기를 거두었다. 전후 사정으로 볼 때 영호상의 말은 거짓이 아니었으므로 그는 곧바로 상황을 정리했다. 우선 움켜잡고 있던 섭문의 소맷자락을 놓아주며 말했다.

"무엇보다 급한 것은 천마비를 회수하는 일이 아니겠나?"

그러나 섭문은 고개를 강하게 저었다.

"그 일은 노사가 맡아주십시오. 저는 저자를 잡아야만 하겠습니다."

말하는 중에도 섭문의 눈빛은 달아나고 있는 철민에게로 고정되어 있었다. 다만 한눈에 보기에도 철민의 몸놀림이 그저 거친 뜀박질에 불과하였으니, 막상 추격을 시작한다면 그리 어렵지 않게 따라잡을 수 있겠다는 판단이 서는지라 섭문의 눈빛에서 다급함은 많이 가셔 있었다.

혈염마가 가볍게 한숨을 내쉬었으나 이내 빠르게 결론을 내렸다.

"알겠네. 하면 노부가 병력의 반을 이끌고 천마비의 행방을 쫓을 터이니 자네는 나머지 반을 이끌고 가 저자를 처리한 연후에 즉시 노부에게로 합류하도록 하게."

그러나 섭문은 다시 강하게 고개를 저었다.

"아닙니다. 저자는 저 혼자 처리하겠습니다."

혈염마는 언뜻 미간을 찌푸렸다. 그러나 마냥 지체하고 있을 상황은 아니었기에 곧바로 고개를 끄덕이고 말았다.

"알겠네."

백여 명의 청랑단이 일제히 혈염마의 뒤를 따라 달려가는 광경은 제법 장관을 이루었다.

섭문은 다른 방향으로 쾌속하게 신법을 전개해 쏘아가고 있었는데, 그의 앞쪽 칠십여 장 거리에는 철민이 전력을 다해 달리고 있는 중이었다. 그런데 두 사람의 속도 차이로 보아서 철민은 이제 얼마 안 있어 따라잡히고 말 것이 분명했다.

"멈추게!"

영호상의 그 한마디 호통은 공손일준에게 외친 것이었다.

"숙부님?"

막 신형을 날리려 하다가 멈칫 서긴 했으나 공손일준의 얼굴에 승복하지 못하겠다는 기색이 완연한 것을 보고 영호상은 문득 날카롭게 위엄을 돋워 꾸짖었다.

"강호에서 가벼이 맺은 은원이 때때로 얼마나 엄혹한 결과를 초래하는지에 대해 정녕 모른다는 말이냐? 상대는 잠마련이다. 지금 너의 섣부른 행동으로 인해 네 일신은 물론, 너의 가문 전체에까지 돌이킬 수없는 화가 미칠 수 있음이야. 더욱이 그자가 도대체 너와 무슨 깊은 관계라고 그런 엄청난 후환을 기꺼이 감수하려 한단 말이더냐?"

그 삼엄한 질책에 공손일준은 감히 대꾸하지 못하였다.

「몽상가」 3권에서 계속…

Book Publishing CHUNGEORAM

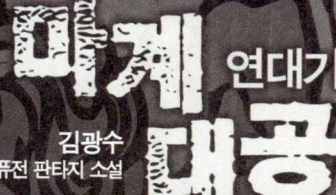

마계 연대기
대공

김광수
퓨전 판타지 소설

Darkness Duke Chronicle

"여기가 마계라굽쇼!"

모태솔로의 저주를 풀기 위하여 눈물겨운 투쟁을 벌이는 강찬우,
벼락 맞고 갑자기 소환된 마계에서 만난 최상급 마족 미소녀
세를리아의 소환수 1호가 되어 벌이는 좌충우돌 대서사시.
그 누구도 깨닫지 못한 고대 마법의 힘을 얻어 마계와 중간계,
천계와 환수계, 정령계를 넘나들기 시작하는데…….

행복 꽃사슴 농장 농장주가 되기를 소박하게 꿈꾸는 강찬우.
신들의 비밀을 파헤치고 앞을 막아서는 모든 것들에 강철주먹을 날리며
대륙의 지존영웅이 되어간다.
천상천하 유아독존 마계대공이라는 이름으로…….

유행이 아닌 자유추구 -
WWW.chungeoram.com
Book Publishing CHUNGEORAM

일류 新무협 판타지 소설

天山魔帝
천산마제

내일을 기약할 수 없는 땅, 천산.
소녀로부터 은자 한 닢의 빚을 진 소년 용악.
청년이 된 용악은 천산의 하늘이 된다.

하늘을 가르고 땅을 뒤엎는다!
한 호흡에 만 개의 벽(壁)!!
지금껏 내게 이빨을 드러낸 것들은 모두 죽었다.

은자 한 닢의 빚을 갚으며 시작된
십천좌들과의 승부.
오너라! 천산의 제왕, 천산마제가 여기 있다!

유행이 아닌 자유추구 -
WWW.chungeoram.com
Book Publishing CHUNGEORAM